Ullstein

Über das Buch:

»Schauspieler, die alt werden, gibt es viele, denn nicht immer verfährt das Schicksal so gnädig wie mit Marilyn Monroe oder James Dean.« Gealterte Filmdiven griffen bei der Wahl des Drehbuchs oft daneben. Christoph Dompke erzählt vom Perückenansatz im letzten Film von Joan Crawford, über die Dankbarkeit des Zuschauers, wenn Dagmar Koller nicht singt, davon wie Elisabeth Flickenschildt ihr Talent für den grottenschlechten Film »Eheinstitut Aurora« verschleudert und vieles, vieles mehr. Ein amüsantes Brevier mit den filmischen Verfehlungen vieler in- und ausländischer Diven.

Der Autor:

Christoph Dompke wurde 1965 in Celle geboren, wo er bei seiner Großtante aufwuchs. Auf Umwegen fand er seine wahre Bestimmung als Student der Musikwissenschaft. Seit acht Jahren verkörpert er kabarettistisch die Figur der greisen Kammersängerin Emmi.

Christoph Dompke

Weil doch was blieb

Alte Frauen
in schlechten Filmen

Ullstein

Ullstein Buchverlage GmbH & Co. KG,
Berlin
Taschenbuchnummer: 35836

Erweiterte Ausgabe
September 1999

Umschlaggestaltung:
christof berndt & simone fischer
Unter Verwendung einer Abbildung
von pwe Kinoarchiv Hamburg

Verwendung der Kapitelfotos
»Autor als alte Frau«
mit freundlicher Genehmigung von
© Skjer & Dag Hamburg
Verwendung der Fotos auf den Seiten 97–112
mit freundlicher Genehmigung von
pwe Kinoarchiv, Hamburg

Taschenbuchausgabe mit
freundlicher Genehmigung von
© 1998 MännerschwarmSkript Verlag, Hamburg
Printed in Germany 1999
Gesamtherstellung: Clausen & Bosse, Leck

ISBN 3 548 35836 5

Gedruckt auf alterungsbeständigem
Papier mit chlorfrei gebleichtem Zellstoff

Die Deutsche Bibliothek – CIP-Einheitsaufnahme

Dompke. Christoph:
Weil doch was blieb: alte Frauen in schlechten Filmen /
Christoph Dompke. – Erw. Ausg. – Berlin: Ullstein, 1999
(Ullstein-Buch; Nr. 35836)
ISBN 3-548-35836-5

Inhaltsverzeichnis

Vorwort

Anders als der Romanleser wird der Filmzuschauer nicht nur mit der Handlung der Geschichte konfrontiert, sondern auch mit den Personen, die sie verkörpern. Da die Besetzungspraxis oft Schauspieler auf ein bestimmtes Rollenfach festlegt, kommt es leicht zur Identifikation der Schauspieler und Schauspielerinnen mit den Figuren, die sie spielen: Der Zuschauer nimmt Anteil am Schicksal seiner Stars. Und wenn diese Stars ihrerseits alles dafür tun, auch persönlich als verrucht, lebenslustig oder unschuldig gequält zu erscheinen, kann das Filmgeschehen schon einmal hinter der Lebensgeschichte der Darsteller und Darstellerinnen zurücktreten. Es ist schließlich Lilo, die lacht, Marika, die tanzt, und Maria, die heult, und wenn das manchmal auch nicht so ganz in die Handlung des Films paßt, bleibt dem Fan trotzdem der vertraute Anblick seines Lieblings. Wie es der Untertitel verspricht, überwiegen in dieser Auswahl die weiblichen Stars in fortgeschrittenem Alter bei weitem. Da die Zusammenstellung jedoch persönlichen Vorlieben folgt, haben wir nicht auf einige Ausnahmen verzichtet, die bekanntlich die Regel bestätigen.

Margot Trooger reimt in einer Bilanz ihres Lebens: »Wenn ich mein Leben heut bedenke / komm ich nicht aus dem Wundern raus / Weil doch was übrigblieb! / Weil ich trotz allem in Betrieb!« Und sie ist beileibe nicht die einzige Schauspielerin, die erfolgreich versucht hat, die Volksweisheit zu belegen, wonach es eben doch das Leben ist, das die tollsten Drehbücher schreibt. Und in diesen Drehbüchern steht die Hauptrolle natürlich fest.

Wer also bei der Betrachtung so lebensnaher Kunst, wie sie das Kino gern darbietet, nicht mit einer allzu trockenen akademischen Perspektive zu Werk geht, gerät leicht auf einen Schleuderkurs: Plots, Drehbücher, fotografische Umsetzung werden immer wieder überformt, boykottiert oder überstrahlt von solchen Darstellern, die nicht damit zufrieden sind, als unpersönliche Folie für fremde Charaktere zu dienen. Der Fan weiß einfach zuviel, um nicht Joan Crawfords Lallen im Film auf den privaten Alkoholkonsum der Schauspielerin zurückzuführen, und wenn dann auch noch die Perücke nicht richtig sitzt, erinnert man sich an den Ausspruch der Crawford, gleich nach dem Talent sei der Friseur der wichtigste Garant für den Erfolg einer Schauspielerin. Diese Erinnerung zaubert dem Betrachter ein sanftes Lächeln ins Gesicht, und so übersteht er einen weiteren Tiefpunkt filmischen Schaffens.

In diesem Sinn will »Weil doch was blieb« ein Stück Lebenshilfe für Filmfans sein: In Augenblicken scheinbar ausweghoser Verzweiflung ist ein sanftes Lächeln oft die beste Zuflucht. Dieses kleine Buch kann nicht auf jeden einzelnen Notfall eingehen, aber der aufmerksame Leser wird die Perspektive auf andere Filme übertragen können.

Mein besonderer Dank für ihre Unterstützung geht an

Monty Arnold
Andreas Baumgart
Dag Bömches von Boor
André Bräger
Sker Freist
Andreas Guttmann
Christian Willner

1. Kapitel
Abgesänge

Witchcraft – Das Böse lebt
(Witchcraft, USA / Italien 1988)

Schauspieler, die alt werden, gibt es viele, denn nicht immer verfährt das Schicksal so gnädig wie mit Marilyn Monroe oder James Dean. Die einen werden eben zu früh in den Olymp gerufen, einige trotz des frühen Todes viel zu spät, andere müssen des Lebens bittere Neige auskosten. Wie zum Beispiel Hildegard Knef. Die arme Hilde. Nachdem sie mit Filmen, die mit ganz wenigen Ausnahmen alle erbärmlich sind, wir denken nur an »Bestien lauern vor Caracas« (1967) oder »Katharina von Rußland« (1962), und mit ihren Chansons Millionen verdiente, war sie 1988 offensichtlich durch diverse Operationen und Mißwirtschaft (»In finanziellen Dingen bin ich ein Analphabet«, sagte sie gegenüber der »Bunten«; »Vielleicht sollte ihr Mann ja auch einfach mal arbeiten«, meinte Günter Pfitzmann) so am Rande des finanziellen Ruins, daß sie in der amerikanisch-italienischen Koproduktion »Witchcraft – Das Böse lebt« eine tragende – und zugleich ihre bis heute letzte – Kinorolle annahm. Im Vorspann des von Martin Newlin inszenierten Horrorquatschs liest sich das dann folgendermaßen: »Special Appearance – Hildegard Knef as ›The Lady in Black‹.«

Der Film wurde nach nur kurzer Laufzeit in den Kinos und einer wenig erfolgreichen Videoauswertung indiziert – offenbar hatte die Bundesprüfstelle Mitleid mit Hilde und wollte den Film der kollektiven Erinnerung entreißen. Zumindest bei Hilde selbst und bei Axel Andree, dem Herausgeber der Hommage »Hildegard Knef O-Töne« scheint das gelungen zu sein: Das Splatter-Movie wird in der Filmographie einfach verschwiegen.

Es ist ein Film ohne Botschaft, ohne Sinn. Worum es geht? Um Hexenkult, um Linda Blair, die wieder mal vom Satan besessen ist (Diesmal allerdings soll sie auch noch ein Kind von ihm empfangen!), um eine Gruppe von Menschen, denen in einem einsamen (Na selbstverständlich!) Haus nach dem Prinzip der zehn kleinen Negerlein auf unappetitliche Weise der Garaus gemacht werden soll, um David Hasselhoff, der versucht, dem Treiben ein Ende zu machen, und dafür (Natürlich!) mit dem Leben bezahlen muß – und um Hildegard Knef, die Drahtzieherin des Ganzen. Wobei die Hintergründe ihres Handelns durchaus im dunkeln bleiben. Mal lacht sie dämonisch, mal hantiert sie mit Voodoopuppen, und meistenteils wirkt sie wie berauscht, betrunken, so, als ob sie selber nicht recht wisse, was sie eigentlich in diesem Film tut.

Dieses Nonplusultra für Freunde alter Frauen und natürlich für alle wahren Hilde-Knef-Fans zirkulierte zuletzt nur in einer italienisch synchronisierten Fassung auf dem Markt (Unter dem obskuren Titel »La Casa 4« – »e con la partecipazione straordinaria di Hildegard Knef nel ruolo della signora in nero«). Doch dieses bietet gegenüber der deutsch synchronisierten Kinofassung einen entscheidenden Vorteil: Hilde schaukelt eine leere Wiege und zitiert dabei sich selbst, ihren Chansontext »Die Herren dieser Welt«, wie unter Drogen, so daß man schon genau hinhören muß – nicht, und das ist die eigentliche Überraschung, italienisch synchronisiert, sondern auf deutsch. Sollte die wahre Botschaft des Films sein, daß das Böse deutsch spricht?

PS: Für die wirklich Interssierten: Es gibt bis dato sieben Fortsetzungen des Gruselspaßes, leider ohne Hildegard Knef.

Witchcraft 2:   The Temptress (USA 1989, Regie: Mark Woods)

Witchcraft 3:   The Kiss of Death (USA 1990, Regie: R. L. Tillmanns)

Witchcraft 4:   Virgin Heart (USA 1992, Regie: James Merendino)

Witchcraft 5:   Dance with the Devil (USA 1992, Regie Talun Tsu)

Witchcraft 6:   The Devil's Mistress (USA 1994, Regie: Julie Davis)

Witchcraft 7:   Judgement Horror (USA 1995, Regie: Michael Paul Girard)

Witchcraft 8:   Bitter Flesh (USA 1996, Regie: Michael Paul Girard)

Der Todesschrei der Hexen
(Cry of the Banshee, GB 1970)

Auch Elisabeth Bergners Biograph Klaus Völker übergeht in der ansonsten vorzüglichen Monographie »Elisabeth Bergner – Das Leben einer Schauspielerin« den Tiefpunkt in deren Schauspielkarriere: »Der Todesschrei der Hexen« – immerhin aber wird der Film in der Filmographie erwähnt und mittels eines Fotos dokumentiert. Man kann sich die Frage stellen, ob der Film diese Erwähnung wert war und ob es wohl Geldnot war, die Elisabeth Bergner, »zerbrechliches Idol einer Epoche« (Hilde Spiel), veranlaßte, die Rolle der Oberhexe Oona in dem ausgemachten Horrorblödsinn zu übernehmen. »England im 16. Jahrhundert: Ein skrupelloser Adliger geht gewaltsam gegen eine heidnische Priesterin und ihre Gefolgschaft vor, wofür die Hexe ihn und seine Familie verflucht. Schließlich schickt sie den von der Adelsfamilie als Findling angenommenen Stallburschen als Rächer aus, der sich zum reißenden Werwolf verwandelt.« Lucy Chase Williams, Bio- und Filmographin Vincent Price's schreibt über »Der Todesschrei der Hexen«: »Trotzdem Regisseur Hessler ein Faible für Grenzüberschreitungen hat, kommt der Film irgendwie schüchtern daher. Bei der ganzen Familie schwingt immer etwas Inzestuöses mit, aber besonders sexy wird der Film dadurch nicht, und der Satanskult jagt einem auch keine Schauer über den Rücken.« Mit scheußlicher Langhaarperücke gibt die Bergner die heidnische Priesterin, die im mittelalterlichen England für die Ausrottung einer ganzen Familie zuständig ist. Diese wiederum wird angeführt von Horrorveteran Vincent Price, der im Umgang mit konfusen Drehbüchern, scheußlichen Kulissen, Kostümen, die so aussehen, wie man sich in den bunten siebziger Jahren das Mittelalter vorstellte, und einem Regisseur, der wahrscheinlich nie am Set anwesend war, auf Grund seiner langen Karriere in schlechten Filmen viel besser geübt war und sich entsprechend aus der Affäre ziehen konnte. Die Kostüme wurden übrigens übernommen aus dem Tudor-Drama »Königin für tausend Tage« von Charles Jarrott aus dem Jahr 1969 und müssen von den Darstellern dieses Films (u. a. Richard Burton, Geneviève Bujold und Irene Papas) stark aufgetragen worden sein. Daß Kostümbildnerin Margaret Furse dafür einen Oscar bekommen hat, sieht man ihnen in »Der Todesschrei der Hexen« nicht mehr an. Gedreht wurde übrigens in Grim's Dyke House in Old Reading, dem ehemaligen Wohnsitz von Sir Arthur Sullivans Librettisten Sir William Schwenk Gilbert. Doch vom Geist solch schöner Operetten wie »The Mikado« und »The Pirates of Penzance« und Gilberts delikatem Sprachgefühl: »My dearest Mabel, I would if I could, but I am not able!« hat sich so gar nichts auf den Geist des Films übertragen. Nur auf Vincent Price, denn manchmal scheint trotz aller Umstände sein komisches Talent durch. Von Elisabeth Bergner kann man ähnliches nicht sagen – aber für große Tragödie ist in diesem Film einfach kein Platz. Leider versucht die Bergner diese zu spielen, wenn die Mitglieder ihrer Sekte (mehr oder weniger halbnackt, wie sich das für Darstellungen heidnischer Orgien in den Siebzigern gehörte) unter Anführung von Vincent Price niedergemetzelt werden. Was denn auch den katholischen »filmdienst« zu der Bemerkung veranlaßte: »Peinlich langweiliger Horrorfilm mit einer entwürdigenden Rolle für Elisabeth Bergner.« Tatsächlich aber bekam die Remigrantin Bergner im deutschen Nachkriegsfilm keine Chance. Was um so trauriger ist, als die deutsche Filmindustrie minderbemittelte Chargen wie Marika Rökk und Ilse Werner durchaus häufig beschäftigte – aber die waren ja auch in Deutschlands schwersten Stunden im Reich verblieben. Während Marika Rökk von 1948 – 1962 dreizehn Filme drehen konnte (und vor allem: durfte), Ilse Werner von 1949 – 1955 immerhin acht Filme drehte (Womit bewiesen ist, daß Hormocenta, regelmäßig angewendet, eben doch eine längere Haltbarkeitsdauer zur Folge hat), bot man Elisabeth Bergner 1958 und 1963 je eine TV-Produktion und 1962 eine Filmrolle an, die bis 1970, dem Herstellungsjahr von »Der Todesschrei der Hexen«, ihre einzige bleiben sollte: die Rolle des Familienoberhaupts in »Die glücklichen Jahre der Thorwalds« (BRD 1962, Regie: Wolfgang Staudte).

Friedrich Luft schrieb dazu in der »Welt« vom 20. 11. 1962: »Ein Jammer, daß die Rückkehr der Bergner in den deutschen Film so glanzlos erfolgen mußte. Die Bergner nun ist in solcher Umgebung der Mittelmäßigkeit gar nicht zu erkennen. Kaum einmal, daß man spürt, wer da wirklich spielt. Nur hin und wieder läßt sie, sozusagen gegen den Film, ahnen, wessen sie doch fähig wäre. Aber hier konnte sie nicht, ließ man sie nicht. Der Film spielt im Souterrain des Geschmacks. Er verschleudert das Glück einer großen Rückkehr.«

Zwar meinte das Theater es besser mit ihr, aber offensichtlich enttäuscht ging die Bergner Ende der sechziger Jahre für kurze Zeit zurück nach England, drehte dort 1968 eine TV-Produktion und verschwendete 1970 (nochmals) ihr Talent. Eine große Rückkehr wurde es nicht, und ich bezweifle, daß die Bergner eine solche angesichts des fertigen Films erwartete. Sieht man »Der Todesschrei der Hexen« unter diesen Aspekten noch einmal, ist es einer der erschütterndsten Auftritte einer der ganz großen Schauspielerinnen, die das deutsche Publikum je zu Gesicht bekam. Dieses Moment muß es auch sein, das das »Lexikon des Internationalen Films« im Sinn hat: »Erst am Ende gewinnt der Film ein gewisses Maß an beeindruckender Eindringlichkeit, die nicht zuletzt vom Spiel Elisabeth Bergners ausgeht.« Nun sei es dahingestellt, ob es das Spiel oder das Schicksal Elisabeth Bergners ist, oder beides gleichzeitig, was uns beeindruckt. Einer anderen Schauspielerin gelang das jedenfalls weder auf die eine noch auf die andere Art in einem ähnlichen, aber mindestens genauso schlechten Film. Wenn man »Der Hexentöter von Blackmoor« von Jess Franco aus dem Jahr 1969 mit Christopher Lee in der Hauptrolle sieht, weiß man, daß Maria Schell als blinde Seherin und Höhlenbewohnerin hier bestens aufgehoben ist. Von Talentvergeudung mag man hier jedenfalls nicht sprechen.

Das zeigt dann letztlich doch, daß es großer Kunst und menschlicher Wärme bedarf, aus einem Unternehmen wie »Der Todesschrei der Hexen« mit einigen Blessuren zwar, aber letztlich doch erhobenen Hauptes hervorzugehen, so daß das Wort des Kritikers George Salmony seine Berechtigung auch oder gerade vor einem erschütternden Hintergrund behält: »Sie ist die letzte Duse unserer Epoche«!

Schöner Gigolo, armer Gigolo (BRD 1978)

Eine womöglich noch glanzlosere Rückkehr nach vierzehn-jähriger Filmabstinenz hatte Marlene Dietrich 1978 in der von Rolf Thiele verantworteten deutschen Produktion »Schöner Gigolo, armer Gigolo« unter der Regie von David Hemmings.

Den davor letzten Filmauftritt hatte Marlene 1964, einen Gastauftritt, eine sogenannte Cameo-Rolle, unter der Regie von Richard Quine in »Zusammen in Paris« (»Paris When It Sizzles«, in den Hauptrollen Audrey Hepburn, William Hol-den und Noël Coward). Der Begriff »cameo« wurde übrigens von Mike Todd geprägt, Elizabeth-Taylor-Ehemann Nummer drei, Namensgeber des Wide-screen-Systems Todd-AO und Produzent von »In 80 Tagen um die Welt« (USA 1956), als er für ebendiesen Film Stars für sogenannte »walk-on parts« zu gewinnen suchte. Das waren dann unter anderen: Frank Sina-tra, Sir John Gielgud, Hermione Gingold, Beatrice Lillie, Peter Lorre, Buster Keaton und Ava Gardner. Auch in diesem Film hatte Marlene Dietrich einen »walk-on part«: Sie spielte die Besitzerin einer Bar an der Berberküste.

Doch zurück zum »Gigolo«. 1971 startete der Musicalfilm »Cabaret«, und man brauchte in der Bundesrepublik immer-hin sieben Jahre, um einen Nachfolgefilm zu produzieren. Wahrscheinlich sah Produzent Rolf Thiele in seinen Zauber-spiegel und befragte denselben, wer die schönsten Musikfilme über den Untergang der Weimarer Republik zu machen im-stande sei. Die uns unbekannte Antwort muß ihn jedenfalls zur Produktion des Filmchens getrieben haben – der bis dato teuersten deutschen Filmproduktion seit dem Ende des Zwei-ten Weltkriegs. Wahrlich, er bot alles auf, was damals Rang und Namen hatte, immer den Zauberspiegel im Nacken, der geflüstert haben mag: »Aber ›Cabaret‹ über den sieben Ber-gen …« So wurde noch ein Star (Kim Novak) und noch ein

Sternchen (Maria Schell) und noch etwas dem Sternchen Ähnliches, aber Billigeres, für das es gar keinen Namen mehr im Filmuniversum gibt (Evelyn Künneke), eingekauft – aber all das machte es nur noch schlimmer. So stapft David Bowie als verhinderter Kriegsheld und Preuße durch scheußlich anzusehende Kulissen, erst als wandernde Plakatsäule, dann als Gefolgsmann eines Faschisten und schließlich als Gigolo bei einer Baroneß. Diese spielt Marlene Dietrich. Netterweise durfte sie den Titelsong singen, den sie haßte, immerhin aber ein Originalsong aus den zwanziger Jahren (Text: Julius Brammer / Irving Caesar, Musik: Leonello Casucci), und wurde nicht gezwungen, eine der gräßlichen Kompositionen von Günther Fischer zu singen, dem verantwortlichen Filmmusik-Komponisten. Denn soviel Mühe der sich auch gab, »Don't Let It Be Too Long« (Text von Regisseur David Hemmings) klingt eben nicht wie »Cabaret« von Kander / Ebb, sondern weist eine fatale Ähnlichkeit mit Fischers Komposition der Titelmelodie zur Fernsehserie »Frauenarzt Dr. Markus Merthin« auf. Interpretiert wird der Song zu allem Überfluß auch noch von Sydne Rome, die damit den Beweis antrat, daß ein Zuviel an Aerobic der menschlichen Stimme nicht zuträglich ist.

Der Film wurde, vom Produzenten stark geschnitten, an den Kinokassen und bei der Kritik trotzdem ein Flop. Der »Spiegel« sprach von Marlene Dietrich als einer mumienhaften Erscheinung, die nichts als die grenzenlosen Möglichkeiten der Maskenbildnerei offenbare, und Friedrich Luft meinte: »Marlene hat ihren Auftritt. Sie kommandiert die Gigolos der Stadt, spricht hier mit synchronisierter Stimme, das immer noch schöne, alte Gesicht im Schatten eines gewaltigen Hutes. Dann hört man ihre Stimme, original, aber auf englisch, das ›Gigolo‹-Lied singen. Die weht uns an wie die Parodie ihrer selbst«, und sprach in diesem Zusammenhang in der »Welt« vom 18. 11. 1978 von geschundenen Altstars. Marlene machte nur noch einen Film, »Marlene« von Maximilian Schell, aber in dem ist sie nicht zu sehen, und Rolf Thiele wurde in einen Vorführraum gesperrt und mußte sich »Schöner Gigolo, armer Gigolo« so lange ansehen, bis er tot umfiel. Leider ist das nur ein Märchen, und so lebte Rolf Thiele glücklich und zufrieden bis an sein seliges Ende am 9. 10. 1994, von dem die Gazetten kaum Notiz nahmen.

Das Ungeheuer (Trog, GB 1970)

»Das Wichtigste, worüber eine Frau verfügen kann, ist, neben ihrem Talent natürlich, ihr Friseur.«   Joan Crawford

Wie um ihren Ausdruck lügen zu strafen, drehte Joan Crawford 1970 in Großbritannien »Das Ungeheuer« unter der Regie von Freddie Francis – es sollte ihr letzter Film sein. Und wenn man auch bezweifeln mag, ob Joan Crawford jemals das gewesen ist, was man einen talentierten Star nennt (Gibt es so etwas überhaupt?), nicht bezweifeln kann man hingegen, daß sie in ihrem letzten Film keinen guten Friseur hatte. Sie war sowohl vom Regisseur als auch vom Friseur und dem Make-up-Artisten schlecht beraten. Dafür hatte sie von anderer Seite guten Zuspruch – vom Alkohol.

Dazu schreibt ihre Adoptivtochter Christina: »Mutter hatte ihren letzten Film im Jahre 1970 gedreht. Es war ein schlimmes Machwerk mit dem Titel ›Trog‹. Schon damals waren die Auswirkungen ihrer alkoholischen Exzesse unübersehbar. Mutter trank so viel, daß sie sich in aller Öffentlichkeit kaum noch sehen lassen konnte. Ihre letzten Auftritte waren ein beschämendes Spektakel. Eine alte Frau, die zusammenhanglose Worte stammelte.«

Joan Crawfords Karriere hatte 1962 zusammen mit der von Bette Davis einen Aufschwung genommen, als beide in Robert Aldrichs Grand-Guignol »Was geschah wirklich mit Baby Jane?« vor die Kamera getreten waren. Zwischen beiden Diven kam es zu Spannungen, und Joan Crawford stieg aus dem nächsten gemeinsamen Projekt »Wiegenlied für eine Leiche« wieder aus, wohl auch aus Kränkung darüber, daß Bette Davis im Gegensatz zu ihr selbst für »Baby Jane« eine Oscar-Nominierung erhalten hatte. Den Joan-Crawford-Part übernahm Bette Davis' alte Freundin Olivia de Havilland. »Von nun an ging's bergab«, um eine andere alte Kollegin zu zitieren, die ebenfalls im Horrorgenre ihre Karriere beenden sollte, und so drehte die Crawford mit einer Ausnahme, dem Problemfilm über die Anfänge der Gruppentherapie »Wenn Frauen nicht mehr lieben dürfen« (USA 1963, Regie: Hal Bartlett, englischer Titel: »The Caretakers«) nur noch Horrorfilme: 1964 und 1965 je eine Produktion unter der Regie von Gimmick-König William Castle (»Die Zwangsjacke« und »Es geschah um 8.30 Uhr«, englische Titel: »Strait-Jacket« und »I Saw What You Did«), 1968 »Zirkus des Todes« (Regie: Jim O'Connolly, englischer Titel: »Berserk«) und 1970 dann den schaurigen Tiefpunkt, »Das Ungeheuer«. Darin geht es um einen Troglodyten, einen steinzeitlichen Höhlenmenschen, kurz Trog genannt, der rein zufällig von drei jungen englischen Hobbyforschern entdeckt wird. Wie nicht anders zu erwarten, wird einer der (im übrigen ausgesprochen appetitlichen) jungen Männern vom Troglodyten erledigt. Der zweite erleidet einen Schock und wird von Joan Crawford gepflegt, die, Leiterin einer Forschungsanstalt, in der zufällig auch Krankenhausbetten vorhanden sind, das zentrale wissenschaftliche Werk »Die soziale Gliederung der Primaten« verfaßt hat.

Die erste Szene mit Joan Crawford zeigt sie uns im Gespräch mit dem Inspektor des Orts, der den pflegebedürftigen, immer noch unter Schock stehenden jungen Mann sprechen möchte. Dies wird ihm natürlich verweigert. Daraufhin geht Joan in das Krankenzimmer. Als sie die Tür öffnet, stammelt der junge Hobbyforscher: »Diese Augen, dieses Gesicht, wenn es nur verschwinden würde, es ist immer da, es verläßt mich keinen Augenblick.« Und es ist durchaus nicht klar, wer damit gemeint ist – der Troglodyt oder Joan Crawford.

Nach dieser grandiosen Eröffnungssequenz verläuft sich der Film in ermüdenden Versatzstücken des Grusel- und Science-fiction-Kinos: Trog wird gefangen, untersucht und stubenrein gemacht. Dabei ist es rührend anzusehen, wie liebevoll Trog von seiner Adoptivmutter gepflegt wird. Sie füttert ihn, bringt ihm Sprechen und Ball spielen bei, führt ihn der Kammermusik zu, zu der sich Trog ganz possierlich zu bewegen weiß, kurzum, sie ist eine der liebevollsten Pflegemütter, die man sich vorstellen kann, und spätestens, wenn man den Film gesehen hat, weiß man, daß Christina Crawford in ihrem Buch »Meine liebe Rabenmutter« nur gelogen haben kann! Oder hat Joan Crawford in diesen Szenen nur ihr eigenes Ausgestoßensein wie in einem Spiegel erkannt – »Diese Augen, dieses Gesicht«? So muß es sein: In diesen rührend-liebevollen Momenten erkennt Joan Crawford die letzte Wahrheit ihres langen, traurigen, alkoholisierten Lebens – sie ist zum Troglodyten der gesamten Filmwelt geworden, ein steinzeitliches Fossil in der Wunderwelt des Zelluloids. Es ist also nur konsequent, daß sie nach diesem Film und einer der wenigen großen und großartigen Selbsterkennungssequenzen der Filmgeschichte sich aus dieser verabschiedete.

Der Film ist, wie bereits angemerkt, weniger großartig: Es gibt den tumben Inspektor und den intriganten, inkompetenten Bürgervertreter, der den Troglodyten getötet sehen will. Als ihm dies nach einer ergreifenden Gerichtsverhandlung mit der beherzt für Trog eintretenden Joan Crawford verwehrt wird, dringt der Bösewicht in das Forschungszentrum ein, zertrümmert das Labor, mißhandelt Trog und wird folgerichtig von diesem getötet. Nun läuft Trog Amok, tötet einen Gemüsehändler, einen Autofahrer und hängt den ortsansässigen Metzger an einem seiner Fleischerhaken auf, läuft schließlich auf einen Spielplatz und entführt ein Kind – Frankenstein läßt grüßen. Nebenbei bemerkt: Das kleine, dümmlich blickende Mädchen macht in Trogs Armen einen recht glücklichen Eindruck, was angesichts der dazugehörigen häßlichen und hysterisch kreischenden Mutter wirklich kein Wunder ist. Trog wird schließlich von einer Hundertschaft Soldaten erledigt.

Die letzte Einstellung des Film ist die schönste, und damit macht der Film dann doch noch viel wett: Joan Crawford sieht dem Treiben mit schmerzerfülltem Gesicht zu (Oder fehlt ihr einfach der Alkohol?), nimmt des Troglodyten Tod mit jammernder Gebärde zur Kenntnis und dreht sich um – und da sieht man für einen Moment, einen kurzen nur, aber einen schönen Moment, ihren Haaransatz unter der Perücke. Für diesen Augenblick hat sich das Warten gelohnt. Man weiß nun, daß der Glamour nur eine Illusion ist, und kann nur Mutmaßungen darüber anstellen, ob die britische Produktion in den Nachmittagsvorstellungen englischer Kleinstädte besonders erfolgreich war – Tausende von englischen Hausfrauen kamen aus dem Kino mit dem berauschenden Erfolgsgefühl, daß ihre eigenen Perücken nicht nur schöner seien, sondern auch besser säßen als die von Joan Crawford, die einmal sagte: »Alle imitierten meine volleren Lippen, meine dunkleren Augenbrauen. Für mich kam solche Nachahmung jedoch nie in Frage. Wenn ich nicht ich selbst sein kann, will ich gar niemand sein. Ich wurde so geboren!«

Unternehmen Feuergürtel
(Voyage to the Bottom of the Sea,
USA 1961)

Joan Fontaine und Peter Lorre sind zwei Stars, deren Namen man nicht ohne weiteres miteinander in Verbindung bringt: Joan Fontaine, eine schöne, unschuldige, verfeinerte Ikone des Kinos besonders der vierziger Jahre, in ihren späten Jahren eine kultivierte Dame, zugelassene Pilotin, Siegerin im Ballonfahren, preisgekrönte Thunfischfischerin, ausgezeichnete Golferin, konzessionierte Innenausstatterin und Cordonbleu-Köchin. Und Peter Lorre, klein, gedrungen, Ikone des Kindermörderfilms aus »M – Eine Stadt sucht einen Mörder« (1931) von Fritz Lang, in seinen späteren Jahren ein heilloser, zum Übergewicht neigender Trinker. Und obwohl man sie nicht miteinander in Verbindung bringt, traten sie in ihren späteren Jahren gemeinsam vor die Kamera, gewissermaßen als »Die Schöne und das Biest«. Nur unter umgekehrten Vorzeichen mit windschiefen Folgen: Joan Fontaine übernahm die Rolle des Biests – aber Peter Lorre konnte die Rolle der Schönen einfach nicht ausfüllen.

Für Joan Fontaine war es der vorletzte Kinofilm. Im Jahr 1966 spielte sie dann noch in einem »Voodoothriller« namens »The Witches« der Hammer Production, die sich in den sechziger Jahren um auffällig viele alte Damen des Kinos (u. a. Bette Davis, Tallulah Bankhead und Hildegard Knef) bemühte und diese im Horrorgenre einsetzte. Zusätzlich zu »Dracula«, »Frankenstein« und »Die Rache der Pharaonen« wollte man offensichtlich den authentischen Horror alter Frauen nicht ungenützt vorüberziehen lassen.

Der Zuschauer wird mit dem von Frankie Avalon interpretierten Titelsong »Voyage to the Bottom of the Sea« ausgesprochen angenehm eingestimmt. Leider bleibt der Song von Russell Faith das einzig Schöne an dem Film, der den Eindruck einer billigen Fernsehproduktion macht, so als habe man einen Pilotfilm für eine Fernsehserie lieblos heruntergekurbelt. Tatsächlich wurde der Film dann auch für eine Serie ausgeschlachtet. »Voyage to the Bottom of the Sea« lief von September 1964 bis September 1968 sehr erfolgreich im amerikanischen Fernsehen.

Joan Fontaine alias Dr. Hiller ist als Psychiaterin an Bord des U-Boots »Seemöwe«, um dort die Druckauswirkungen auf die Mannschaft zu beobachten und auszuwerten. Zu Beginn des Films bekommt sie eine Führung durch das Schiff. »Das ist der Kontrollraum«, sagt der Admiral, »das Hirn des U-Boots.« Angesichts der offensichtlichen Hirnlosigkeit des Films ein schönes Bonmot. Das U-Boot taucht das erste Mal ab und dann wieder auf – der Zuschauer erkennt das an den Wasserblasen am Bugfenster, die leitmotivisch immer wieder zu sehen sind und uns daran erinnern sollen, daß wir unter Wasser sind. Es erinnert ein wenig an die Rilkesche Wiederholungskonstruktion »Und dann und wann ein weißer Elephant«. Nun wollen wir dem Regisseur und Produzenten Irwin Allen keine literarische Bildung unterstellen, aber eine gewisse Rummelplatzatmosphäre weist auch der Film auf. Nun gut, ziehen wir als Vergleich lieber »Das Karussell, das dreht sich immer rundherum« heran. Drehen tut sich in dem Film jedoch gar nichts, geschweige denn bewegen, eher tritt er auf der Stelle, dafür ist er mit billigen Jahrmarktattraktionen um so verschwenderischer. Nachdem das U-Boot aufgetaucht ist, sieht man, daß die ganze Welt von einem Feuergürtel umgeben ist. Der soll nun durch eine an Bord der »Seemöwe« befindliche Rakete durchschossen werden. All dies wird mittels hanebüchenem pseudonaturwissenschaftlichem Erklärungs-Bla-Bla kommentiert, so daß uns die erklärenden Beigaben in

»Raumschiff Enterprise« geradezu wie Teile einer naturwissenschaftlichen Vorlesung anmuten. Nun, auf dieser »Voyage to the Bottom of the Sea« – denn die Rakete muß aus einem bestimmten Winkel unter Wasser abgeschossen werden – erlebt das U-Boot viele gefährliche Dinge. Den Angriff eines Riesenkraken, herabfallende Eisbrocken, den Angriff eines feindlichen U-Boots – alles in »Unterwasseraufnahmen« so infantil und dilettantisch, daß die Trickaufnahmen selbst von der »Schweine im Weltall«-Tricktechnik der »Muppets« übertroffen werden. Zum Schluß meutert auch noch die Mannschaft, doch der autoritäre Admiral (Walter Pidgeon) hat alles im Griff, und der Feuergürtel (inzwischen sind 72 Grad Celsius auf der Erde und dieselbe ist, vertrocknend und brennend, in Weltuntergangsstimmung) kann doch noch zerschossen werden – wiederum ein tricktechnisches Meisterwerk.

Vorher aber ist noch Joan Fontaine zu beseitigen, denn sie, die eine von zwei Frauen an Bord (und im ganzen Film) ist eine böse Saboteurin. Wie schade, daß man die Gelegenheit für eine Doppelrolle nicht genutzt hat, ich meine, wo es doch sowieso nur zwei Frauenrollen gibt, ein Schwesterndoppel mit einer guten und einer bösen Joan Fontaine hätte bestimmt doppelt soviel Spaß gemacht. (Obwohl es erlaubt sein muß, die Frage zu stellen: Kann ein Film, der gar keinen Spaß macht, doppelt soviel Spaß machen?) Nun, so quält sich Joan Fontaine in einfacher Ausfertigung durch den Film, in einer Rolle, die keine ist, mit Dialogen, die wahrscheinlich zu den einfältigsten ihrer gesamten Karriere gehören, und nicht einmal ihre Garderobe ist erste Wahl. Traurig, traurig, traurig. Aber so traurig das auch ist, Joan Fontaine meistert ihre Rolle mit Überzeugung und stattet sie mit einer Eigenschaft aus, für die die Engländer das schöne Wort »bitchy« gefunden haben. (Und sie erreicht damit eine Dimension von Schauspielerei, die zu erreichen ihrer Schwester Olivia de Havilland nie vergönnt war.) Aber als Erlöserinnenfigur für Peter Lorre im Sinn einer Märchenhandlung à la »Die Schöne und das Biest« scheidet sie damit leider aus.

Noch trauriger ist es nämlich, Peter Lorre zuzusehen, in seiner siebtletzten Filmrolle. Klein, etwas aufgedunsen, muß er als Physiker das Unternehmen begleiten und zudem zusätzlich für einen wahrscheinlich als komische Einlage gedachten Höhepunkt sorgen: In seiner ersten Einstellung sieht man ihn im U-Boot-Aquarium seinen Haifisch Bessie spazierenführen. (Durch die Haifischdame wird dann übrigens auch Joan Fontaine beseitigt – sie fällt zur Frühstückszeit ins Haifischbekken.) Denn anders als im Märchen von der Schönen und dem Biest kam zu Peter Lorre keine Fee und zauberte ihm mit einem Zauberstab ein schöneres Leben und ein schöneres Äußeres. Wenn man dem trostlosen »Unternehmen Feuergürtel« doch wenigstens Billie Burke, die gute Hexe aus »Der Zauberer von Oz« (1939), zur Seite gestellt hätte. Vielleicht hätte sie ihm schöne Kulissen gezaubert, ein würdigeres Drehbuch oder am besten einen ganz neuen Film. Aber Billie Burke hatte bereits 1960 im Alter von fünfundsiebzig ihre letzte Filmrolle gespielt. Auch gute Hexen werden älter. Dem Exilanten Peter Lorre kam man nach dem Krieg in Deutschland nicht entgegen. Sein Film »Der Verlorene« (1951) wurde kaum beachtet. Enttäuscht kehrte er nach Hollywood zurück und spielte dort in schlechten Filmchen, resigniert und wie ein Ritter von der traurigen Gestalt anzuschauen. Da hätte wahrscheinlich auch Billie Burke nichts mehr ausrichten können. »Close your eyes and tap your heels together three times. And think to yourself: There's no place like home, there's no place like home.« Aber wo wäre dieser Platz für Peter Lorre gewesen? 1964, in seinem Todesjahr, mußte er schlußendlich auch noch in einer »Komödie« von und mit Jerry Lewis, »Die Heulboje«, spielen. Aber ihn darin zu sehen ist einfach zu traurig, so daß dieser Film keine Aufnahme in dieses Buch fand, wo er doch ansonsten einen Ehrenplatz unter den schlechtesten Filmkomödien aller Zeiten verdient gehabt hätte. Und dann hatte offensichtlich doch eine gute Fee oder eine gute Hexe Mitleid mit ihm und zauberte ihm so viel Alkohol, daß er davon betäubt war und auf diese Weise die beschämende Dürftigkeit seiner letzten Rollen nicht mehr bemerkt hat. In seinem einzigen Roman, »Der Verlorene«, der auch die Grundlage für den gleichnamigen Film war, schreibt er: »Wie es geschah und warum ich es tat, ich weiß es nicht. Glauben Sie mir, ich weiß darüber absolut nichts.«

Schloß Königswald (BRD 1987)

1987 hatte Peter Schamoni die schöne Idee, einen Film mit sieben alten Damen des deutschen Films und des deutschen Theaters zu drehen. Als Vorlage wählte er die Erzählung »Schloß Königswald« von Horst Bienek, der auch am Drehbuch mitarbeitete. In Zusammenarbeit mit dem ZDF entstand dann ein Film (Fernsehtitel: »Die letzte Geschichte von Schloß Königswald«), der allerdings außer den alten Damen nichts zu bieten hat. Schade, so hat Peter Schamoni lediglich ein Massengrab, wenn auch ein über weite Strecken unterhaltsames, inszeniert, denn wo sonst könnte man vorletzte, vorläufig letzte und allerletzte Auftritte alter Damen in solcher Menge erleben.

Auf Schloß Königswald erwarten eine Reihe alter Damen von altem Adel das Ende des Zweiten Weltkriegs. Das Schloß wird nacheinander von deutschen, amerikanischen und russischen Soldaten besetzt. Vor letzteren fliehen sie schließlich in Richtung Rhein.

Peter Schamoni bemüht sich, dem Ganzen einen zeitkritischen Anstrich zu geben, tut das aber so halbherzig, daß er es besser gleich ganz gelassen hätte. Die Versuche, deutsches Mitläufertum kritisch zu hinterfragen und Verstrickungen der deutschen Aristokratie während des Dritten Reichs zu beleuchten, wirken wie Fremdkörper, noch dadurch verstärkt, daß die ohnehin thesenhaften Dialoge zu diesem Thema vom Schauspielerensemble papieren vorgetragen werden.

So muß man sich an die alten Damen halten, und die sind wirklich bis auf eine Ausnahme großartig – aber das wären sie auch ohne Peter Schamonis Regie gewesen. Camilla Horn, Marianne Hoppe, Carola Höhn, Rose Renée Roth, Fee von Reichlin und Ortrud von der Recke bieten den Beweis, daß ein schauspielerisches Altenheim keineswegs Langeweile ausstrahlen muß. Jede der Damen ist auf ihre Weise liebenswert-komisch, Marianne Hoppe mit ihrem Wunsch, nicht von den Deutschen verteidigt werden zu wollen, Fee von Reichlin mit ihrem steten Ausspruch: »Schrecklich, aber schön haben Sie das gesagt«, Camilla Horn, die sich ungeniert über die Zusammenhänge europäischer Kunstmusik verbreitet. Als anrührendste Figur bleibt Rose Renée Roth in Erinnerung, die, ständig in Angst, erschossen zu werden, den Flügel mit dem schrecklich falsch gespielten Chopinschen Minutenwalzer traktiert. »Müssen Sie denn ausgerechnet immer zur Teestunde üben?« fragt Dietlinde Turban. »Ich übe doch gar nicht!« antwortet Rose Renée Roth mit einem sanften Blick, dem man alles glaubt und der einem Tränen der Rührung in die Augen treten läßt.

Nur mit der Schauspielerin, die der Star des Damenkränzchens hätte sein sollen, will keine rechte Freude aufkommen – Marika Rökk. Wahrscheinlich war sie ohnehin nur durch den zweimaligen Extra-Credit im Vorspann *und* im Nachspann zur Mitarbeit zu bewegen. Sie tut in »Schloß Königswald« das einzige, was sie gut beherrscht: Sie drängt sich in den Vordergrund. Dabei wurde sie vom Regisseur nicht behindert. Sie spielt, wie könnte es anders sein, einen ehemaligen Bühnenstar mit dem Künstlernamen Annedore Danila. »Ich hab auf der ganzen Welt gespielt, in meiner geliebten Heimatstadt Budapest, in Wien, Prag, Rom, Paris, Moskau.« Sie nutzt, von den Drehbuchautoren Bienek und Schamoni geleitet, jede Gelegenheit, sich zu Wort zu melden. Spielt Rose Renée Roth den Minutenwalzer, sagt sie: »Ah, Walzer, mein Gott, war ich unvergeßlich im ›Walzertraum‹!«, spricht Marianne Hoppe von Paris, spricht die Rökk von ihren dortigen Auftritten: »Meinen Csardas hab ich dreimal wiederholen müssen, das vierte Mal ging es nicht mehr, weil der Absatz abgebrochen war. Ich war keine Tingeltangellöse, ich war eine Diva!« Und Marianne Hoppe spricht aus, was jeder Zuschauer denkt: »Ach, was Sie nicht sagen.« Sogar Grammophonplatten mit ihrem eigenen Gesang darf sie auflegen. Und auch das, wovor wir uns alle fürchteten, wird uns nicht erspart. Als die Amerikaner das Schloß besetzen, gibt es unter diesen auch einen schwarzen klavierspielenden Soldaten namens Sam. (Und Peter Schamoni ist sich nicht zu schade, den uralten Witz »Play it again, Sam« zu strapazieren.) Diesem Soldaten streichelt Marika mit ihren welken Fingern über Haut und Haar und sagt: »Ich bin schon immer gegen die Rassismus gewesen« (sic!). Und dann ist es soweit. Sie tanzt. Sie tanzt Charleston und Boogie-Woogie. Aber eigentlich ist es egal, was sie tanzt, solange sie nur Gelegenheit hat, ihre Beine in die Luft zu werfen, so hoch und so gut es noch geht, und sich auf die immer noch feisten Oberschenkel zu klopfen. Unwillkürlich fühlt man sich an eine Notiz in der »Bild«-Zeitung erinnert: »Marika Rökk tanzt nicht mehr – sie wird nur noch geworfen und gefangen.« Doch dann rücken die Amerikaner ab und die Russen an. Vor denen will Marika zum Glück nicht mehr tanzen, beziehungsweise nicht mehr geworfen und gefangen werden. »Haltet durch, Mädels«, lassen die Russen durchs Telefon verlauten, und dann ist der Film ganz schnell aus. Man verläßt ihn mit einem unaussprechlichen Ekel vor ungarischer Salami: »Aber immer hatte ich eigentlich schon Tänzerin werden wollen. In jedem Lokal, in dem auch nur einer fiedelte, ließ ich meinen Teller stehen und schwebte als lästige Elfe zwischen den Tischen umher. Ich trainierte, wo ich ging und stand. Wir fraßen ungeheure Mengen ungarischer Salami.« (Marika Rökk, »Herz mit Paprika«) Und man freut sich, daß Camilla Horn, Marianne Hoppe, Carola Höhn, Rose Renée Roth, Fee von Reichlin und Ortrud von der Recke durchgehalten haben, trotz der Regie und trotz des vermeintlichen Stars. Es ist eine der tapfersten Leistungen des deutschen Nachkriegsfilms.

Der silberne Kelch (The Silver Chalice, USA 1954)

Im »Spanischen Liederbuch« vertonte Hugo Wolf die Zeile: »Auch kleine Dinge können uns entzücken.« Einige Jahrzehnte später, das klassische deutsche Lied war in seiner Beliebtheit inzwischen vom klassischen deutschen Schlager abgelöst worden, sang Heidi Kabel: »Mit kleinen Dingen Freude bringen.« Wie recht sie doch hatte!

»Der silberne Kelch« zum Beispiel, 1954 unter der Regie von Victor Saville entstanden, ist ein miserabler und, was schwerer wiegt, ein schrecklich langweiliger Film. Der uns doch Freude macht. Warum? An der Geschichte kann es nicht liegen. Basilius, ein von einem reichen Römer adoptierter Pflegling, erlernt das Bildhauer- und Goldschmiedehandwerk, schließt eine pubertäre Freundschaft mit der Sklavin

Helena, gerät selbst in Sklaverei und wird von einem Christen befreit. Für den soll er ein Behältnis für den »silbernen Kelch« herstellen (aus dem Jesus und seine Jünger den letzten Abendmahlswein tranken). Er trifft Helena wieder, die mittlerweile mit dem Zauberer Simon durch die Lande tingelt, verliebt sich jedoch in das Christenmädchen Deborah und kommt nach Rom, wo er eine Büste Kaiser Neros anfertigen soll. Simon der Zauberer wird wahnsinnig und stürzt sich, im irrigen Glauben, er könne fliegen, von einem Turm direkt vor die Füße Neros und Poppeas. Endlich geht der silberne Kelch verloren, und trotzdem gibt es ein Happy-End: Basilius und Deborah fahren einer glücklichen Zukunft entgegen. Schrecklich, nicht? Das alles in schauerlichen Kulissen. Kulissen, so billig, daß man die Pappe geradezu riechen kann und außerdem das Gefühl nicht los wird, noch nie so billige Rückprojektionen gesehen zu haben. (Wenn man denn überhaupt welche sieht, denn mindestens die Hälfte des Films spielt vor schlichtem schwarzem Hintergrund.) Bei einigen haben sich die Verantwortlichen gar keine Mühe mehr gegeben, sie realistisch aussehen zu lassen, sondern sich mit pittoresker Landschaftsmalerei beholfen, und die Quader der Stadtmauern von Antiochia sind so offensichtlich aufgemalt, daß man sich schon sehr, sehr weit vom Fernseher entfernen muß, um dies nicht zu bemerken, und man sich freut, wenn inmitten dieser bemalten Pappkulissenwelt wenigstens einige Male eine echte Holztür auftaucht – es kommt einer Offenbarung gleich.

Es sind eben die kleinen Dinge, die Freude machen. Zum Beispiel Paul Newman in seiner Debutrolle zu sehen und sich zu wundern, daß er nach diesem Film noch weitere machen durfte. Oder Natalie Wood mit scheußlicher Blondhaarperücke zu sehen und befriedigt festzustellen, wie recht doch der »Harvard Lampoon« tat, jährlich den »Natalie Wood Award« für die schlechteste schauspielerische Leistung einer

Frau zu vergeben. Virginia Mayo als ältere Helena – sie steckt die meiste Zeit in Kostümen, die sie wie eine Vorwegnahme der »Bezaubernden Jeannie« aussehen lassen – hätte diesen Preis bestimmt verdient. Wie sie so schlichte Sätze wie: »Nur wenn du mich mit deiner Liebe umgibst und deine Küsse auf meinen Lippen brennen, scheint mir das Leben lebenswert« vorträgt, nötigt Bewunderung ab. Eine der schönsten Textzeilen ist allerdings an Pier Angeli gefallen, die nach einer Begegnung mit Jesus sagt: »Er war ganz anders als andere Menschen!« Untermalt von wabernden Wagnerschen Gralsthemen, für die Franz Waxman verantwortlich zeichnet, treibt einem die Szene Tränen in die Augen, allerdings weniger aus Rührung denn aus Verzweiflung.

Und dann, wenn man nach eineinhalb Stunden glaubt, es nicht mehr ertragen zu können, sehen wir auf der Leinwand die großartige Charakterdarstellerin Norma Varden, das Mordopfer aus Billy Wilders »Zeugin der Anklage« (1957), und alles wird wieder gut. Norma Varden, die schon in ihren ersten Filmrollen, mit Mitte Dreißig, alt wirkt, so, als hätte sie nie eine Jugend gehabt und genießen können. Als sie in »Zeugin der Anklage« ihren Mörder im Kino trifft, sagt sie: »Ich hab den Film schon mal gesehen. Ich geh ziemlich oft ins Kino. Ich werde verrückt, wenn ich so alleine zu Hause rumsitze, ich muß dann raus unter Menschen. Und wohin soll man schon gehen – ins Kino. Es kommt vor, daß ich einen Film drei- oder viermal sehe.« Sie ist der einzige Lichtblick in »Der silberne Kelch«, aber ihr Name taucht im Vorspann nicht einmal auf. Sie spielt eine Römerin auf einem Festbankett Kaiser Neros und unterhält sich mit Simon dem Zauberer. Der Dialog sei hier zur Erbauung wiedergegeben: »Ich habe meine Sklavin heute zu dir geschickt, um einen Liebestrank zu holen, aber sie kehrte leider mit leeren Händen zurück.« – »Ich befasse mich nicht mehr mit solchen Dingen.« – »O weh, was mach ich nun?« – »Verlaß dich einfach auf deine Schönheit, aber nicht zu sehr, würde ich dir raten!« – »Oh!« Die arme Norma Varden. Sie hat diesen Rat nicht befolgt, sonst wäre sie sicherlich nicht Tyrone Powers Opfer in »Zeugin der Anklage« geworden. Eitelkeit kommt vor dem Fall! Und trotzdem: Norma Varden hat uns – ungenannt! – in so vielen Filmen Freude geschenkt, daß sie einen Sonder-Oscar für ihr Lebenswerk verdient gehabt hätte. Kaum ein Nachschlagewerk nennt sie, nicht einmal das renommierte Personenlexikon von Ephraim Katz. Was hat Norma Varden wohl in ihren letzten Lebensjahren gemacht? Wo hat sie gelebt? Immerhin, ihr letzter Filmauftritt datiert von 1967, im Filmmusical »Dr. Dolittle«. Dort spielt sie, leicht gealtert, in einem atemberaubenden Kostüm mit riesigem Hut und grünen Schuhen Lady Petherington. Sie kommt zu Dr. Dolittle, um ihm ihr Leid zu klagen: »Ach, Sie werden niemals erraten, was mir zugestoßen ist. Ich habe die schrecklichste Erfahrung meines Lebens hinter mir. Gestern abend gab ich eine Dinnerparty – der peinlichste Augenblick meines gesamten Lebens – es lief eine Maus über den Tisch. Ich dachte, ich sterbe. Können Sie sich das vorstellen? Eine Maus? Die ganze Nacht habe ich kein Auge zugetan. Meine Angestellten habe ich natürlich gleich alle entlassen. Zuallererst den Gärtner.« Dabei ahnt sie nicht, daß Dr. Dolittle, der Arzt, dem die Tiere vertrauen, der Verursacher des Schadens ist. Aber da sind auch schon weiße Mäuse an ihrem Kostüm emporgeklettert (Und es gibt an dem Kostüm wirklich eine Menge zu erklettern). Laut schreiend verläßt sie das Haus, nach zwanzig Minuten den Film (den man nach ihrem Abgang getrost vergessen kann) und für immer die Filmgeschichte. Verstorben ist sie erst 1989, dazwischen liegen zweiundzwanzig Jahre, in denen sie Zeit hatte, auf ihr Lebenswerk zurückzublicken, auf unerfreuliche Filme wie »Der silberne Kelch«, die sie durch ihr Erscheinen veredelt hat.

Und dann gibt es da noch Lorne Greene, ja, richtig, den Ben Cartwright aus der Serie »Bonanza«! Im »Silbernen Kelch« mit Rauschebart als Petrus. Paul Newman und Pier Angeli sind zu diesem Zeitpunkt bereits glücklich vereint, Virginia Mayos Schicksal hat der Drehbuchautor zum Ende des Films aus den Augen verloren, nur die »raison d'être«, der Kelch, ist endgültig verschwunden, was von Paul Newman heftig bedauert wird: »Wenn ich doch nur den Kelch hätte wiederfinden können!« Aber so kann Lorne Greene alias Petrus den ergreifenden Schlußmonolog halten, mit schauspielerischen Mitteln, die man nicht anders als minimalistisch bezeichnen kann. »Der wird wieder ans Licht kommen. Und wenn er wieder im Licht erscheint, dann wird es große Städte geben und gewaltige Brücken und Türme, höher als der Turm von Babel. Das Böse wird herrschen auf der Welt, und lange, fürchterliche Kriege werden toben. Dann wird der Kelch Jesu vielen, die dann leben, klein und unwichtig erscheinen. Aber es wird die Erkenntnis kommen für die Menschen jener Tage, die den Blitz beherrschen und durch die Lüfte fliegen, daß sie des Heiligen Kelches mehr bedürfen als wir in unserer Zeit!«

Spätestens wenn man den Film bis zur bitteren Neige angeschaut hat, weiß man, wie recht Lorne Greene dieses eine Mal hatte und wie nötig wir Zuschauer des Heiligen Kelchs bedürfen.

Nur eine Frage der Zeit / Nina
(A Matter of Time / Nina, USA / Italien
1976)

Im Herbst 1975 drehte Ingrid Bergman in Rom den Film »Nur eine Frage der Zeit« nach dem Bestsellerroman »The Film of the Memory«. Metro-Goldwyn-Mayer hatte die Filmrechte erworben, aber den Film nie gedreht. Nun hatte Vincente Minnelli sie gekauft. Die Dreharbeiten dauerten vierzehn Wochen, aber der Film wurde kaum gezeigt. Kathleen Carroll schrieb in »Movies«: »... da man ihn schon einmal gedreht hatte, wäre es besser gewesen, den Film nie in die Kinos zu bringen ...« Dies ist die einzige Notiz, die man in Ingrid Bergmans Autobiografie »Mein Leben« zu diesem Film findet.

1975 war Vincente Minnelli fünfundsechzig Jahre alt, kein Alter für einen renommierten Regisseur, über eine Alzheimer-Erkrankung ist ebensowenig bekannt wie über Altersschwachsinn, doch wird man beim Betrachten von »Nur eine Frage der Zeit« das Gefühl nicht wieder los, es mit dem Werk eines geistig verwirrten, dementen Menschen zu tun zu haben. Dieses Gefühl entwickelt einen enorm starken Sog, ebenso wie Ingrid Bergmans Contessa, die mit der weißhaarigen Perücke und den dunkelst geschminkten Augen aussieht, als hätte Edward Gorey Hildegard Knef zu zeichnen versucht.

Und doch bleibt man Vincente Minnelli einen Rest von Dankbarkeit schuldig, hat er sich doch immerhin nicht gegen die siebenundneunzigminütige Fassung zur Wehr gesetzt. Es gibt Menschen, Dinge, Verhaltensweisen und Ereignisse, die das Vorstellungsvermögen übersteigen. Daß dieser Film in seiner ursprünglichen Fassung hundertfünfundsechzig Minuten lang gewesen sein soll, übersteigt mein Vorstellungsvermögen um ein Beträchtliches. Man kann nur hoffen, daß Vincente

Minnelli 1986, nachdem er gottlob nie wieder einen Film machte, die fehlenden achtundsechzig Minuten mit ins Grab genommen hat.

Der Film ist in einfach allen Aspekten unglaublich schlampig. Liza Minnelli als neunzehnjährige Nina (tatsächlich war sie 1976 bereits dreißig) sieht überhaupt nicht aus wie ein Mädchen vom Land, das sie spielen soll, sondern wie eine vierzigjährige Friseuse aus der Vorstadt. Jedenfalls kommt sie nach Rom. Der bekannte Filmkritiker Leonard Maltin merkt in seinem »Movie and Video Guide« an, der Film spiele im »Europa vor dem Ersten Weltkrieg«. Tatsächlich sieht man Kostüme, die in den vierziger, fünfziger, sechziger, vielleicht sogar den siebziger Jahren hätten getragen werden können, aber ganz sicherlich nicht im Europa vor, während oder nach dem Ersten Weltkrieg. Auch die Autos auf den Straßen Roms sprechen eine andere Sprache. Glauben Sie mir, liebe Leser, ich habe das sehr genau recherchiert, aber ein Auto vom Typ Isetta wurde erst deutlich nach dem Weltkrieg produziert, und zwar nach dem Zweiten!

Nun denn! Liza Minnelli in der Verkleidung eines Zimmermädchens trifft in dem Hotel auf einen Schriftsteller. Dieser versucht den ganzen Film über, eine Vergewaltigungsszene zu schreiben, was nicht einmal komisch, sondern nur abgeschmackt ist. Vielleicht war es das, was Frank Rich von der »New York Post« zu folgender Kritik veranlaßte: »So spektakulär daneben, daß ›Nur eine Frage der Zeit‹ auch dann der Komödienflop des Jahres wäre, wenn Minnelli Mel Brooks davon überzeugen könnte, seinen Namen dafür herzugeben!«

Außer auf den Schriftsteller trifft Liza Minnelli auf die Contessa Sanziani (Ingrid Bergman), mit Vornamen Lucrezia, die, alt und verwirrt, wie es auch Vincente Minnelli bei der Herstellung des Films gewesen sein muß, in einer Welt der Erinnerung lebt und einige der denkwürdigsten Dialogzeilen ihrer Karriere sprechen muß: »Man ist nur, was man sein möchte, aber man muß das Risiko eingehen und sich nicht fürchten vor Freude oder Kummer, keine Angst, greifen Sie zu, nehmen Sie sich alles vom Leben, tun Sie's, bevor es zu spät ist! Sittsamkeit ist nur ein Zeichen von Unvollkommenheit. Nur häßliche Frauen schätzen diese Tugend.« Und: »Bei Sonnenuntergang fliegen die Stare immer über Rom, in riesigen Schwärmen, und wissen Sie, das Geräusch, wie Regen, das man so oft in der Musik von Berlioz hört, das ist das Zwitschern dieser kleinen Vögel.« Der arme Berlioz, er konnte sich 1976 nicht mehr wehren.

Diese Contessa war »Geliebte bedeutender Männer, zum Beispiel von Kaiser Wilhelm und Gabriele d'Oratio«, was, wenn es eine Verballhornung von Gabriele d'Annunzio sein soll, eine sehr plumpe ist, und falls es, daraus folgend, eine Anspielung auf Eleonora Duse sein soll, ebenfalls sehr ungeschickt ist, denn eine Tragödin hätte selbst ein besserer Regisseur, als Vincente Minnelli einer war, aus Ingrid Bergman nicht gemacht. Die Contessa nun erzählt aus ihrem Leben, in Rückblenden, in denen die junge Contessa von Liza Minnelli gespielt wird, was der Erzählstruktur des Films nicht gerade zuträglich ist. Und sie versucht, aus dem häßlichen Entlein Nina (Liza Minnelli) einen schönen Schwan zu machen. Schauen Sie sich Fotos von Liza Minnelli an – Sie werden sofort von der Unmöglichkeit dieses Unterfangens überzeugt sein.

Bis zu diesem Punkt des Films haben wir schon viel Schreckliches gesehen, u. a. Charles Boyer als Conte Sanziani in seiner allerletzten Filmrolle (Der Regisseur war gnädig. Er hat Charles Boyers Auftritt auf fünf Minuten zurechtgeschnitten). Doch nun entgleitet Vincente Minnelli der Film endgültig; verwackelte Postkartenansichten aus Rom, umständliche, unmotivierte Rückblenden (In einer tritt sogar Kaiser

Wilhelm II. auf) sind die Folge. Nina wird zum Filmstar, eine Wandlung, an der uns Liza Minnelli so überhaupt nicht teilhaben läßt. Vielleicht hätte man das in den fehlenden achtundsechzig Minuten gesehen, dann ist es doppelt schön, daß der Film gekürzt wurde. Immerhin singt Liza Minnelli gut, aber die Songs sind langweilig, bis auf einen, und gerade den hätte sie besser nicht gesungen. »Just Do It Again« von George Gershwin war ein Evergreen in den Konzerten ihrer Mutter Judy Garland, und in dem Moment, in dem sie die Erinnerung an ihre Mutter evoziert, hat sie auf ganzer Linie verloren.

Kurz bevor Nina es (unverständlicherweise) schafft, ein Star zu werden, läuft die verwirrte Contessa vor ein Auto. »Ist das Leben schon zu Ende?« haucht sie der Krankenschwester entgegen (Bergmans Tochter Isabella Rossellini in ihrer ersten Filmrolle) und stirbt. Für Ingrid Bergman war das Leben noch nicht zu Ende. Sie trat noch einmal vor die Kamera, um neben der ständig verheulten, verquollenen Liv Ullmann in »Herbstsonate« 1978 ihren Leinwandabschied zu geben. Vom Fernsehbildschirm verabschiedete sie sich dann 1982 im Mehrteiler »A Woman Called Golda« als Golda Meir, einer dieser von ihr so geschätzten überlebensgroßen Charaktere, deren sie nie Herr wurde und der schon ihre Jungfrau von Orléans (»Joan of Arc«, 1948) ungenießbar machte.

»Du hast es geschafft, der Vergewaltigung einen tieferen Sinn zu geben«, sagt der Regisseur zum Schriftsteller am Schluß des Films, »dadurch wird die Szene viel positiver.« Dem Film einen tieferen Sinn zu geben war Vincente Minnelli nach siebenundneunzigminütiger Vergewaltigung der Zuschauer leider nicht mehr möglich. Es ist ein Film, von dem man sich wünschte, es möge niemals ein Director's Cut in die Kinos oder auf die Bildschirme gelangen.

Dosierter Mord (The Big Cube, USA / Mexiko 1968)

»Mir war eine erfüllte, abwechslungsreiche und befriedigende Karriere vergönnt. Und eine lange.« Lana Turner

Letzteres sei Lana unbenommen, auch werden Schauspielerinnen im Alter oft unkritisch. Die Frage ist allerdings, ob auch der Zuschauer die Karriere einer Schauspielerin als »erfüllt, abwechslungsreich und befriedigend« empfindet. Im Fall Lana Turners kann man im Brustton der Überzeugung sagen: ja! Diese Schauspielerin hat uns so viele schöne, reife, mannigfaltige und befriedigende Kino- und Fernseherlebnisse geschenkt, sie darf wirklich zufrieden sein. Denn wer kann sich rühmen, in so vielen schönen, schlechten Filmen gespielt zu haben wie Lana. Perlen des Camp finden sich darunter: »Der große Regen« (1955), »Glut unter der Asche« (1957), »Solange es Menschen gibt« (1959), »Und die Nacht wird schweigen« (1961), »Madame X« (1966) und viele mehr. Ein Leben für den Camp. Man wird nur mit Mühe einen anderen Star der Güteklasse Lana Turners finden, dessen Verglühen in so absurden Plots wie »Verfolgung« (Englischer Titel: »Persecution«, Alternativtitel: »The Terror of Sheba«) aus dem Jahr 1974 zu bestaunen ist: Eine in England lebende verkrüppelte Amerikanerin (Lana Turner) terrorisiert in ihrer Selbstbezogenheit und Verbitterung ihren Sohn, wozu sie ihre Katzen einsetzt. Als der Heranwachsende durch die Bosheit der Mutter die geliebte Frau und ihr gemeinsames Kind verliert, gerät er an den Rand des Wahnsinns. Erst als er das Geheimnis ihrer wahren Geschichte und damit die Mutter als Mörderin entlarvt, tötet er sie, indem er sie wie einst eine der Katzen in Milch ertränkt.

Einen noch größeren Höhepunkt in Lana Turners kometenhaftem Niedergang stellt »Dosierter Mord« dar, der schon in der Eröffnungssequenz den Weg eines absurden Dramas beschreitet: Lana wird dem vor Staunen stummen Zuschauer als ernsthafte Schauspielerin präsentiert. »Der König schläft, wir dürfen ihn nicht wecken«, interpretiert sie, und man fühlt sich an ein groteskes Stück Ionescos mit ähnlichem Titel erinnert – »Der König stirbt«. Gott sei Dank wird dieser Faden vorerst nicht weitergesponnen, denn nach Niedergehen des Vorhangs spricht Lana die erlösenden Worte: »Ich werde nie wieder auf diesen Brettern stehen.« Doch, um eine weitere Vertreterin absurder Kunst zu Wort kommen zu lassen, eine Vertreterin des absurden Schlagers, Severine: »Jetzt geht die Party richtig los!«

Unter der Regie von Tito Davison nimmt nun das Drama seinen Lauf. Lana hat einen reichen Verehrer geheiratet, der sie abgöttisch liebt, im Gegensatz zu dessen Tochter (Karin Mossberg), die Lana haßt und von der festen Überzeugung nicht abzubringen ist, Lana ruiniere ihren Vater. Infolgedessen will sie auch nicht an der Hochzeit teilnehmen, und das, obwohl Lana wirklich exorbitante Garderoben des Designers (oder der Designerin) Travilla (ohne Vornamen) trägt. Statt dessen, Krankheit der Jugend, bricht sie aus und vergnügt sich auf einer Jugendparty mit Rock'n'Roll in einem mit abstrakter Kunst dekorierten Raum nebst Nackttänzerin. Anstatt die freundlichen Worte von Lana Turner entgegenzunehmen, läßt sie sich dort als unbelegtes Brötchen beschimpfen. Doch der Knüller der Party ist die »Bienenkönigin«, die Schauspielerin Regina Torne in einem absurden Bienenkostüm, die mit einer Drohne erscheint. Die Drohne bekommt Drogen verabreicht und infolgedessen Halluzinationen: »Mein Gesicht, gebt's mir wieder.« Die Tochter ist erstaunt und bekommt von ihren neuen Freunden die erstaunliche Antwort: »Wenn jemand LSD nimmt, passieren die wunderbarsten Sachen: Du siehst

Töne. Du hörst Farben.« Leider trifft das auch für den Zuschauer zu, denn, man muß es gestehen, der Film hat nicht die Gnade des Schwarzweiß. Und wenn Lana mit platinblonder Perücke, aus der links eine Locke keß heraushängt, orangeweißem Kleid nebst passenden Lederstiefeletten auftritt, wünscht man sich, man wäre auf einem LSD-Trip, der einen alle Farben schwarzweiß sehen ließe.

Auf der Hochzeitsreise, die Lana mit ihrem Gatten unternimmt, kommt dieser bei einem Yachtunglück ums Leben, der Zuschauer darf es in einer rasant geschnittenen Szene erleben. Noch rasanter ist der Szenenwechsel, wir sehen Lana im Krankenhausbett liegen, und mit ihrem langen, aufgelösten, wallenden Haar sieht sie fast so aus wie eine andere gute Bekannte aus alten, besseren Zeiten: Mae West. Als man ihr die Nachricht vom Tod ihres Mannes überbringt, weint sie und gibt mit der Zeile: »Er ist tot« der Szene eine emotionale Wirkung, deren nur Lana Turner fähig war und deren sich auch Douglas Sirk in »Solange es Menschen gibt« (1958) bediente: »Lana Turner hat eine gute Zeile in dem Film: ›Nein!‹ sagt sie, als ihr schwarzes Hausmädchen stirbt. Das ist Lana Turners beste Leistung, dieses ›Nein!‹. Als Person ist sie nämlich nichts.«

Sie ist nun Witwe und Universalerbin, was die Tochter Lisa und ihren neuen Freund aus der LSD-Clique sehr ärgert. Jonny sät deshalb Zwietracht, indem er behauptet, Lana habe Lisas' Vater getötet: »Sie hat seinen Verstand vergiftet.« Mit den Worten: »Wär doch gelacht, wenn wir mit dieser Mieze nicht fertig werden« präparieren sie Lanas Pillen mit LSD, was erstaunliche Wirkungen zeitigt: Lana Turner, deren Darstellungsstil man im besten Sinn als statuarisch bezeichnen kann, entwickelt eine derartige Lebendigkeit, daß einem angst und bange wird. Eine wahrhaft absurde Alptraumodyssee, verzerrte Kameraeinstellungen, Musik vom Synthesizer, Farben und Lichtblitze (»Du sieht Töne. Du hörst Farben.«), Teufelsmasken, all das und vieles mehr, begleitet von Lanas irrsinnigen Blicken und ihrem aufgelösten Haar. Unweigerlich fühlt man sich an die große französische Tragödin Adriana Lecouvreur erinnert – denn auch Lana heißt ja im Film Adriana –, die von einer Rivalin mittels eines vergifteten Blumenbouquets ausgestochen wurde. Das heißt, man denkt natürlich viel eher an die Oper von Francesco Cilea, die den Namen der Tragödin »Adriana Lecouvreur«, trägt. Eine Oper, die auf Grund des geringen Tonumfangs der Titelrolle besonders für Sängerinnen geeignet ist, die dem Herbst ihrer Stimme noch einen Altweibersommer abtrotzen wollen und so auch der erstaunlichen Magda Olivero die Gelegenheit gab, noch im Alter von achtundachtzig Jahren eine CD mit Auszügen aus der Oper zu besingen. Adriana Lecouvreur stirbt übrigens an den vergifteten Blumen: »Den letzten oder ersten Kuß drücke ich dir auf, süß und stark, den Kuß des Todes, den Kuß der Liebe. Alles ist zu Ende. Mit eurem Duft ersterbe die Schmach, mit euch vergehe unwiederbringlich auch mein Irrtum! Alles ist vorbei!« Ob auch Lana Turner an solch einen Altweibersommer gedacht hat, als sie wie irr in die Kamera starrte? Jedenfalls stirbt sie nicht wie die Lecouvreur, sondern im Gegenteil, sie macht das so gut, daß sie für unmündig erklärt und in eine Klinik gesteckt wird. Daraufhin feiern Lisa und Jonny Hochzeit im Stil der siebziger Jahre. Als Jonny es mit ihrer Freundin Bibi treibt, ist Lisa darüber so empört, daß sie Adrianas/Lanas altem Freund, Verfasser ihrer Bühnenerfolge von einst, ihr Komplott beichtet. Der Film erreicht nun seinen Höhepunkt. Der Autor schreibt ein Stück über Lana, durch das sie ihr Gedächtnis wiedererlangen soll. Wenn das kein Clou ist: Lana, als verwirrte Adriana, die im Film auf der Bühne spielen muß, daß sie ihr Gedächtnis wiedererlangt, nachdem sie mit LSD verseucht wurde – eine Rolle, an der selbst Shirley MacLaine gescheitert wäre. Mit leerem Gesichtsausdruck trägt sie Zeilen vor, die

Samuel Becketts würdig wären: »Die Erde ist voll von Gräbern, aber nirgendwo ein Grab für mich.« Aber trotz des Stücks, das genauso schlecht ist wie das, das Lana zu Beginn des Films spielen mußte, will das Gedächtnis einfach nicht zurückkommen, bis sich Lisa ein Herz faßt und auf die Bühne stürzt: »Wir waren das, Jonny und ich haben es gemacht, mit Drogen und mit dem Ding hier (Womit sie ein Tonband mit geheimnisvollen Stimmen meint, die Adriana dazu bewegen sollten, aus dem Fenster zu springen), wir waren das.« Daraufhin bekommt Lana einen Zusammenbruch: »O Gott, ich bin nicht verrückt, ich bin nicht wahnsinnig.« Dafür wird Jonny wahnsinnig, in einer langen, quälenden Sequenz in einem tristen Hotelzimmer. Dort würgt er eine Prostituierte und wälzt sich auf dem Boden.

Lana hingegen ist überglücklich, sie heiratet den Autor und wird mit ihm und Lisa zu einer Bilderbuchfamilie. Und das Stück läuft zwanzig Wochen am Theater – eine »erfüllte, abwechslungsreiche und befriedigende Karriere«. Lana machte danach noch drei Filme, das bereits erwähnte Katzendrama »Verfolgung« 1974, »Bittersüße Liebe« 1976 und 1980 »Witches Brew«. »Dosierter Mord« ist neben »Verfolgung« der absurdeste unter ihnen. Mit diesem Vermächtnis ist Lana Turner am 29. Juni 1995 gestorben, und so wird sie uns also in Erinnerung bleiben: »Die Erde ist voll von Gräbern, aber nirgendwo ein Grab für mich.« Oder, um den Meister des absurden Schlußtableaus, Eugène Ionesco, zu zitieren (aus »Der König stirbt«): »Bist du nun lebendiger, weil du tot bist?« Der Zuschauer kann diese Frage nur mit einem lauten, festen Ja beantworten. Lebendiger denn je.

Delta Force (USA 1985)

»Ich bin oft gefragt worden: Wenn Sie Ihr Leben noch einmal leben könnten, würden Sie wieder Schauspielerin? Am Anfang sagte ich: Warum nicht? Später sagte ich: Wer weiß? Warum denselben Weg ein zweites Mal gehen?« Hanna Schygulla

»Delta Force« beginnt ohne Vorspann, nur mit dem Hinweis »Iran Desert One, 200 Miles Southeast of Teheran, April 25th, 1980, 4.00 A.M.«. Dann gibt es eine kleine Explosion, und damit ist eigentlich alles über den Film gesagt – er ist so sinnlos wie ein Bombeneinschlag. Dann sieht man das Sonderkommando »Delta Force« beim Einsatz, angeführt von Lee Marvin (Seine letzte Rolle, er starb ein Jahr später an einer Herzattacke) und flankiert von Chuck Norris. Das verheißt nichts Gutes. Aber bevor man lange darüber nachdenken kann, ob man wirklich einen Film mit dem Karateas (Mittelgewichts-Weltmeister von 1968–1974) sehen will, wird man auch schon vom Vorspann und der Musik von Alan Silvestri mitten ins Geschehen gezogen. So sehen B-Produktionen aus, und vor allem: So hören sie sich an! Nach der wundervoll-sinnlosen Einstiegssequenz in der »Iran Desert One« befinden wir uns nun auf dem Flughafen von Athen. Lustige Touristen begegnen uns und finstere, fremdländisch wirkende Männer. Letzteres verheißt nichts Gutes. Dann sehen wir Shelley Winters. Das verheißt auch nichts Gutes, läßt uns aber immerhin in der Hoffnung in den Kinosessel sinken, daß es zumindest ein lustiger Film wird. Im Flugzeug wird diese Hoffnung zur Gewißheit, denn hier begegnet uns Hanna Schygulla als deutsche Stewardeß – mit silberblondgrauer Haartracht. Außerdem ist das gesamte Personal der »Airport«-Filmserie versammelt: ein Pfarrer, zwei Nonnen, Kinder, eine Schwangere und so weiter und so weiter, und einen der Nebenrollenkönige Hollywoods,

George Kennedy, hat man aus der Filmreihe gleich übernommen. Einen Gimmick der »Airport«-Serie hat man auch zu übernehmen versucht – die Präsentation von alten Schauspielerinnen in kleinen Rollen.

Im ersten Film der Reihe, »Airport« (USA 1969, R.: George Seaton) war es Helen Hayes (ihr viertletzter Kinofilm), im zweiten, »Airport '75 – Giganten am Himmel« (USA 1975, R.: Jack Smight) waren es Myrna Loy (ihr drittletzter Film) und Gloria Swanson (ihr letzter Film), im dritten, »Airport – Verscholl im Bermuda-Dreieck« (USA 1977, R.: Jerry Jameson) war es Olivia de Havilland (ihr vorletzter Kinofilm), und im bis heute letzten, »Airport '80 – Die Concorde« (USA 1979, R.: David Lowell Rich) war es die wundervolle Mercedes McCambridge. Es war ihr vorletzter Film, nach langer, langer Filmabstinenz. Sie sieht schlecht aus in diesem Film, krank und aufgedunsen, und ist doch der einzige Lichtblick in dieser lieblos heruntergekurbelten Fortsetzung. Nachdem 1987 ihr Sohn zuerst seine Frau und seine beiden Töchter erschoß und dann sich selbst tötete, zog sie sich völlig aus der Öffentlichkeit zurück. 1983 trat sie zum letzten Mal vor die Kamera, in »Echoes« von Arthur Allan Seidelman. Mit diesem Film verabschiedeten sich auch zwei andere fast vergessene Damen des amerikanischen Kinos von der Leinwand: Ruth Roman (eine der Überlebenden des Untergangs der »Andrea Doria«) und Gale Sondergaard – wer erinnert sich heute noch an diese Namen? In der Parodie der »Airport«-Filme, »Die unglaubliche Reise in einem verrückten Flugzeug (USA 1980, R.: Zucker/Abrahams/Zucker) tritt schließlich Ethel Merman auf (ihre letzte Filmrolle). Sie liegt in einem Bett der Krankenstation und wird von Robert Hayes mit den Worten vorgestellt: »Das ist Lieutenant Herwitz. Schwerer Granaten-Schock. Er hält sich für Ethel Merman.« Dann singt Ethel Merman (als Lieutenant Herwitz) »Everything's Coming Up Roses«, worauf Robert Hayes sagt: »Krieg ist die Hölle!« Doch zurück zu »Delta Force«, wo uns Regisseur Menahem Golan offensichtlich mit ähnlichem Staraufgebot beglücken wollte. Leider, in B-Produktionen muß man sich eben mit wenig zufriedengeben, gelang es ihm nur, Shelley Winters und Hanna Schygulla zu engagieren.

Die beiden Terroristen, ein cooler und ein nervöser, Palästinenser, wie wir inzwischen erfahren haben, bringen das Flugzeug in ihre Gewalt, begleitet von lauten »No!«-Rufen Hanna Schygullas und Shelley Winters', zwingen die Crew zu einer Zwischenlandung in Teheran und dann zum Weiterflug nach Beirut. Auf dem Flug erfahren sie, daß Juden an Bord sind. Diese werden von den anderen Passagieren separiert und in Beirut eingekerkert, inzwischen ist auch die »Delta Force« im Einsatz, und wir haben Gelegenheit, lauter tapfere Menschen an Bord der Maschine zu beobachten. Besonders tapfer ist die junge Nonne, sie kümmert sich gleichzeitig um Pater O'Malley und um ihre ältere Betschwester und kämpft obendrein noch um das Wohlergehen ihrer Mitreisenden. Eine wahre Supernonne. (»Was ist eine Supernonne?« fragte Conférencier Hanns-Dietrich von Seydlitz in einer seiner legendären Conférencen das Publikum, um die Frage gleich selbst zu beantworten: »Eine Nonne, deren Mutter und Großmutter auch schon Nonnen gewesen sind.«) George Kennedy, der den Pater gibt, hat auch seinen großen Auftritt: Als die jüdischen Passagiere abgeführt werden, geht er mit. Doch die palästinensischen Terroristen wollen ihn gar nicht dabei haben. Daraufhin sagt George Kennedy: »Ich bin genauso Jude wie Jesus Christus.« Das ist so großartiges, komisches Entertainment, daß man laut loslachen möchte. Aber man kann nicht mehr, weil man sich schon vorher kaputtgelacht hat über die Darbietungen von Shelley Winters und Hanna Schygulla.

Leider hinkt die Dramaturgie des Films, und so gibt es,

nachdem die Terroristen sich entschlossen haben, Frauen und Kinder freizulassen, gar nichts mehr zu lachen. Natürlich werden (fast) alle Beteiligten gerettet, es gibt Explosionen, lustige Knallereien und brennende Menschen zu sehen, und natürlich werden alle bösen Palästinenser getötet – von Chuck Norris. Irgendwann einmal im Lauf seiner Karriere muß er einen Schlag auf Kopf oder Gesicht bekommen haben, der ihm letzteres gelähmt zu haben scheint, er tut einfach alles mit demselben Gesichtsausdruck: fernsehen, essen, Motorrad fahren, Palästinenser abschießen und seinem Freund beim Sterben zusehen. Leider sind an keiner dieser Szenen Hanna Schygulla oder Shelley Winters beteiligt, es wäre interessant gewesen zu beobachten, ob wenigstens diese hochkomischen Darbietungen den Anflug eines Lächelns auf sein Gesicht gezaubert hätten.

Diese Darbietungen gehören nun wirklich zum Wunderbarsten, was uns die beiden Darstellerinnen auf Zelluloid hinterlassen haben. Shelley hat ihren großen Auftritt, als ihr jüdischer Mann (gespielt von Martin Balsam) aufgerufen wird. Man merkt gleich, daß sie ihre Schauspielausbildung an einem berühmten Institut absolviert hat. Ihre Szene ist ein genau durchdachtes Kabinettstück, ein kleines, perfektes Miniatur-Fünf-Akte-Drama. Die Einleitung: Shelley sitzt im Flugzeugsessel und sagt: »Das kann nicht wahr sein, nicht schon wieder!« Das erregende Moment: Shelley erhebt sich. Die Steigerung: Shelley sagt mit bebender Stimme, von den Furien der Erinnerung verfolgt: »Er ist mein Mann!« Dann schreit sie: »Warum unternehmen Sie nichts? Sie sind nur zu zweit, und wir sind so viele!« (Und da hat sie ausnahmsweise einmal recht. Das ganze Flugzeug sitzt voll schlechter Schauspieler.) Das tragische Moment: Die Augen treten ihr aus den Höhlen hervor, und sie evoziert damit Erinnerungen an Bette Davis, die dieses Stilmittel in dramatischen Situationen auch gern einsetzte. Tragisch ist nur, daß dieser Vergleich zuungunsten Shelleys ausfällt. Die fallende Handlung: Shelley fällt zurück in den Sessel. Das Moment der letzten Spannung: Shelley verschränkt die Arme vor der Brust. Die Katastrophe: Shelley starrt mit leerem Gesichtausdruck vor sich hin und sieht dabei aus wie Miss Piggy, der man gerade einen Witz über Hinterschinken erzählt hat.

Die zweite große Künstlerin des Films hat leider keine so gute Schauspielschule besucht, ihr Spiel wirkt darum intimer, erfühlter und nicht so genauestens auf Wirkung berechnet wie das von Shelley Winters. Hanna Schygulla als deutsche Stewardeß soll die Pässe der jüdischen Mitreisenden aussortieren. »Suchen Sie die Pässe mit den jüdischen Namen heraus. Geben Sie mir die Israelis«, sagt der coole Terrorist. »Das kann ich nicht«, sagt sie und verzieht das Gesicht, als habe sie Verdauungsprobleme. »Ich werde das nicht tun! Nicht ich. Sehen Sie denn nicht, daß ich Deutsche bin, die Selektionen, die Nazis, die Vernichtungslager, sehen Sie denn nicht, daß ich nicht tun kann, was Sie von mir verlangen?« Ihr Gesichtausdruck wird immer verzweifelter, so, als leide sie bereits mehrere Tage an Verstopfung. Und in diesem Moment weiß man erst, was für ein großartiger Regisseur Rainer Werner Faßbinder gewesen ist – er hat der Schygulla wenigstens immer nur einen Gesichtsausdruck abverlangt, den der ruhigen, verklärten und somnambulen Gelassenheit, den Gesichtausdruck, den man sich auch gut in einer Werbung für Abführmittel vorstellen könnte. Dann versucht sie zu handeln. »Sie behaupten, Sie gehören zu einer revolutionären Organisation.« – »Das stimmt. Wir sind Freiheitskämpfer. Wir kämpfen für unsere Brüder.« – »Aber dann wollen Sie doch nicht mit Nazis in Verbindung gebracht werden, die sechs Millionen Juden ermordet haben.« Dann sagt sie nochmals: »Nein, ich werde das nicht tun!«, schüttelt den Kopf, so daß die Haartracht ihren Halt ver-

liert, und wirft mit unglaublicher Leidens- und Opferbereit-
schaft alle Pässe in die Luft. Man muß diese Szene gesehen haben, um glauben zu können, mit welch unglaublichem Kraft-
aufwand hier Vergangenheitsbewältigung betrieben wird, und
wird den Eindruck nicht los, Hanna Schygulla habe sich einfach zu lange in Mitscherlichs »Die Unfähigkeit zu trauern«
vertieft und versucht, die Thesen dieses Buches zu widerlegen.
Es ist ihr gelungen, wenn auch auf andere Weise, man trauert
über so viel geballtes Untalent.

Dazu Bernd Eilert: »Es geht mir auch nicht darum, ob
Hanna Schygulla, Gudrun Landgrebe, Angela Winkler, Edith
Clever, Elisabeth Trissenaar, Barbara Sukowa, Eva Matthes
und wie sie alle heißen, passable Filmschauspielerinnen sind –
ich halte sie übrigens dafür, zumindest in dem Sinne, daß sie
einen bestimmten Typus von Frau verkörpern, der mir schon
lange auf die Nerven geht: leidenswillig, opferbereit, unglück-
selig. Wenn es im Film auf Typisierung ankommt, leisten diese
Frauen Ansehnliches. Mein Widerwille gegen die Masochis-
men und Märtyrerposen dieser Klageweiber erwacht auf den
ersten Blick. Ihr weltschmerzliches Lächeln verleidet mir fast
jeden Film, in dem sie mitspielen. Und mindestens eine von
ihnen spielt in fast jedem neueren deutschen Film mit.« Das
stimmt nicht ganz, denn »Delta Force« ist ein amerikanischer
Film. Wie dankbar muß man sein, daß nicht auch noch Eva
Matthes und andere den Sprung in internationale Produktionen geschafft haben.

»Warum denselben Weg ein zweites Mal gehen? Schließlich antwortete ich: ›Ich würde gerne Musik machen.‹ Bis ich
eines Tages sagte: ›Was brauche ich dafür ein anderes Leben.
Warum nicht dieses?‹«

Und so hat uns die Schygulla nun mit Chansonaufnahmen
beglückt – »Hanna Schygulla chante / singt Rainer Werner
Faßbinder & Jean-Claude Carrière«. Und man sollte vielleicht

dankbar sein, wie auch immer man zu diesem Projekt steht, daß sie die Zeit der Aufnahmesitzungen nicht für einen weiteren Film nutzen konnte: »Das Gute, dieser Satz steht fest, ist stets das Böse, was man läßt.«

Der der CD vorangestellte Ausspruch von Jean-Claude Carrière illustriert auf erschreckende Weise auch ihre Leistung in »Delta Force«: »Hanna ist jemand, der vor allem auf der Suche ist. Anerkennung kümmert sie wenig.«

2. Kapitel
Musikfilme

Das Lächeln einer Sommernacht (A Little Night Music, AUST / USA / BRD 1977)

»Die Sommernacht lächelt dreimal. Das erste Mal lächelt sie für die Jungen, die nichts wissen, das zweite Mal für die Dummen, die zuwenig wissen, und das dritte Mal für die Alten, die zuviel wissen.«

Die große Hermione Gingold ist der dritten Kategorie zuzuordnen. In ihrem letzten Film »Die Göttliche« (1984) von Sidney Lumet spielt sie die abgetakelte Schauspielerin Elizabeth Rennick. Jahrelang hat Elizabeth Rennick auf eine neue Rolle gewartet (»Seit fünfzehn Jahren hat niemand mehr Elizabeth Rennick verlangt«, sagt ihr Agent. »Sie ist sehr alt.«), und nun spielt sie die Rolle der Amme in »Romeo und Julia«. Auf ihrem Anrufbeantworter befindet sich einer der längsten Ansagetexte, der je in einem Film zu hören gewesen sein dürfte. »Hallo, hier spricht Elizabeth Rennick. Ich bin nicht zu Hause. Ich befinde mich bei den Proben zu einer neuen ›Romeo und Julia‹-Inszenierung, bei der man mich in der Rolle der Amme besetzt hat. Diese Rolle habe ich mehrmals abgelehnt, weil ich keine Nebenrollen spiele. Aber Joe Cap, der phänomenale Produzent von ›A Chorus Line‹, hat immer wieder angerufen, bis ich schließlich gesagt habe: ›Okay, ich kann's ja mal versuchen.‹ Die Proben finden im Delacourt Theatre im Central Park statt. Sie werden wohl nicht länger als zwei Wochen dauern, vorausgesetzt, alle verhalten sich professionell. Diese Off-Broadway-Truppen kommen einem ja manchmal vor wie eine Horde Tiere, in der alle Dope rauchen und versuchen, den anderen an die Wäsche zu gehen. Um Shakespeare schert sich da keiner. Doch wenn alles gutgeht ...« (Der Anrufer hat inzwischen aufgelegt.) Gesprochen von einer unsagbar alten, würdigen und traurigen Stimme einer Frau, die schon zu vieles gesehen hat und zuviel weiß.

Eine dieser »Nebenrollen« hat Hermione Gingold auch in ihrer vorletzten Filmarbeit übernommen: die Großmutter in »Das Lächeln einer Sommernacht«. Die Verfilmung des gleichnamigen Sondheim-Musicals hat eigentlich alles, was einen Hit ausmacht: ein erfolgreiches Broadwaymusical als Vorlage, wundervolle Songs und Ensembles als Grundlage, erfahrene, kreative Arrangeure (Paul Gemignani und Jonathan Tunick), schöne Kostüme, die sehr komische Diana Rigg (ehemals Emma Peel) und die umwerfende Hermione Gingold in der Rolle der Madame Armfeldt, die sie bereits auf der Bühne in New York und London gespielt hatte.

Der Film wurde trotzdem ein Flop, und es wäre sicherlich ungerecht, wollte man ganz allein Elizabeth Taylor die Schuld am Mißlingen geben, die allerdings durch ihre uninspirierte Darstellung und eine dem Gesang der Krähenvögel nahekommende stimmliche Leistung ihr Scherflein dazu beiträgt. Man fragt sich, warum Regisseur Harold Prince nicht Jean Simmons aus seiner Londoner Bühnenproduktion übernommen hat. Eine andere Frage, die sich der aufmerksame Hörer und Betrachter (und Kenner der Bühnenversion) stellt: Warum haben die Verantwortlichen der Musicalsubstanz so mißtraut, daß man den einen Teil der Songs massiv kürzte und den anderen gleich ganz eliminierte? Und daran anschließend die Frage, warum sie nicht gleich ein Remake der ursprünglichen Vorlage des Musicals, Ingmar Bergmans »Das Lächeln einer Sommernacht« (Schweden 1955) produzierten. Dann hätten sie auf die Songs nämlich ganz verzichten können. So sieht sich der Zuschauer mit der paradoxen Situation konfrontiert, daß Hermione Gingold (In der österreichischen Produktion im

Theater an der Wien wurde die Rolle der Großmutter übrigens von Zarah Leander übernommen) gar nichts mehr zu singen hat. Ihr Song »Liaisons« wurde gestrichen. Glücklicherweise ist man mit ihrem Text gnädiger verfahren, und so bleiben ihr einige der schönsten Sätze des ganzen Films: »Verliert man einen Liebhaber oder Ehemann, kann das lästig sein. Verliert man aber seine Zähne, ist das eine Katastrophe.« Doch das ist dann auch schon fast alles. Sicher, Diana Rigg ist sehr tragi-komisch, ihre Interpretation von »Every Day a Little Death« berührend – aber sie singt den Song während einer Kutschfahrt in einer so langweiligen Kameraeinstellung, daß man auch daran schnell die Lust verliert.

Und dann haben sich die Produzenten eine besondere Perversität einfallen lassen – wahrscheinlich, um besonders die Zuschauer im deutschen Sprachgebiet zu quälen. Einen Anti-»Coup de théâtre«, der offensichtlich wie ein Fluch wirkte, denn der Film war in den USA ein solcher Mißerfolg, daß man sich das Geld für die Synchronisation lieber gleich sparte und der Film so erst fünfzehn Jahre später auf dem Privatsender Vox das deutsche Publikum erreichte. Um es vorwegzunehmen – der Fluch heißt Dagmar Koller. In einer kleinen Rolle zwar nur, aber selbst die kleinen Auftritte von Frau Koller in kurzen Szenen können dem Zuschauer den ganzen Film vergällen. Diese kurzen Auftritte haben eigentlich nur zwei Funktionen: Sie hinterlassen einerseits ein Gefühl der Dankbarkeit gegenüber Drehbuchautor und Regisseur, denn singen darf Dagmar Koller glücklicherweise nicht, und andererseits ist das Erschrecken jedesmal so groß, wenn sie auf dem Bildschirm erscheint, daß man nachhaltig am Einschlafen gehindert wird.

Einem der Zuschauer im Theater, in dem die Eröffnungssequenz des Musicals auf einer Bühne stattfindet (Da sage jemand, Harold Prince bemühe sich nicht um eine abwechslungsreiche, intelligente Erzählstruktur), gelingt es nicht, sich wach zu halten, er ist schon eingeschlafen, bevor sich der Vorhang gehoben hat. Die kleine Nachtmusik ist zu einer kleinen Einschlafmusik geworden. »Die Sommernacht lächelt dreimal. Das erste Mal lächelt sie für die Jungen, die nichts wissen, das zweite Mal für die Dummen, die zuwenig wissen, und das dritte Mal für die Alten, die zuviel wissen.«

Für wen die Sommernacht allerdings gelächelt hat, als dieser Film gemacht wurde, man fragt es sich noch Wochen nach der Betrachtung vergeblich. So aber hat der Film doch noch einen Sinn, er vertreibt die Langeweile in esoterischen Damenzirkeln durch Beschäftigung mit der Frage weshalb, wann, wie und für wen eine Sommernacht lächelt. »And love is a lecture on how to correcture mistakes«, singt Liz Taylor. Hoffen wir, daß sie und die meisten anderen Beteiligten nie eine Chance haben werden, diesen Film zu korrigieren. Hermione Gingold hätte ohnehin keine Möglichkeit mehr (aber sie hätte auch keinen Fehler zu korrigieren gehabt), Madame Armfeldt war, wie eingangs erwähnt, ihre vorletzte Filmrolle. So erheben wir (im Geist) zusammen mit ihr das Glas: »Auf das Leben und die einzige andere Realität – den Tod!«

Hello, Dolly! (USA 1968)

Hat man es bei »Das Lächeln einer Sommernacht« aufrichtig bedauert, daß viele Songs gekürzt oder gestrichen wurden, so tritt bei der Verfilmung des Broadwayhits »Hello, Dolly!« unter der Regie des »Amerikaners in Paris« Gene Kelly der umgekehrte Fall ein. Man wünscht sich, alle Songs wären gestrichen worden. Hätte sich bei Harold Prince's »Das Lächeln einer Sommernacht« ein Remake des gleichnamigen Bergman-

Films angeboten, so ist man nach Ansehen des Filmmusicals »Hello, Dolly!« eigentlich davon überzeugt, daß eine Verfilmung der Sprechtheatervorlage, Thornton Wilders »Die Heiratsvermittlerin« (die wiederum auf Nestroys »Einen Jux will er sich machen« zurückgeht, das wiederum von John Oxenfords »A Day Well Spent« inspiriert wurde), viel lustiger, kurzweiliger und vor allem kürzer ausgefallen wäre (Nur leider gab es diesen Film schon seit dem Jahre 1958, mit Shirley Booth in der Titelrolle und mit Shirley MacLaine und Anthony Perkins). Womit schon das wesentliche Problem von »Hello, Dolly!« angesprochen ist – der Film ist einfach zu lang. Alles ist viel zu aufgebläht in dieser Geschichte um die ältliche Heiratsvermittlerin Dolly Levi, die nach Stiftung vieler Verwirrnisse zum Schluß drei Paare zusammenbringt und selbst den mürrischen Horace Vandergelder ehelichen kann. Eine Geschichte, die ein routinierter Regisseur in höchstens neunzig Minuten erzählen könnte. Gene Kelly, brillanter Tänzer, Choreograph und oftmaliger Koregisseur von Stanley Donen, brauchte zweieinhalb Stunden, die im Fernsehen zu sehende Fassung bringt es immerhin noch auf zwei Stunden und zehn Minuten. Trotzdem, die Choreographien sind von einem gewissen Glanz. Doch auch sie können über die insgesamt vorherrschende Einfallslosigkeit und die mehr als dürftige musikalische Substanz des Unterfangens nicht hinwegtäuschen. Allein der Titelsong ist von einer solch bestrickenden Simplizität, man könnte ihn sich genau einprägen, selbst wenn man die Melodie nur einmal hört. Doch Jerry Herman, ein Meister der musikalischen Wiederholungsperiode, präsentiert uns seine dürftigen Einfälle wieder und wieder und wieder, so daß, selbst wenn man anfänglich ein wenig Sympathie für seine musikalischen Schnipsel gehabt haben sollte, diese schon nach der zweiten Wiederholung zur Gänze verlorengeht. Als Belohnung für die Zuschauer, die nicht nach der Hälfte des Films aufgegeben haben, gibt es zum Schluß das große Potpourrifinale – sie dürfen alle Songs noch einmal hören.

Doch das größte Problem des Films ist die als Hauptattraktion gedachte Besetzung der Hauptrolle mit Barbra Streisand – sie ist einfach zu jung für die Rolle und bringt somit die Dramaturgie des Stücks, um die es (nicht zuletzt wegen der endlos langen Songs) ohnehin nicht zum besten bestellt ist, endgültig zum Erliegen. Warum, warum bloß, fragt man sich, wurde, wenn es schon eine »Hello, Dolly!«-Verfilmung geben mußte, nicht wenigstens auf die Broadwaybesetzung zurückgegriffen und die irrsinnig-irrwitzige Carol Channing engagiert (von deren urkomischem musikalischem Talent der Original-Broadway-Cast und der 1994er Revival-Cast tönendes Zeugnis ablegen)? Auch die außerdem für die Hauptrolle noch im Rennen befindlichen Damen Ginger Rogers und Betty Grable wären in jedem Fall eine bessere Besetzung gewesen. Dazu meinte Richard Coe von der »Washington Post«: »Kann man sich Barbra in ›Hello, Dolly!‹ auf der Leinwand vorstellen? Bei allem Respekt für die junge Miss Streisand – die traurige Nofretete entspricht einfach nicht der lebendigen, schwungvollen Irin, deren Vitalität Thornton Wilders reife und lebensbejahende Dolly versinnbildlicht. Die Perversität, nicht die Version der Musicalkomödie mit Carol Channing auf den Film übertragen zu haben, ist schwer zu verstehen.« Carol Channing bemerkte: »Ich spielte gerade ›Hello, Dolly!‹ bei der Expo ’67, als sie den Star für den Film bekanntgaben. An diesem Tag hatte ich das Gefühl, ein Mark Twain zu sein, der gerade gestorben ist und an seinem eigenen Begräbnis teilnimmt.« Carol Channing, die eine sehr freundliche Person sein muß, schickte der Streisand trotz ihrer Enttäuschung Blumen, Barbra Streisand, die eine sehr unfreundliche Frau ist, zeigte keine entsprechende Gegenleistung. Trotzdem sagte die Channing nach der Premiere: »Barbra hat eine eigene Persönlichkeit (in dem Film), die zumindest nicht die meine ist. Als Marilyn Monroe meine Rolle für die Verfilmung von ›Blondinen bevorzugt‹ bekam, saß sie ganze achtzehn Abende lang im Zuschauerraum in der dritten Reihe und studierte jede meiner Gesten. Sie wiederholte sie auf der Leinwand.«

Barbra Streisand grimassiert sich mit einer Entschlossenheit durch den Film, die dem Zuschauer Bewunderung abnötigt – als Konzept einer Anti-Interpretation. In musikalischer Hinsicht breitet sie schon in diesem Film alle ihre Manierismen vor uns aus: Das Verschleppen einer Melodie, ständige melismatische Elaborierungen und eine behutsame, doch zielsichere Zerstörung der musikalischen Struktur eines Songs (die uns zum Beispiel ihre Interpretation des wundervollen Roger & Hammerstein-Evergreens »If I Loved You« so unerträglich macht). Glücklicherweise (muß man ja fast sagen) ist in »Hello, Dolly!« musikalisch nichts zu zerstören – der ausgeprägte Destruktionstrieb von Frau Streisand läuft also ins Leere. Wie sagt Walter Matthau zu Beginn des Films?: »Neunzig Prozent der Bewohner dieser Welt sind blöd, und die übrigen zehn Prozent sind in großer Gefahr, sich zu infizieren.« Man kann nur mutmaßen, wieviel Prozent nach Infizierung durch diesen Film, diese Musik und diese Titelrollen-Interpretation noch übrig sind.

Mame (USA 1974)

»Die Ball wirft die Arme hoch, so daß ihr Kleid wirkt, als habe sie riesige rote Fledermausflügel, schreit: ›Alles herhören!‹ und scheint dabei wirklich zu glauben, daß sie lustig anzusehen ist. Doch wir im Publikum denken an nichts Lustiges, sondern nur an Alter und Selbstbetrug. Wenn Vera sie fragt: ›Für wie alt hältst du mich?‹ und Mame antwortet: ›Für irgendwas zwischen Vierzig und dem Tod‹, spürt man vielleicht, wie es das Publikum schaudert. Wie kann eine Frau jenseits der Sechzig einen solchen Satz sagen, wenn der Kameramann schon seine ganze Verschleierungskunst aufwendet und es ihm trotzdem nicht gelingt, ihren verschwommenen Blick zu kaschieren?«

Soweit die amerikanische Filmkritikerin Pauline Kael. Schon bei »Hello, Dolly!« hatte man sich mit der Besetzung der Hauptrolle im wahrsten Sinn des Wortes verrechnet. Barbra Streisand war einfach zu jung für die Rolle der Dolly Gallagher-Levi. Lucille Ball, der Star des desaströsen Musicals »Mame«, war für die Titelrolle hingegen schlichtweg zu alt. Sie muß damals etwa dreiundsechzig gewesen sein, ihr Aussehen im Film legt die Vermutung nahe, sie sei doppelt so alt gewesen. Ihre Tanzeinlagen sehen so aus, wie man sich einen schlecht choreographierten »Tanz der sieben Schleier« in einer schlechten Provinzaufführung der »Salome« mit einer schlechten Sängerin und Tänzerin in der Titelrolle vorstellt – irgendwie unappetitlich. Die Stimme der Ball klingt selbst für den Liebhaber pittoresker Stimmtrümmer schauerlich. All das könnte ja vielleicht noch von einer gewissen unfreiwilligen Komik sein, doch was dem Film letztlich den Garaus macht, ist – wie schon im Fall von »Hello, Dolly!« – die Musik. Denn da wie dort zeichnet Jerry Herman verantwortlich. Mit »Mame« versuchte Herman 1974, den zwar unerklärlichen, aber doch immensen Erfolg von »Hello, Dolly!« zu wiederholen, und machte das möglich, was man niemals für möglich gehalten hätte: einen Soundtrack mit noch schlechteren, uninspirierteren und langweiligeren Musiknummern, dominiert von dem unverhohlen-offensichtlichen Selbstplagiat des titelgebenden Songs. Das Bühnenmusical war, wenn schon kein ausgesprochener Flop, so aber doch auch kein ausgesprochener Erfolg. Aus welchen

Gründen man sich allerdings für eine Verfilmung entschied, wird ein ewiges Geheimnis bleiben.

»Sieh dich an, man könnte glauben, du kommst direkt von einem Begräbnis«, sagt Lucille Ball im Film zu sich selbst, und in der Tat ist die Filmversion, aufgeblasen auf hundertdreißig Minuten, ein Begräbnis, leider nicht einmal eines erster Klasse. Alles an dem Film ist zu lang und zu langweilig, so sehr, daß man sich manchmal sogar über die schlechten Songs freut. Einer davon ist – auf jedes Gewitter folgt ein Regenbogen – tatsächlich sehr komisch: »The Man in the Moon is a Lady«. Was allerdings viel mit der komischen Begabung von »Golden Girl« Beatrice Arthur zu tun hat. Schade, dieser Song wird nur einmal – und auch noch mit Unterbrechungen – gesungen. Den Titelsong »Mame« muß man dafür mehrmals über den ganzen Film verteilt über sich ergehen lassen. Ebenso »You're My Best Girl«, der überflüssigerweise auch noch von einem dicken, häßlichen kleinen Jungen namens Kirby Furlong gequäkt wird. Auch »Open A New Window« müssen wir öfter hören, als unserer musikalischen Hygiene zuträglich ist. »Open a new window, open a new door, travel a new highway, this never been tried before.«

Auch wenn das von Jerry Herman und den am Film Beteiligten geöffnete Fenster nicht neu ist, man wünscht sich, sie hätten es niemals geöffnet. Besonders im Fall von Lucille Ball wünscht man es sich. Denn mal ehrlich, Hand aufs Herz, dreiundsechzig ist nun wirklich kein Alter für eine Schauspielerin, und man hätte »Lucy« von Herzen einen schöneren, besseren und würdigeren Abgang von der Leinwand gewünscht. Sogar Mae West, 1973 in der Blüte ihrer Achtziger, eine erfahrene Amazone im Kampf gegen das Alter, soll sich laut Lucille Balls Biographin Kathleen Brady bedauernd über den Film geäußert haben, und man muß gestehen, daß Mae West 1978, als sie im Alter von sechsundachtzig ihren letzten Film »Sextette« drehte, wenn überhaupt, dann nur unwesentlich älter aussah als Lucille 1974 in »Mame« im Alter von dreiundsechzig. Diesen Alterungsaspekt bemerkten dann auch alle Kritiker. »Sight and Sound« meinte: »Die Schauspieler hat man wohl nach dem Grad ihrer Schwerhörigkeit handverlesen, und die Close-ups von Lucille Ball sind aufdringlich unscharf fotografiert.« Der »New Yorker« meinte: »So schrecklich, daß man sich nicht einmal langweilt: Man ist beim Zusehen regelrecht gefesselt und fragt sich ständig, was Lucille Ball da eigentlich gemacht hat.« Arme Lucille, hätte sie die Rolle doch nur Broadwaybesetzung Angela Lansbury überlassen, die zwar auch nie wirklich gut singen konnte, aber gut zwanzig Jahre jünger war (1974 kurz vor ihrem fünfzigsten Geburtstag). Gerüchten zufolge soll sich auch Liz Taylor, aus Frust darüber, bei der Besetzung von »Hello, Dolly!« übergangen worden zu sein, für »Mame« beworben haben. Da ist man Lucy dann doch sehr dankbar. Aber Angela Lansbury war für die Studiobosse kein Star, und so mußte Lucille Ball den Spott besonders von Pauline Kael über sich ergehen lassen: »Der Ton hängt irgendwo zwischen einem Bellen, einem Krächzen und einem Triller und deckt sich nicht ganz mit den Lippenbewegungen.«

Annie (USA 1982)

»Sollten Sie gerade keine Kinder zur Hand haben, die Sie bestrafen oder quälen möchten, schnappen Sie sich einen Erwachsenen, der Kinder haßt (so wenige wird es davon auch in Ihrer Umgebung nicht geben) und zeigen Sie ihm ›Annie‹ – mindestens dreimal hintereinander. Man wird Sie dafür hassen.« (»Halliwell's Film Guide«)

»Ein ebenso vorwitziges wie charmantes Waisenkind erweicht das Herz eines schwerreichen Mannes und steigt trotz böser Intrigen in die höhere Gesellschaft auf.« Soweit das »Lexikon des Internationalen Films«. Die Inhaltsangabe ist ja soweit korrekt. Aber wie konnte es zum Urteil »leichtfüßig, perfekt inszeniert und choreographiert, sympathische Familienunterhaltung« kommen? Doch wohl nur, weil der »filmdienst«, aus dessen Besprechungen sich das Lexikon rekrutiert, ein Organ der katholischen Kirche ist. Und für bunte Abende für Seniorinnen in kirchlichen Zirkeln scheint der Film denn in der Tat tauglich zu sein.

John Huston, der uns viele wirklich miserable Filme geschenkt hat, wurde unerklärlicherweise für dieses Musical als Regisseur verpflichtet – sein erster und gottlob einziger Ausflug in dieses Genre. Die oft erzählte Geschichte: Waisenkind erobert Millionärsherz, trickst die bösen Intriganten aus, und zum Schluß sind alle glücklich, war mit der Musik von Charles Strouse ein Riesenerfolg auf der Bühne. Strouse hatte (und hat) die Angewohnheit, höchstens einen Hit pro Musical zu schreiben, manchmal auch gar keinen, wie im Fall von »Applause«, einer »Alles über Eva«-Adaption für Lauren Bacall. Für »Annie« schrieb er »Tomorrow«, einen wirklich schönen, emphatischen Song. Geschickterweise wird der Song im Film gleich dreimal intoniert, von Titel- und Kinderstar Aileen Quinn (einmal, in der A-cappella-Version, leider etwas zu hoch). So nannte man »Annie« in der Verleihwerbung denn auch »The Movie of Tomorrow«. Darüber hinaus gibt es noch einen wenig hitverdächtigen, aber komischen Song, »Little Girls, Little Girls, Everywhere I Go« für Carol Burnett, und »It's A Hard-knocked Life« (In der deutschen Übersetzung heißt das dann: »Dieses Dasein stinkt uns an«), der von einer Gruppe unzähliger kleiner, häßlicher Mädchen gesungen wird, von denen man Alpträume bekommen kann – »Die

Nacht der lebenden Toten« von George A. Romero ist dagegen eine Harmlosigkeit.

Der Film hat die unglaubliche Summe von zweiundvierzig Millionen Dollar gekostet und sieht trotzdem billig aus, in etwa so wie eine Caterina-Valente-Show aus den fünfziger Jahren. Wahrscheinlich hat man das Geld für die Suche nach der Titelbesetzung ausgegeben – die ja mindestens ebenso aufwendig gewesen sein soll wie die Suche nach Scarlett O'Hara. Ein Szenarium des Grauens erscheint vor dem inneren Auge jedes Kinderliebhabers: Tausende von häßlichen rothaarigen, sommersprossigen Mädchen sollen angeblich das Castingbüro passiert haben. Eines der scheußlichsten Exemplare hat man sich ausgesucht – Aileen Quinn, ein wirklich sehr rothaariges Kind, das fast den ganzen Film über eine wundervoll mit den roten Haaren korrespondierende rote Strickjacke trägt. Dazu meinte »Variety«: »Was auch immer den undefinierbaren Charme der Bühnenshow ausgemacht hat, diesem schwerfälligen, großteils uninteressanten und wenig mitreißenden Versuch, bei dem die offen sichtbare Verschwendung beinahe Pentagon-Ausmaße erreicht hat, fehlt es völlig.« Die »Sunday Times« war noch ungnädiger: »Das Ganze wirkt wie ein riesiger hohler Spielzeug-Weihnachtsbaum, der weniger für Kinder gedacht ist als für infantil gebliebene Erwachsene.« Und die »Times« bemerkte nach der Preview des Films: »In einem Kino in Ihrer Nähe gibt es diese Woche eine Begräbnisfeier.«

Trotz des Films ist »Annie«, die vor dem Musical und dem Film »nur« eine Comicfigur war, ein amerikanischer Mythos geblieben. Steven Spielberg, ein Verwerter amerikanischer Mythen und Kinotopoi, hat »Annie« ein Denkmal gesetzt in einem Film, in dem man es am wenigsten erwartet: in »Schindlers Liste« (1993). Der einzige Farbtupfer in diesem ansonsten schwarzweißen Film ist ein kleines Mädchen mit einer roten Jacke, das verschiedene Male durch das Ghetto läuft. Leider erfüllt sich die Erwartung nicht, daß dieses kleine Mädchen »Tomorrow« anstimmt. Dabei hätte sich das Lied nahtlos in das Geschehen, die Gedankenwelt und die Erlösungsmythologie des Films eingefügt:

The sun will come out tomorrow,
so you gotta hang on 'till tomorrow, come what may,
just thinking about tomorrow,
clears away the cobwebs and the sorrow, 'till there's none.
When I'm stuck with a day, that's grey and lonely,
I just stick out my chin and grin and say:
Tomorrow, tomorrow, I love you tomorrow,
You are only a day away.

Dominique – die singende Nonne (The Singing Nun, USA 1965)

Der sensationelle Erfolg von »Sister Act« (1992) mit Whoopi Goldberg hat vergessen gemacht, daß das ultimative Nonnenmusical schon 1965 (unter der Regie von Henry Koster) gedreht wurde. »The Singing Nun« nach der Lebensgeschichte der mit »Dominique« zu Schlagerruhm gekommenen Nonne Soeur Sourire. Gleich die Eröffnungssequenz läßt keinen Zweifel aufkommen, womit wir es zu tun haben: Debbie Reynolds – die nach »Du sollst mein Glücksstern sein« (1952) tatsächlich nie wieder auch nur ein annähernd schönes Musical drehte und der Filmwelt eigentlich nur noch 1956 durch die Geburt ihrer Tochter Carrie Fisher ein bleibendes Geschenk machte – auf einem Motorroller. Eine Eröffnungssequenz mit so miserablen Rückpros, daß man damit heutzutage nicht einmal filmunerfahrenen Nonnen eine Freude machen könnte.

Dann hat die singende Nonne, die Schwester Anna heißt und nicht Dominique, wie es der deutsche Verleihtitel nahelegt, einen Zusammenstoß mit einem Bauern, der dazu, in Anspielung auf das nahegelegene Nonnenkloster, anmerkt: »Was werden denn da heutzutage für merkwürdige Menschen erzogen?« Man kann ihm nur zustimmen. Die nächste Szene spielt im Konvent der Schwestern. Dort treffen wir zwei gute alte Bekannte. Greer Garson, in ihrer vorletzten Filmrolle und in Ehren ergraut (was man leider nicht sehen kann, da sie die ganze Zeit eine dieser scheußlichen Nonnenhauben tragen muß) als Priorin und Agnes Moorehead als Schwester Cluny in ihrer viertletzten Rolle. Die Szene im Kloster zeigt uns die gute alte Agnes, die auf ihre alten Tage wahrlich viele schlechte Rollen spielen mußte, beim Kartoffelschälen und Gänsefüttern und gibt uns einen Vorgeschmack auf ihre vorletzte »Rolle«: Im Zeichentrickfilm »Wilbur & Charlotte« aus den Hanna-Barbera-Studios durfte sie Mutter Gans ihre Stimme leihen. Mit von der Partie war übrigens auch Debbie Reynolds als Stimme der Spinne Charlotte, und Gerüchte über eine geheime Liebesbeziehung der beiden wollten nie zum Verstummen kommen.

Mit der Synchronisation der Gans ist es der gleichgeschlechtlich liebenden Agnes Moorehead gegangen wie der (fiktiven, aber auch lesbischen) »Sister George« in Robert Aldrichs »Das Doppelleben der Sister George« (1969). Diese mußte, nachdem ihre Fernsehrolle einem Verkehrsunfall zum Opfer gefallen war, eine Kuh synchronisieren. Schade, daß Robert Aldrich diese Rolle erst Bette Davis anbot (»Man hat mich gebeten, in der Verfilmung des Stücks ›Das Doppelleben der Sister George‹, in dem es um eine lesbische Liebe geht, die Hauptrolle zu spielen. Ich habe mir das Stück angesehen, und ich mußte nein sagen. Das Stück ist sehr gut, aber ich habe Beryl Reid, die auf der Bühne die Hauptrolle spielte, gesagt, daß sie diese auch in der Verfilmung spielen müsse. Und das hat sie auch gemacht. Die Rolle war ihr geradezu auf den Leib geschrieben.«). Agnes Moorehead wäre eine sehr authentische Besetzung gewesen.

Doch zurück zum Film. Der zeigt uns nach der kartoffelschälenden und gänsefütternden Agnes Moorehead eine Flut von Nonnen, alle fröhlich, alle mit strahlendem Gesicht und von einem Gemütsausdruck beseelt, für den die Engländer den schönen Begriff »bloody happy« geprägt haben. Dann holt eine der singenden Nonnen ihre Gitarre heraus, und alle singen, tanzen und klatschen in die Hände, lauter glückliche Bräute Jesu. (Und der schöne Ödön-von-Horvath-Dialog kommt einem in den Sinn: »Das Mädchen hat einen schönen Popo.« – »Ein Mädchen ohne Popo ist überhaupt kein Mädchen.« Hier haben wir es also gewissermaßen mit einem ganzen Heer von Mädchen ohne Popo zu tun. Nur Agnes Moorehead hat einen Popo und macht uns viel Freude – sie singt so konsequent falsch, daß es Steine erweichen könnte.)

Dann lernt Debbie Reynolds ein armes Waisenkind kennen, gibt ihm gute Ratschläge (»Du mußt anfangen, die Menschen zu lieben, dann werden sie auch dich lieben«), und dann wird sie Plattenstar und singt viele fromme Lieder (»Far Away Beyond the Stars«, »I'd Like to Be as Free as the Wind«, »It's a Miracle, Hallelujah, God Gave Me a Happy Song«, fast alle aus der Feder von Soeur Sourire), und man fragt sich unwillkürlich, wie lange Debbie Reynolds wohl diesen unglaublich frommen Gesichtsausdruck geübt hat, mit dem sie die einfältigen Lieder vorträgt. Sie bekommt tonnenweise Verehrerpost, singt auf einem Gartenfest der Plattenfirma (»Vielleicht will Gott sich auch einmal an einer fröhlichen Form des Gebetes erfreuen«), alles unter den Argusaugen der reptilienartig sich gebärdenden Agnes Moorehead. Und dann kommt »Schwester Debbie« endlich ins Fernsehen, in die »Ed Sullivan-Show«. »Na, dann los, Kinder, alles auf die Plätze«, sagt der Aufnahmeleiter. »Schwestern, nicht Kinder«, antwortet Greer Garson würdevoll wie in ihren alten Filmen und mühelos an ihre großen Erfolge anknüpfend. Und dann hören wir endlich, fünfundzwanzig Minuten vor Ende des Films, das Lied, auf das wir alle schon sehnsüchtig gewartet haben: »Dominique«. Und es treibt uns die Tränen in die Augen. Wir erleben die Ausstrahlung der Fernsehshow und sehen die Zuschauer: Japaner, alte Menschen, Liebespaare – und wissen plötzlich um die vereinigende Wirkung des Fernsehens.

Doch dann steigt Debbie der Ruhm zu Kopf, und sie vergißt ihre Mission. Als die Schwester des Waisenkinds Hilfe für ihren Bruder will, ist nur Agnes Moorehead zur Stelle, aber von der will sich niemand helfen lassen. »Ich kann ihm doch auch Geschichten erzählen«, ruft sie der Schwester des Jungen verzweifelt hinterher. (Aber wer, außer Kinderhassern, will schon, daß Agnes Moorehead den eigenen Geschwistern Geschichten vorliest?) Die arme Debbie Reynolds, sie vernachlässigt schließlich auch noch eine ihr anvertraute Gruppe von Kindern, mit denen sie gerade so schön musiziert hatte und im Kreis gelaufen war (offensichtlich Vorbild für Liv Ullmann in »Der verlorene Horizont«), und das dumme, dumme Waisenkind läuft, ohne ihre Aufsicht, vor ein Auto. Schrecklich. Da hätte es sich doch lieber von Agnes Moorehead Geschichten erzählen lassen sollen. Jetzt verliert Debbie ihren Glauben, sie kann nicht mehr beten (»Ich wollte etwas Spaß haben. Spaß. Das ist jetzt alles vorbei.«). Erst als sie der Karriere entsagt, findet sie ihren Glauben wieder und geht mit der schwarzen Schwester des Konvents nach Afrika, um dort die Ureinwohner in der Sprache der Liebe zu unterrichten, da sie die Landessprache nicht beherrscht, wie sie der Priorin schreibt, und kleine schwarze Babys zu pflegen – vor grauenvollen Rückpros, die uns zeigen, daß wir stilistisch wieder am Beginn des Films und damit gleichzeitig am Ende sind, nur daß Debbie diesmal nicht auf einem Motorroller zu sehen ist, sondern mit einem schwarzen Baby auf dem Arm.

Vielleicht hat sich Ingrid Bergman immer gewünscht, wie Debbie Reynolds singen zu können. Vielleicht war das die geheime Triebfeder dafür, daß sie in »Mord im Orient-Express« so viel von schwarzen Babys faselt (und dafür einen Oscar einheimste, was Debbie nie gelang): »Ich war mal wieder krank, wie meistens, und ich saß im Gras, und ich sah Jesus, Jesus im Himmel, mit vielen kleinen Kindern, aber alle Kinder waren braun, und das war ein Zeichen für mich. Ich sollte mich um kleine braune Kinder kümmern. Ich war ein etwas zurückgebliebenes Kind, und deswegen bin ich nach Afrika gegangen und arbeite dort als Missionarin und betreue kleine braune Babys, die noch zurückgebliebener sind, als ich es war.«

Der verlorene Horizont (Lost Horizon, USA 1972)

Der Film beginnt, der Blick geht über Berge und blauen Himmel. Diese an und für sich schöne Sequenz wird nur durch eine Kleinigkeit gestört, den Titelsong: »Have You Ever Dreamed of a Place, Far Away From This All?« Nachdem man den Film gesehen hat, weiß man, daß man nur noch davon träumen wird, »far away from this film«.

Was die Kinobesucher (die wenigen, die den Film damals gesehen haben) wohl erwarteten? So wenig vielversprechend dürften die Ankündigungen gar nicht geklungen haben. Eine Riege internationaler Stars, ein Regisseur (Charles Jarrott), der sich immerhin einen Namen mit Historienspektakeln (»Königin für tausend Tage«, 1969, »Maria Stuart, Königin von Schottland«, 1972) gemacht hatte, Filmmusik und Songs von

Hal David und Burt Bacharach und als Vorlage ein von Cineasten äußerst geschätztes Werk von Frank Capra aus dem Jahr 1932. Vielleicht hatten die Kinobesucher sich ein einfaches Remake erwartet? Doch diese armen Menschen wurden schnell enttäuscht. Nach der ersten halben Stunde, man hat sich gerade vom Titelsong erholt und eine Gruppe von Amerikanern auf ihrer Flucht vor irgendeiner asiatischen Revolution mit dem Flugzeug begleitet, da werden alle Insassen des Flugzeugs nach dessen Absturz von einer Gruppe vermummter Menschen aus dem Wrack geborgen. So weit, so gut. Doch die Vermummten sind nicht etwa Angehörige einer satanischen Vereinigung und führen unsere Helden nicht in ein in den Bergen gelegenes Foltercamp, obwohl die Schauspieler allesamt so schlecht sind, daß sie es wahrlich verdient hätten. Nein. Sie werden nach Shangri-La geführt, einem Ort in den Bergen, wo nie Winter ist und wo Menschen nicht altern, und dort von John Gielgud begrüßt, einem possierlich rotbemützten Unterguru. (War John Gielgud nicht einmal ein akklamierter Shakespeare-Darsteller?) Insgeheim hatten die Kinobesucher die Schauspieler in ein Foltercamp gewünscht. Manchmal werden Träume wahr. Allerdings sind es in diesem Fall die Zuschauer, die gefoltert werden. Die Flüchtlinge können Shangri-La nämlich nicht mehr verlassen, und somit ist der Zuschauer gezwungen, immerhin noch eineinhalb Stunden Glückseligkeit über sich ergehen zu lassen. Und das ist wahrlich eine lange Zeit. Leider fühlen sich alle wohl in Shangri-La, alle sind friedlich und lieb, außer Michael York, den packt der Trieb. Der hat sich nämlich eine Geliebte genommen, und er will weg, was für seinen guten Charakter spricht. Leider impliziert ein guter Charakter nicht automatisch eine gute schauspielerische Leistung. Armer Michael York. Er hat uns mit so vielen glanzlosen Darstellungen in mißlungenen Filmen beglückt, diesen Tiefpunkt hätte man ihm nicht gewünscht. Aber bevor Michael

York sterben darf, muß er zusehen, wie alle seine Mitspieler vor Glück singen und tanzen. Und so kommt der Zuschauer zusammen mit Michael York in den Genuß einiger der am schlechtesten gesungenen und am schlechtesten choreographierten Musicalsequenzen der gesamten Filmgeschichte. Arme Liv Ullmann. Sie muß als Lehrerin und in gräßliche blaurosa Flittergewänder gekleidet mit einer Gruppe vietnamesisch aussehender Kinder singen und tanzen. Diese Kinder schaffen es nicht einmal ansatzweise, so etwas wie einen synchronen Bewegungsablauf zu erzielen, und sie singen wirklich scheußlich. Die Rache der Vietnamesen am US-Film. Und Liv Ullmann? Sie kann gar nicht singen, deshalb lieh ihr Diana Lee ihre Stimme. Wenn sie nicht singen muß, lächelt die Ullmann ihr breites schwedisches, kuhähnliches Lächeln – man meint fast, eine Prise Mistduft wahrzunehmen. Dazu ihr Gesicht, das so aussieht wie das durch die Augen Marlene Dietrichs gesehene Gesicht Jean Arthurs in »Eine auswärtige Affäre« (1948) – wie ein geschrubbter Küchenfußboden. Und mit all diesen Attributen ausgerüstet, singt sie solch alberne Liedtexte wie »The world is a circle, without a beginning, and nobody knows, where it really ends«. Beschlossen wird dieser grauenvolle Text durch die sinnstiftenden Zeilen: »Na na na, nanana nana!« Zu den infantilen Melodiefolgen Burt Bacharachs verläßt Liv Ullmann mit den häßlichen kleinen, schlecht singenden und tanzenden Kindern das Schulgebäude und steigt einen Hügel hinan. Automatisch fühlt man sich an die Eröffnungssequenz von »Meine Lieder – Meine Träume« (1965) erinnert, und man möchte weinen, wenn man sieht, wohin es mit der Gattung des Musicalfilms in nur sieben Jahren gekommen ist.

Über die viele miserable Musik, zum Beispiel die psychedelischen Klänge des Songs »Share the Joy« oder den Gitarrensound von »Living Together, Growing Together, Just Living Together« vergißt man fast die Handlung. Sie ist schnell erzählt. Peter Finch, Michael York und dessen Geliebte verlassen Shangri-La, die Geliebte von Michael York (Olivia Hussey – sie singt übrigens auch nicht selbst, sondern mit der Stimme von Andrea Willis), wird, kaum hat sie Shangri-La verlassen, zu einer uralten, häßlichen Frau, Michael York stürzt sich aus Schreck darüber in den Tod, und Peter Finch kehrt zurück, um den Platz des Obergurus einzunehmen. Dies ist Charles Boyer in seiner vorletzten Filmrolle. Er sieht aus wie sein eigener Leichnam.

»When you look at yourself,
do you like what you see,
if you like what you see,
you're the person you should be.
Cause your reflection reflects in everything you do,
and everything you do, reflects on you.
Doing something for someone else,
isn't really for someone else,
it does twice as much for you as something you do just for yourself.
When you look at yourself . . .«

… singt Sally Kellerman (tatsächlich *ohne* Stimmdouble).

Ob Burt Bacharach mag, was er komponiert hat?

Marlene Dietrich, deren Tourneen Burt Bacharach begleitete, pflegte ihn zum Ende ihrer Konzerte immer mit den Worten anzukündigen: »Nun möchte ich Ihnen einen Mann vorstellen, den ich liebe und bewundere. Ich liebe ihn schon seit langem, doch je länger es mir vergönnt ist, mit ihm zu arbeiten, desto mehr bewundere ich ihn. Ich kann ihn nicht mehr lieben, als ich es ohnehin schon tue. Er ist mein Lehrer, er ist mein Kritiker, er ist mein Begleiter, er ist mein Arrangeur, er ist mein Dirigent, und ich würde sehr gerne sagen können, er ist mein Komponist. Doch das ist nicht wahr. Er ist jedermanns Komponist.« Mit dem Soundtrack zu »Der verlorene Horizont« ist er dieser Beschreibung sehr nahe gekommen. Es ist wirklich Musik für jedermann – Kaufhausmusik.

Der blaue Vogel (The Blue Bird, USA / UdSSR 1975)

»Der blaue Vogel«, eine Verfilmung des gleichnamigen symbolistischen Märchenspiels von Maurice Maeterlinck und ein Remake des Shirley-Temple-Vehikels gleichen Namens aus dem Jahr 1940, war die erste amerikanisch-sowjetische Gemeinschaftsproduktion und wurde als solche zuvorderst beworben, was den Kritiker David Skerrit zu der Bemerkung veranlaßte: »Der Film ist so darauf fixiert, Geschichte zu machen, daß er es versäumt, Sinn zu ergeben.« Offensichtlich wollten die Produzenten ein Prestigeprojekt umsetzen, nur hatten sie dafür zuwenig Geld – die Namen, die man aufbot, dürften auch 1978 schon an Glanz eingebüßt gehabt haben. »Die alte Garde stirbt vielleicht, doch sie ergibt sich nicht.« So führt Altmeister George Cukor Regie (seine vorletzte Arbeit, er war damals neunundsiebzig), und man kann außer seinem Alter leider so gar nichts zu seiner Entschuldigung vorbringen. Der Film schleppt sich so mühsam vorwärts wie ein Leichenzug. Nun können Begräbnisse ihren Reiz entwickeln, doch hier muß man schon sehr lange warten, um irgendwelchen Reizen erliegen zu können. Tatsächlich sind einige der »principal costumes« phantastisch bizarr, entworfen von einer der bekanntesten Lesben Hollywoods, Edith Head (sie war damals einundsiebzig, und es war ihre drittletzte Arbeit für den Film). Aber das war es dann auch schon – einfach zu wenig für dieses Märchen um Mytil und Tyltyl auf der Suche nach dem blauen Vogel, dem Glück. Sie werden dabei begleitet von einer Reihe allegorischer Figuren – vom Geist des Brotes, der süßen Seele der Milch, vom Zucker, von Frau Licht und vom Hund und der intrigant-bösartigen Katze (der einzigen schwarzen Darstellerin des Films) – und müssen viele langweilige Abenteuer bestehen: in häßlichen, billigen Kulissen und unterstützt von ärmlichen Trickaufnahmen und Tänzern des Kirov-Balletts. Besonders letztere verleihen dem Film den Charme eines DEFA-Märchenfilms.

Man fragt sich, wohin die Produktionskosten wohl geflossen sein mögen. In die Gage von Liz Taylor (damals sechsundvierzig Jahre alt und leider nicht in ihrer letzten Filmrolle) als Mutter, Frau Licht und mütterliche Liebe? Oder in die Gage von Ava Gardner (damals sechsundfünfzig) als Luxus? Kaum vorstellbar. Eher vorstellbar, daß die beiden Damen selbst Geld bezahlten, um mitwirken zu dürfen.

Um die Langeweile zu vervollständigen, wurden Irwin Kostel (damals siebenundsechzig) mit der Herstellung des Soundtracks und der Russe Andrej Petrov mit der Komposition von Songs beauftragt. Letztere fielen dem Stil russischer Märchenfilme entsprechend aus und haben Texte wie »Wenn du denkst, die Welt ist himmelblau«. Zum Glück hinterlassen sie keinen bleibenden Eindruck und somit auch kaum Spätfolgen. Für die Spätfolgen ist das Drehbuch zuständig. Und da muß selbst der kritische Betrachter zugeben, daß einige der Dialoge staunenswert amüsant sind und zumindest für eine gewisse Erheiterung sorgen. Was sagt die süße Seele der Milch, als sie einiger Geister ansichtig wird: »Ich glaube, ich gerinne!« Und zum Feuer sagt selbige süße Seele: »Sie haben Feuer, mein Herr, wie ich sehen kann, also fassen Sie mich lieber nicht an.« Und als Mytyl und Tyltyl im Reich der ungeborenen Kinder, die auf ihre Geburt warten, einen Spaziergang machen und von einem besonders aufgeweckten Kleinen den anderen Kindern vorgestellt werden, ereignet sich, angesichts eines Kinds, das blind auf die Erde kommen wird, folgender tiefsinniger Dialog: Aufgewecktes Kind: »Ich glaube, er überwindet den Tod.« Mytyl: »Was meinst du damit?« Aufgewecktes Kind: »Das kann ich dir auch nicht genau sagen.« Immerhin begegnet uns im Reich der ungeborenen Kinder Robert Morley (damals siebzig) als Zeit mit angeklebtem Rauschebart. Er darf singen und den lieben Kleinen so hübsche Reime aufsagen wie: »Ob traurig oder heiter, ich bin hier nicht der Leiter. Ich bin nur die Zeit, was ihr so gern vergeßt. Ich geb' euch das Signal bloß und laß euch auf die Welt los, das Leben gibt euch dann den Rest.« Die Zeit für die Filmbeteiligten war schon lange abgelaufen, den Rest haben sie uns trotzdem gegeben. Ava Gardner als Luxus führt den Film ganz ad absurdum: »Aller Luxus der Welt ist hier vereint.« Leider sieht man im fertigen Film nichts davon, und nachdem Ava Gardner uns ihre zellulitischen Oberschenkel gezeigt hat, versinkt jeder Rest von Luxus schlußendlich zur Gänze. Und im Land der Erinnerung treffen wir schließlich auf »Waltons« – Opa Will Geer (als Großvater). Den hätte man besser nicht eingesetzt, denn kaum haben wir ihn erblickt, überkommt uns eine unbändige Lust, eine der alten »Die Waltons«-Folgen zu sehen, und spätestens da hat »Der blaue Vogel« verloren. Wie sagt Mona Washbourne (als Großmutter): »Nichts ist mehr so gut, wie es früher war.« Leider geht der Film noch weiter, unerbittlich, bis zu Liz Taylors großer Schlußansprache: »Ja, einst hatte ich einen blauen Vogel, und ich war unendlich glücklich. Aber eine Art Gier erfaßte mich, ich wollte ihn nur für mich. Doch der blaue Vogel singt als Gefangener keine Lieder, er singt nur in Freiheit. Er braucht die Freiheit der Lüfte, so wie wir das Glück. Aber unser blauer Vogel hat seinen Platz in unserer Phantasie. Der blaue Vogel ist für alle da, die Welt muß ihn sich teilen, so lasset denn von Land zu Land, von Mensch zu

Mensch ihn eilen. Und vielleicht gelingt euch, was wenigen gelingt, dann setzt er sich in eure Hand und singt und singt und singt.« Was schrieb William Wolf nach der Uraufführung: »Wenn Sie ungezogene Kinder haben, die Sie bestrafen wollen, nehmen Sie diese mit in ›Der blaue Vogel‹ und zwingen sie, den Film von Anfang bis zum Ende anzusehen.«

Tiefland (Deutschland 1940 – 1944 / BRD 1954)

Opernverfilmungen sind ganz selten erfreuliche Angelegenheiten. Die Opernverfilmung ohne Operngesang war jedoch seit Stummfilmzeiten eher aus der Mode gekommen. Bis Leni Riefenstahl sich mit der Verfilmung der Oper »Tiefland« von Eugen d'Albert einen langgehegten Wunsch erfüllte. »Nach Motiven der Oper in Bildern erzählt« prangt im Vorspann, in ihren Memoiren schreibt Leni Riefenstahl: »Oben im Gebirge lebt Pedro, der Hirt und Leibeigene des Marques Don Sebastian. Pedro ist eine Art Parsifal-Figur. Martha ist die schöne Ziehtochter eines armen Zigeuners und wird von beiden Männern geliebt. Die hieraus entstehenden Konflikte ergeben die dramatische Handlung.« Wenn das bloß so einfach gewesen wäre!

»Bildgestaltung, Drehbuch und Regie Leni Riefenstahl«. Das spiegelt ziemlich genau die Werteskala des Films von oben nach unten. Die Bildgestaltung ist, wenn schon nicht sensationell zu nennen, so doch ansehnlich und lebt von scharfen Schwarz-Weiß-Kontrasten, die Leni von ihrem Lehrmeister Arnold Fanck abgeguckt haben dürfte. Das Drehbuch ist bereits weniger gut gelungen. Schon die Oper ist keine Offenbarung, lebt aber immerhin von der reißerisch-postveristischen

Musik. Was für eine dumme Idee, die Gesangsnummern gänzlich zu eliminieren und nur einen klitzekleinen Musikteppich übrigzulassen (musikalische Bearbeitung und ergänzende Kompositionen: Herbert Windt). Nun gut, leider werden die Schwächen des Drehbuchs durch die Regie so vergrößert, daß ein gelinder Ärger sich beim Betrachten breitmacht: Die Genreszenen sind so pittoresk, daß sie in einem Bauernschwank besser aufgehoben wären, und die Schauspieler sind, zusätzlich zu den hölzernen Dialogen, die sie zu sprechen haben, miserabel geführt. Bernhard Minetti als spanischer Marques ist absolut lachhaft, und das in vielen Filmen des Dritten Reichs leinwandsprengende Talent Maria Koppenhöfers ist schlicht weginszeniert. Das Ärgerlichste am Film ist jedoch die Darstellerin Leni Riefenstahl, die es sich nicht nehmen ließ, neben Bildgestaltung, Drehbuch und Regie auch noch die weibliche Hauptrolle zu übernehmen: Martha, eine spanische Betteltänzerin. »Ich sah nur zwei Schauspielerinnen in der Rolle: Brigitte Horney oder Hilde Krahl. Sie waren beide nicht frei. Es war zum Verzweifeln«, schreibt sie in ihren Memoiren. Um nicht zu verzweifeln, übernahm sie die Rolle selbst und versuchte, alle Register ihres Könnens zu ziehen. Das Ergebnis kommt dem Zuschauer ziemlich spanisch vor. Schon der Kastagnettenflamenco, den Leni in einer der ersten Szenen vorführt, ist so spanisch, wie der Steptanz Marika Rökks amerikanisch ist. Abgesehen davon, daß die spanische Atmosphäre auch sonst an kaum einer Stelle wirklich gut getroffen ist – Lenis Kostüme und die Kostüme der Komparsen sehen eher wie die Landestracht der Tiroler Alpenbewohner aus. Außer dem Kastagnettentanz als Ausdruck des Spanischen lebt die Darstellung Lenis von immer wieder weit aufgerissenen Augen und gedämpfter Sprechstimme. So sehr sie sich aber auch anstrengt, es will ihr nicht gelingen, Erotik und Verruchtheit in ihre Stimme zu zwingen. Egal, ob sie von Liebe, Tod, Entsagung oder Barmherzigkeit spricht – es macht denselben Effekt wie die Ziehung der Lottozahlen durch Karin Tietze-Ludwig. Da nützt es auch nichts, daß sie ihr Gesicht immer wieder in Großaufnahme präsentiert und viel Gegenlicht und Weichzeichner einsetzt – ihr Gesicht verrät ihr Alter. Dadurch, daß sie der Rolle ihre Hausfrauenausstrahlung aufprägt, bringt sie die Dramaturgie zum Einsturz. Immerhin geht es um den Gegensatz zwischen dem Leben im Einklang mit der Natur (also in den Bergen, personifiziert durch den Hirten Pedro) und dem Leben im Tiefland: »Weiber gibt es nur im Tiefland, und das Tiefland ist schlecht, und die Weiber hütet der Teufel.« Leni Riefenstahl als Martha macht eher den Eindruck, als würde sie den Teufel hüten. (Wie bedauerlich, daß man die Fernsehserie »Des Teufels Großmutter« mit Brigitte Horney und nicht mit Leni Riefenstahl besetzte.) Schenkt man der Regisseurin Glauben, soll das »Tiefland«-Projekt bei den Nationalsozialisten auf Ablehnung gestoßen sein. Angesichts der entdämonisierten Weiblichkeit fragt man sich, warum. Auch die Idealisierung des Berglebens und die Figur des reinen Toren Pedro dürfte doch gut in das Konzept nationalsozialistischer Kulturideologie gepaßt haben. Zudem ist die bildgestalterische Unterscheidung so einfach: In den Bergen ist es (fast) immer hell, im bösen, bösen Tiefland immer dunkel. (Wie schade, daß die Riefenstahl statt »Tiefland« nicht »Parsifal« verfilmt hat. Kundry ohne Gesang als eine Art Großmutter des Teufels wäre sicher nicht ohne Reiz gewesen.) Zum Schluß bringt der reine Tor den bösen Verführer um, um Martha zu retten, so, wie er zu Anfang des Films einen Wolf erwürgt hatte, um die Schafherde zu retten (übrigens ein von Bernhard Grzimek dressiertes Tier). Dem Glück steht nun nichts mehr im Weg. Martha und Pedro schreiten denn auch den lichten Berghöhen entgegen.

»Um das spanische Kolorit zu verstärken, hatte ich Harald

Reinl schon im August beauftragt, auch Zigeuner zu engagieren, junge Männer, Mädchen und Kinder. Er fand sie in Salzburg, wo er sie in einem nahegelegenen Zigeunerlager auswählte. Nach dem Krieg mußte ich verschiedene Prozesse führen. Verantwortungslose Journalisten hatten behauptet, ich hätte die Zigeuner persönlich aus einem KZ-Lager geholt. In Wahrheit war das Lager zu dieser Zeit kein KZ-Lager (sic!). Ich selbst konnte nicht dabei sein. Ich befand mich noch in den Dolomiten auf Motivsuche. Die Zigeuner, Erwachsene wie Kinder, waren unsere Lieblinge. Wir haben sie nach dem Krieg fast alle wiedergesehen. Die Arbeit mit uns sei die schönste Zeit ihres Lebens gewesen, erzählten sie«, schreibt Leni Riefenstahl. Das Filmmaterial wurde 1945 von den Franzosen beschlagnahmt. »Eines Morgens erschien bei uns Otto Lantschner, einer meiner früheren Mitarbeiter. Ohne sich zu setzen, sagte er: ›Uli hat mich aus Innsbruck angerufen und mich gebeten, dich sofort zu verständigen, daß du eine einmalige Gelegenheit hättest, die Vernichtung von *Tiefland*, die die Franzosen nun endgültig beschlossen haben, vielleicht gerade noch zu verhindern. Du müßtest versuchen, den Schnellzug nach Wien, in dem der österreichische Finanzminister Dr. Kamitz sitzt, noch zu erreichen.‹ Was für ein Glück, daß ich dem Rat Otto Lantschners gefolgt war.« 1954 erlebte »Tiefland« seine Premiere in Stuttgart. Ob Leni Riefenstahl dortselbst von den vielen glücklichen Zigeunern umgeben war und sich mit ihnen an die schönste Zeit in deren Leben erinnerte?

Das Kind der Donau (Österreich 1950)

Wie viele in den letzten Kriegsjahren entstandene Filme kam auch »Das Kind der Donau« erst nach dem Krieg in die Kinos: 1950. Das Aufnahmematerial des als ersten österreichischen Farbfilm geplanten Projekts stammt hingegen aus dem Jahr 1944.

Daß die erste österreichische Farbproduktion auch darüber hinaus eine A-Produktion war, läßt sich unter anderem an der Filmmusik erkennen: Musik und musikalische Leitung übernahm Nico Dostal, es spielten die Wiener Symphoniker, und es tanzte das Wiener Staatsopernballett unter Erika Hanko. Daß es trotzdem ein schlechter Film wurde, dafür sorgte Marika Rökk. Schon in den ersten fünfzehn Minuten zeigt uns Marika alles, was sie kann – und damit leider auch alles, was sie nicht kann: Sie tanzt Csardas, sie singt Zigeunerweisen, sie spielt sogar Mundharmonika. Kurzum, sie ist ganz sie selbst. So heißt sie folgerichtig auch im Film Marika (wie ihr Dampfschiff), und sie braucht sich so erst gar nicht lange damit aufzuhalten, so etwas Ähnliches wie eine Charakterisierung zu erarbeiten. Marika ist eben immer Marika, und nur, wo Marika drauf steht, ist auch Marika drin. Einmal dieser lästigen Pflicht entbunden, ein Rollenprofil zu erarbeiten, ist kein Halten mehr. Schon in der ersten Szene des Films, sie wäscht mit anderen Frauen in der Donau Wäsche, überstrahlt ihr Stimmchen den ganzen Chor, ihre süßlich-herzige Ausdrucksgestik läßt erschaudern, und wenn sie dem Ganzen noch eine Prise Frivolität beimischt, erstarrt man gewissermaßen zur Zuckersäule. »Mein Schatz muß beim Waschen stark eingelaufen sein, jetzt ist er so klein, nur so klein«, dichtete Erich Meder, und sie deutet das Größenverhältnis mit zwei Fingern an, daß man sich fragt, wie diese kleine Stelle den Jugendschutz passieren konnte.

Marika verdient sich singender- und tanzenderweise ihr Geld in einer Donaukneipe, um ihre »Marika«, ihr vom Vater geerbtes Dampfschiff, wieder flottzumachen. »Wollt ihr alle lustig lachen«, quäkt sie, mit ungarischem Akzent versteht sich, dem Kneipenpublikum entgegen, mit so zwingend-eisernem Charme, daß die armen Gäste keine andere Möglichkeit haben als »Ja, ja, ja« zu skandieren. In der Gaststätte lernt sie drei junge Männer kennen, in den ältesten und häßlichsten verliebt sie sich. »Wissen Sie, wo Sie hingehören?« – »Nein.« – »Auf die Bühne.« – »Und was soll ich dort?« fragt Marika, und nicht nur sie fragt sich das. Die Liebesgeschichte entwickelt sich unerbittlich, begleitet von Donauidylle und Harfengeklimper auf dem Schiff vor einer Donaustudiokulisse, die den ganzen Film über nur Nebel suggeriert. Es gibt auch eine Badeszene, in der Marika ihre dralle taillenlose Figur in einem Badeanzug zeigen darf – sogar in einer Außenaufnahme. Mit dem kleinen Schönheitsfehler, daß das Donauschiff hier mit einem Mal gänzlich anders aussieht als im Studio. Aber über solche Unebenheiten sieht man natürlich gern hinweg, wenn man dafür mit Nico-Dostal-Schlagern, Erich Meders Texten und Marikas Stimme entlohnt wird: »Donau, sing dein altes Lied, das zum Sternenhimmel zieht, Donau, sing heut für uns zwei deine schönste Melodei«, alles unterlegt mit Frauenchor-Vokalisen. Der häßliche Liebhaber Marikas (Fred Liewehr) arbeitet inzwischen, angeregt durch Marikas Arbeitseifer, in einer Zeitungsspedition und lernt dort Edith kennen, die nur erfunden worden zu sein scheint, um Marika Gelegenheit zu geben, ihr Untalent auch noch in einer Eifersuchtsszene zum besten geben zu können. Fred, der im Film Georg heißt, bringt Marika schließlich zum Theater, und da der Theaterdirektor das Etablissement gerade schließt, just als Marika im Besetzungsbüro auftaucht (was für ein kluger Mann!), beschließt sie, mit den anderen abgewiesenen Schauspielern (unter anderem Nadja Tiller – was für ein sehr kluger Mann muß der Theaterdirektor gewesen sein!!) ein zufällig leerstehendes Amphitheater an der Donau flottzumachen. Trotz des Einwands eines jungen Schauspielers: »Und dann immer dieser verlogene Operettenzauber mit seinen blutleeren Figuren.« (Noch ein kluger Mensch, der aber offensichtlich keine Gelegenheit erhielt, Drehbuch und Film zu beeinflussen.) Das Theater wird flottgemacht, und so bekommt Marika Gelegenheit, noch viel mehr Talente zu zeigen: Sie wird Kostümbildnerin, Maskenbildnerin, guter Geist und Mutter der Kompanie. Dazu meint die Filmjournalistin Carla Rhode: »Wenn die Leistungen der Rökk so gar nicht animieren zu wortreich inspirierter Schilderung künstlerischer Ausdrucksmittel, liegt das daran, daß ihre Talente als Tänzerin, Sängerin und Schauspielerin, einzeln besehen, indiskutabel sind. Stets wird zwar die ganze Registerarie Rökkschen Könnens gezogen, und alle Fähigkeiten addieren sich zu einem Bild passabler Vielseitigkeit, doch kann deshalb von künstlerisch durchgeformten Darstellungen nicht die Rede sein. Auch ein totales Aufgebot von Kunstfertigkeiten ersetzt nicht die Kunst.« Doch dann brennt das Theater einen Tag vor der Premiere ab, und damit ist Marikas großer Tag gekommen – sie darf auch noch das vorführen, was sie für dramatisches Talent hält. »Es geht hier nicht nur um meine Hauptrolle.« (Eine der dreistesten Lügen der gesamten Filmgeschichte!) – »Worum denn sonst?« Darauf antwortet Marika: »Um die vielen jungen Menschen, mit denen ich jetzt an einer sehr schönen und großen Aufgabe zusammen arbeite.« Das abgebrannte Theater will sie wieder aufbauen, doch diesmal soll für Tausende Platz sein, und nun wird Marika auch noch zur großen volkspolitischen Agitatorin: »Ich bin auf einem Donauschiff groß geworden. Von klein auf habe ich gehört, was das Volk dort überall singt, wie es tanzt. Ich weiß, wie es denkt und lebt. Was hat das mit der Kunst zu tun?

Kunst ist auch ein Stück Wirklichkeit, ein Stück aus dem Leben des Volkes. Wenn wir nur mit ganzem Herzen und ehrlicher Begeisterung hinter unserer Idee stehen, dann müssen wir Erfolg haben.« Und das ist eine Botschaft, die schon 1944 ihren Sinn erfüllt hätte, ihn aber auch 1950 erfüllt hat, deshalb liebte das deutsche Publikum schließlich seine Stars.

Zum Schluß dann die große Revue-Apotheose. Marika im ungarischen und im walzerischen Ensemble, das Happy-End mit Fred-Georg und noch einmal die große Operettenmelodie: »Donau, sing dein altes Lied.« Es ist wirklich ein sehr altes Lied, das die Donau uns da gesungen hat.

»Das Kind der Donau« zeigt uns, daß Marika zwar genug parteipolitische Gymnastik geübt hatte, um die volkspolitische Lektion zu lernen, daß aber die Gymnastik- offenbar die Tanzstunden überwogen. So wird uns Marika denn auch in Erinnerung bleiben – als eine Art Sydne Rome des deutschen Nazi- und Nachkriegsfilms. Infolgedessen ist es auch nicht verwunderlich, daß sie ihre beste Rolle in der Werbung spielte: »Daß meine Haut so jugendlich aussieht, verdanke ich nur Hormocenta.«

3. Kapitel
Deutsche
Nachkriegsfilme

Hanna Amon (BRD 1951) /
Ich werde Dich auf Händen tragen
(BRD 1958)

Veit Harlan war einer der wenigen Filmschaffenden des Dritten Reichs, der nach 1945 in größerem Maß zur Verantwortung gezogen wurde. Das hat er, der Regisseur von »Jud Süß« und »Kolberg«, nicht verstanden. Davon kann man sich in seiner Autobiographie »Im Schatten meiner Filme« ein Bild machen. Man liest von seiner Inhaftierung nach Kriegsende (»Die deutschen Gefängnisbeamten kannten meine Filme und behandelten mich mit großer Zuvorkommenheit«), von den zwei Schwurgerichtsprozessen, liest das Kapitel »Wer war der Urheber von ›Jud Süß‹«, und erfährt auch, warum er nach 1945 überhaupt noch Filme gemacht hat (»Ich wollte meiner Frau, die mir ihre Jugend, ihr Talent und ihre unbeschreibliche Schönheit geschenkt hatte, wieder ein würdiges Leben verschaffen«).

Dieser fromme Wunsch bescherte uns von 1950–1958 immerhin neun Filme, sieben davon mit seiner Gattin, der ehemaligen »Reichswasserleiche« Kristina Söderbaum. Sie gehören zu den Tiefpunkten des deutschen Nachkriegsfilms. Was sagt doch Bette Davis als ehemaliger Kinderstar Baby Jane Hudson?: »Man kann alles verlieren, sein Talent aber nie!« Leider hat sich Baby Jane Hudson geirrt, wie auch Veit Harlan.

Daß sich die Zeiten für Veit Harlan nicht geändert hatten, zeigt sich schon in der Vorlage zu »Hanna Amon«. Richard Billinger, der Autor, hatte Harlan schon von 1933–1945 inspiriert, nicht zuletzt zum Loblied auf die Herrenrasse »Die goldene Stadt«. Harlan bediente sich seines alten Autors und seines alten Regiestils, der unbestreitbar wundervolle Melodramen wie »Opfergang« (1942–44) hervorbrachte – aber die neuerliche Evokation alter Fähigkeiten wollte nicht gelingen.

Hanna Amon (Kristina Söderbaum), früh verwaist, lebt mit ihrem Bruder (Lutz Moik) in stiller Eintracht auf dem Bergbauernhof ihrer Eltern. Besorgt um das Seelenheil ihres Bruders, erschießt sie seine Geliebte, die im Begriff steht, die reine Bruderseele aufs Hinterhältigste zu verderben.

Die Geschichte um reine Geschwisterliebe ist so aufgeblasen, vorderhand mit viel heißer Luft, aber auch mit an den Haaren herbeigezogener ägyptischer Symbolik. Die Geschichte der beiden Geschwister wird leitmotivisch mit der Sage von Isis und Osiris verknüpft, so daß uns die Söderbaum in den unnatürlich bunten Agfacolor-Farben der damaligen Zeit in einer Traumsequenz als Isis präsentiert wird. Es hinterläßt, untermalt von kitschig-bombastischer Musik von Hans Otto Borgmann, ein Übelkeits- und Völlegefühl wie nach dem Genuß von mehreren Flaschen Eckes Edelkirsch.

Zum Schluß des Films – auch da hat sich nichts geändert – darf Frau Söderbaum sterben, diesmal nicht im Wasser, sondern im eisigen Schneesturm – was in gewisser Weise ja auch eine Form von Wasser ist –, nachdem sie das Böse in Gestalt von Ilse Steppat, das ihren Bruder zu zerstören drohte, erschießen durfte. »Den einen holt der Satan, den anderen der liebe Herrgott!« Ilse Steppat, von den Dorfbewohnern die »Hure Babylons« genannt, gibt eine ausgesprochen dilettantische Darstellung der Verruchtheit. Das ist teilweise von so erschütternder Komik, daß man doch wieder Spaß an dem Film hat. Ilse Steppat fand nach ihrem Irrweg doch noch ins richtige Rollenfach, das der Aufseherin von Gefängnissen und Mädchenpensionaten in zahlreichen Edgar-Wallace-Filmen. »Man kann alles verlieren, sein Talent aber nie!« Wie schön, wenn man nichts zu verlieren hat.

1958 drehte Veit Harlan dann seine beiden letzten Filme: »Liebe kann wie Gift sein« und »Ich werde Dich auf Händen tragen«, von ihm selbst ganz unerwartet selbstkritisch als »Filmchen« bezeichnet. Im ersten spielte Sabine Sesselmann die Hauptrolle, im zweiten wieder seine Frau, die mittlerweile auch älter geworden war. Veit Harlan präsentiert sie uns trotzdem im unappetitlich enganliegenden Badeanzug am dünigen nördlichen Meeresstrand. (Der Film ist eine Verfilmung der Novelle »Viola Tricolor« des schleswig-holsteinischen Nationaldichters Theodor Storm.) Das ist schon schlimm genug, noch schlimmer sind die vielen Großaufnahmen ihrer 1958 leider schwammigen, aufgeweichten Gesichtszüge, und die abscheulichen Kostüme, die die körperlichen Mängel der Söderbaum, wie ihr viel zu breites Hinterteil, in vorzugsweise blauen, gelben oder rosa Kombinationen eher herausstellen als verdecken.

Söderbaum spielt in diesen Bonbonfarben Ines, eine Pianistin. Offensichtlich-ohrenfällig beherrscht sie jedoch lediglich Griegs Klavierkonzert a-Moll op. 16. (Für die musikalische Untermalung sorgten die Berliner Symphoniker. Solo: Inge Wunder. Leider hat sich dieser Name so gar nicht auf den Film ausgewirkt.) Sie verliebt sich in einen Schweizer, heiratet ihn und geht mit ihm auf seinen Besitz in die Schweiz. Dort ist sie der offenen Feindschaft seiner kleinen Tochter aus erster Ehe und deren Kindermädchen ausgesetzt, sowie der offenen Freundschaft des italienischen Hausmädchens (das, wie es alle Italienerinnen zu tun pflegen, immerzu singt) und des Chauffeurs, der die singende Italienerin geschwängert hat – wahrscheinlich eine Verzweiflungstat, er konnte die Singerei nicht mehr ertragen. Über allem hängt das Bild der verstorbenen Frau, Maria. Deren Tochter, Nesi, ist wirklich widerlich, sie schließt das Klavier ab und versteckt den Schlüssel – so müssen wir den Film eine halbe Stunde lang ohne Griegs Klavierkonzert durchstehen –, plärrt, schreit und intrigiert, wo sie nur kann. »Ich mach' mich tot«, schreit sie, als es nicht nach ihrem Willen geht, und unsere innere Stimme ruft ihr zu: »Tu's doch, tu's doch!« Leider macht sie sich nicht tot, was einer der Mängel des Films ist – wir müssen das schreckliche Kind bis zum Ende aushalten.

Kristina Söderbaum geht zur Kirche und bittet um Kindersegen. Und sie bittet ihren Mann, den verlassenen Gartenpavillon wiederherzustellen. In diesem hatte die verstorbene Maria immer Klavier gespielt. Daraufhin zündet Nesi, sie hat gelauscht, den Pavillon an. Spätestens hier beschleicht uns das Gefühl, es mit einer dezent veränderten »Rebecca« für Arme zu tun zu haben. Alles ist vorhanden: die verstorbene Frau, die wie ein böser Geist über allem schwebt, die Feindschaft der Haushälterin (hier ist es das Kindermädchen), das Abbrennen der Erinnerung. Alles von Veit Harlan ausgedünnt und aufgeblasen zugleich, mit einem mißratenen Anklang an den Effi Briestschen Geisterspuk. Nur zum lesbischen Subtext »Rebeccas« mochte sich Harlan nicht durchringen. Dabei hätte er mit Hilde Körber als Mrs.-Danvers-Ersatz alle Möglichkeiten gehabt. Sie bietet die einzig sehenswerte Leistung des Films, mit streng geknotetem weißgrauem Haar, blauem Kleid, gestärkter adretter Küchenschürze mit Stickerei und dicken Brillengläsern, hinter denen man das böse Funkeln ihrer Augen kaum sieht, aber doch deutlich wahrnimmt. Ihren großen Auftritt hat Hilde Körber, als sie von Kristina Söderbaum hinausgeworfen wird (Schade eigentlich, kein Feuertod wie im Fall von Judith Anderson). »Wenn ich auch nur ein Kinderfräulein bin, unsereins hat auch ein Herz!« Was man sich zwar nicht vorstellen kann, aber schön ist es trotzdem. Mit den Worten: »Die paar Sachen, die unsereins hat, ich hab ja eh nichts«, verläßt sie das Haus und damit den Film und überläßt uns wieder den Händen der schlechten Regie Harlans und der dilettantischen Leistung Kristina Söderbaums, die sich zum Schluß hin wie immer zu pathetischem Kitsch steigert, diesmal aber leider nicht sterben darf.

Ob sich Veit Harlan an Hilde Körber rächen wollte und sie deshalb so früh aus dem Film manövrierte? Sagt sie doch einen wahren, beherzigenswerten Satz in diesem verlogenen Machwerk. Zu Nesi. (Ob Nesi vielleicht ein verstecktes Selbstporträt des Regisseurs ist, das mißverstandene, vom Dritten Reich (Maria) allein gelassene, von der Bundesrepublik (Ines) geächtete Kind, das dem kaputtgegangenen filmischen Spielzeug nachtrauert?) Wie sagt Hilde Körber zu Nesi: »Du mußt die Strafe auf dich nehmen, nur so kannst du es wiedergutmachen!« Hätte Harlan sich diesen Satz doch zu Herzen genommen und nach 1945 keinen Film mehr gemacht, viel Schreckliches wäre uns erspart geblieben.

Wenn abends die Heide träumt (BRD 1952)

> Wenn abends die Heide träumt,
> Erfaßt mich ein Sehnen,
> Und ich denk unter Tränen
> An vergangenes Glück.

So weit das von Willy Schneider interpretierte Titellied, als Ouvertüre zu diesem Film über die Heide, die diesmal nicht grün ist – der Film wurde 1952 in Schwarzweiß gedreht.

Margot Trooger, die Hauptdarstellerin des Films, dichtete zum gleichen Thema:

Sommerwiesen, Winterwälder,
Regenbogen, Erntefelder,
Meeresrauschen, den Vögeln lauschen,
der Wiesen und der Bäume Grün,
der Blüten Farben, eh' sie weiterblühn:
Sind das nicht Tröstungen in Not?
Sind das nicht Tröstungen durch Gott?

Der Film ist ein Beispiel dafür, daß die deutsche Filmindustrie nach neorealistischen Versuchen wie »Die Mörder sind unter uns« aus dem Jahr 1946 schon 1952 wieder an die Traditionen des Dritten Reichs anknüpfte. So begegnen uns in diesem Film (wie auch in anderen Produktionen der Zeit) dieselben Gesichter wie vor dem Zusammenbruch: Götz-George-Mutter Berta Drews und Fridericus-Rex-Darsteller Otto Gebühr. Letzterer hat seine Führerrolle aufgegeben und erfreut uns jetzt als Pfarrer Simmel in einer traditionellen Dreiecksgeschichte. Zwei Freunde (Viktor Staal und einer der biedersten, langweiligsten Darsteller, die der deutsche Nachkriegsfilm je ausgespieen hat: Rudolf Prack), die in der Nachkriegsheide Bomben entschärfen (Vorher haben sie »vier Jahre Bomben abgeschmissen«), im Kampf um ein junges, blondes Mädchen. Flankiert wird die Geschichte von einigen Nebenhandlungen, die nach Schürzung und Lösung des komischen Handlungsknotens vom Drehbuchautor in der Mitte des Films eliminiert werden.

Das junge Mädchen, eigentlich Verlobte von Viktor Staal, verliebt sich in Rudolf Prack. Der Versuch Pracks, das junge Mädchen am Teich, in dem er angelt, zu verführen, verläuft erfolglos. Das junge Mädchen sucht und findet einen Regenwurm, worauf Rudolf Prack, als er ihn entgegennimmt, sagt: »Der ist aber bildschön. Wenn sie auf den nicht draufgehn …« – So schön kann Kino sein! Das junge Mädchen bekommt ein Kind von Prack, Staal versucht Prack bei einer »Entschärfung« hochgehen zu lassen, entscheidet sich aber im letzten Moment anders, schließlich gehen sie bei der nächsten Entschärfung beide hoch, wobei nur Prack überlebt – nachdem er sich mit Staal versöhnt hat. So einfach kann Kino sein.

Nebenbei betreibt der Film Vergangenheitsbewältigung, so wie damals in »unserer herrlichen Bundesrepublik« (Originalzitat) üblich, gipfelnd in so schönen Sätzen wie dem von Margarete Haagen gesprochenen: »War es denn nötig zu beichten? Die Vergangenheit gehört uns allein!« Nun werden Sie sich fragen, welche Dinge bei diesem Film entzücken sollen. Die Hauptdarstellerin, das junge, blonde Mädchen – Margot Trooger, die der Filmfreund eher als Frau des »Hexers« in Erinnerung behalten hat. Sie führt uns in »Wenn abends die Heide träumt« einige der abscheulichsten Nachkriegskreationen für die Frau vor – sportlich und weiblich zugleich –, sieht schmal und verhärmt aus und so gar nicht jung, sondern schon damals sehr alt, verhärmt und wissend, was irgendwie rührt, und erweckt also unser aller Mitleid, nicht zuletzt, weil sie, um einem schlechten Drehbuch Folge zu leisten, Rudolf Prack lieben muß. Im Gedenken an diesen schwarzweißen Alptraum hat sie in ihrem 1993 erschienenen Gedichtband »Sommerwiesen – Winterwälder« in bewußter Gegenposition zu »Grün ist die Heide« und Felix Schumann denn auch gedichtet: »Meine Liebe ist grau.« In diesem Lyrikband, unter der Abteilung »Gedichte vom Dasein«, berichtet sie auch von einem nicht zustande gekommen Chanson-Schallplatten-Projekt nach ihren Texten. Ein Beispiel:

Bilanz

Wenn ich mein Leben rückwärts denke,
komm' ich nicht aus dem Staunen raus:
Das sollt' ich sein?
Das wollt' ich sein?
Und war ich das wirklich: derart dünn und klein?
So wacker, mutig, doch auch ziemlich frech,
so unbekümmert naseweis –
was kostete mir schon die Welt?
Stets voll Zuversicht,
sogar im schlimmsten Krankheitspech …
Ich hab' mich immer mitten in Gefahr gestellt.
Wenn ich mein Leben heut' bedenke,
komm ich nicht aus dem Wundern raus:
Weil doch was übrigblieb!
Weil ich trotz allem in Betrieb!
Und bin ich das wirklich: derart krank und trüb?
So ruhig nun, recht demutsvoll …
Verbittert? Nein! Nach einsichtsvoller »Kur« –
mein unverbrüchlich' Gottvertraun:
Herr, ich bin Teil Deiner Welt
und längst bereit – verfüge und verplan mich nur!
Ich hoff', mein durchgekeltert' Wesen
wird auf anderer Ebne neuer Pflicht gestellt.

Dieser Text ist in gesungener Form nie auf uns gekommen.
Wie so vielen Projekten hat auch dem Schallplattenprojekt der
Tod Margot Troogers am 24.4.1994 nach langer, schwerer
Krankheit, die schon Ende der siebziger Jahre zum langsamen
Rückzug von Bühne und Film führte, einen Strich durch die
Rechnung gemacht. Dabei hatte sie ihren Eltern, die von ihrem
Traum, Schauspielerin zu werden, gar nicht angetan waren,

*»Eine mumienhafte Erscheinung, die nichts als die grenzenlosen
Möglichkeiten der Maskenbildnerei offenbart.« (»Der Spiegel«
über Marlene Dietrich in »Schöner Gigolo, armer Gigolo«)
»Wenn man sich prostituiert, dann muß man dafür bezahlt werden.«
(Marlene Dietrich über »Schöner Gigolo, armer Gigolo«)*

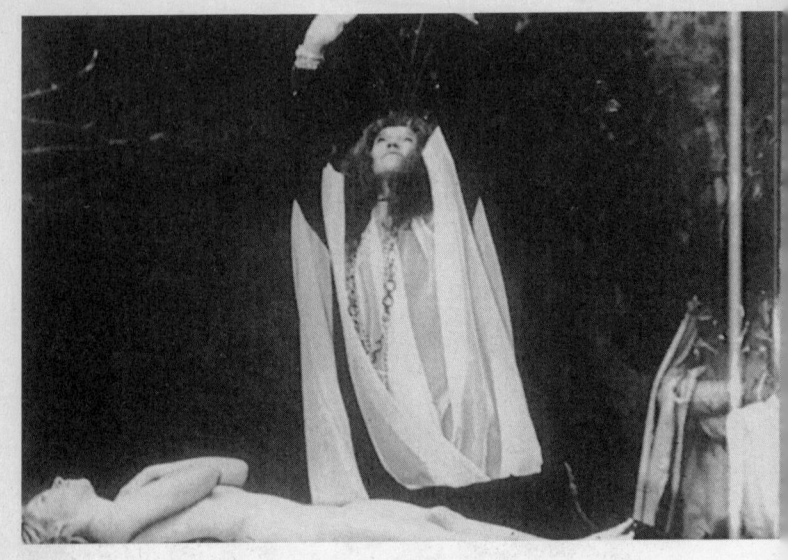

»Meine Kinder, oh, meine Kinder. Warum! Ihr hättet besser auch mich töten sollen. Jetzt muß ich leben mit dieser blutigen Erinnerung. O Herr Satan, ich beschwöre Dich, sende mir einen Rächer.« (Die ungerächte Elisabeth Bergner in dem Machwerk »Der Todesschrei der Hexen«)

»Wir müssen ihn wie ein zurückgebliebenes Kind behandeln. Wir müssen ihn dazu bringen, alles nachzuahmen. Sei brav, Trog.« *(Troglodyt Joe Cornelius ahmt Joan Crawford nach in »Das Ungeheuer«)*

25. 2. 97: Frisch operiert zeigt sich Hollywooddiva Elizabeth
Taylor, 65, erstmals der Öffentlichkeit. Sie läßt sich mit ihrer
fünfzehn Zentimeter langen Narbe am Hinterkopf ablichten.
»Mir kommt nie der Gedanke ans Aufgeben. Ich liebe das Leben.«
Wunder der Maskenbildnerei. Schon 1975 sah Elizabeth Taylor
aus wie nach dieser Operation – in »Der blaue Vogel«

»Shelley Winters ist absolut irre. Ich wiederhole das jederzeit auf der ganzen Welt, denn es ist einfach so.« (Debbie Reynolds über Shelley Winters in »Was ist denn bloß mit Helen los?«)

»Mir war eine erfüllte, abwechslungsreiche und befriedigende Karriere vergönnt. Und eine lange.« (Lana Turner in »Dosierter Mord«)

»Open a new window, open a new door, travel a new highway, this never been tried before.« Für Lucille Ball öffnete sich 1974 mit »Mame« weder ein Fenster noch eine Tür. Es war ihr Highway ins Aus. »Mame« war ihr letzter Film

»Indem sie keine Figuren mehr schuf, formte sie eine
unverwechselbare Figur: die Flicki.« (»Der Spiegel«)
»Sie wird die Letzte sein ihrer Art.« (Friedrich Luft)
Elisabeth Flickenschildt in »Eheinstitut Aurora«

»Ich brauch' Tapetenwechsel, sprach die Birke, und macht' sich in der Dämmerung auf den Weg.« Keine roten Rosen mehr, nur noch Eisblumen, für Hildegard Knef nach dem Tapetenwechsel in dem verleugneten Film »Witchcraft – Das Böse lebt«

»Na, das sind aber keine vorbildlichen Fingernägel, ihr geht doch nicht zum Trauergottesdienst.« Ein Trauerspiel hingegen ist »Dreizehn kleine Esel und der Sonnenhof« mit Marianne Hoppe: »Sie ist lernbegieriger und abenteuerlustiger als die Zwanzigjährigen.« (»Süddeutsche Zeitung«)

»Have you dreamed of a place far away from that all? Where the
air you breathe is soft and clean and children play in fields of
green.« Liv Ullmann bemüht sich vergebens, kleinen Kindern das
Tanzen beizubringen. Verlorene Liebesmüh in
»Der verlorene Horizont«

»Es interessiert niemanden einen Scheiß, was du sagst.« (Freddy
Krueger zu ZsaZsa Gabor in »Nightmare on Elm Street 3«)

»Wir sind alle Marionetten in einem Scheißleben.« – »Ich bin kaputt, verstehst du?« (Klaus Kinski und Romy Schneider in »Nachtblende«)

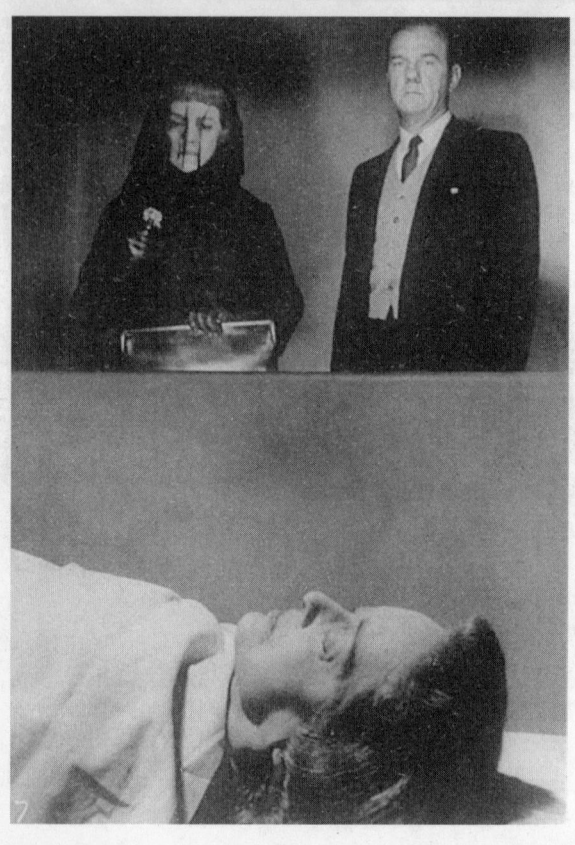

»Bist du jemals im Dunkeln aufgewacht und hast dich ganz alleine gefühlt, oh, ich meine schrecklich alleine?« (Zweimal Bette Davis für den Preis von einer in »Der schwarze Kreis«)

»Man ist nur, was man sein möchte, aber man muß das Risiko
eingehen. Keine Angst, nehmen Sie sich alles vom Leben, bevor es
zu spät ist.« (Liza Minnelli und Ingrid Bergmann in »Nur eine
Frage der Zeit«)

»Ich bin schon immer gegen die Rassismus gewesen«.
(Tingeltangellöse Marika Rökk zusammen mit Fee von Reichlin und
»Sam« in »Schloß Königswald«)

einst geschrieben: »Erwartet nicht zuviel von mir, meine Zeit wird kommen, wenn ich die Alten spiele.« Das war ihr – in letzter Konsequenz – nicht mehr vergönnt. Und doch bewahren wir einer ihrer »Alten« einen Platz in unserem Herzen, der Tante Prüsseliese aus Olle Hellboms Film »Pippi Langstrumpf« aus den Jahren 1968/69. (Da muß Margot Trooger sechsundvierzig gewesen sein und wirkt doch um so vieles älter.) »Und dann gibt es in unserer kleinen Stadt noch die Tante Prüsselius, das ist so eine Art Lehrerin, aber nicht wie in der Schule, sie kümmert sich um alle Kinder, weil der Bürgermeister es ihr gesagt hat«, erklären Tommy und Annika. Die Tante Prüsseliese liebt Kinder, aber die Kinder lieben die arme Prüsseliese nicht, und wenn man sich bei der Synchronisation der Schlange Kaa aus Disneys Dschungelbuch nicht für eine »männliche« Stimme, die von Erich Kestin, entschieden hätte – Margot Trooger wäre eine Idealbesetzung gewesen. In diesem Film singt Margot Trooger auch ein Lied für die Kinder, das diese so gar nicht mögen, was wiederum beweist, wie dumm Kinder sind. Mit diesem Lied müssen wir uns darüber hinwegtrösten, daß die selbstgeschmiedeten Verse Margot Troogers in gesungener Form nie auf uns gekommen sind:

Wir kommen jetzt und tanzen schön, tanzen schön, tanzen schön,
Wir kommen jetzt und tanzen schön, Rulli, Ralli, Rön!

Dreizehn kleine Esel und der Sonnenhof (BRD 1958)

»Die medizinische Forschung hat bisher immer noch kein Gegenmittel gefunden, das flatternde weibliche Herz erliegt ganz diesem unwiderstehlichen Charme und diesen strahlenden Augen dieses Mannes – Hans Albers. Und in dieser Rolle konnte er alles noch einmal auf der Leinwand entfalten, was ihn zum Publikumsliebling machte.«

So gesprochen von Andrea Müsse, einer dieser geklonten N3-Ansagerinnen, denen man ganz offensichtlich die Intelligenzstruktur von Alida Gundlach eingepflanzt hat. (Allein deshalb: »NEIN« zu Gen-Experimenten.)

Doch zurück zu Hans Albers, der in diesem Hans-Deppe-Film seine vorletzte Rolle spielt: als Vagabund und guter Onkel und moralinsaurer Gute-Ratschläge-Geber. Gelegenheit dazu hat er reichlich. Kann er doch nach langem Vagabundenleben zurückkehren zu seiner Frau, die inzwischen ein Heim für Kinder von Alkoholikern und Zuchthäuslern leitet, das Kinderheim Sonnenhof. Marianne Hoppe, eine jener großen alten Damen des Theaters und des Films, denen der deutsche Nachkriegsfilm keine adäquaten Aufgaben bot, leitet es mit dem Charme einer KZ-Aufseherin. »Ich will versuchen, sie zu guten Menschen zu erziehen. Es hat keinen Sinn, sie zu verwöhnen, das Leben verwöhnt sie später auch nicht.« Hans Albers dagegen trägt ein kariertes Hemd und einen Cowboyhut, und jeder merkt sofort, der ist goldrichtig. Wer dies nicht sofort bemerkt, dem hilft sein erstes Lied auf die Sprünge, mit Banjobegleitung zu Musik von Martin Böttcher, der schon hier die Klänge evoziert, die später die Karl-May-Filme zu einem solchen Genuß werden ließen. »Sieht 'n büschen aus wie von Karl May erfunden«, sagt denn auch folgerichtig der

Pastor des Dorfs. Ob man dem guten alten Karl May da nicht ein wenig Unrecht tut?

»Mein Junge, halt die Füße still und mach nicht so 'n Gesicht, es geht nicht immer, wie man will und was man sich verspricht. Die Welt ist rund, die Welt ist schön, und jeder muß sich mit ihr dreh'n, wie es das Schicksal will, drum halt die Füße still.« Wie soll man solche Texte (nebst Gesang von Hans Albers) ertragen? Marianne Hoppe erträgt alles stoisch und hat sogar sehr lustige Dinge zu sagen. Als sie am Sonntag die Reihe der ihr die Hände entgegenstreckenden Zöglinge abschreitet und mit preußisch strengem Tonfall sowohl die Außen- als auch die Innenseiten sehen will (»Außen, innen, außen, innen«, skandiert sie, und man bemerkt sofort die Schule des preußischen Staatstheaters), kommt sie zu dem Schluß: »Na, das sind aber keine vorbildlichen Fingernägel, ihr geht doch nicht zum Trauergottesdienst!« So humorvoll ist der deutsche Nachkriegsfilm.

Es kommt, wie es kommen muß, Hans Albers singt, Hans Albers erzieht die Kinder zu anständigen Menschen, erweicht das verhärtete Herz Marianne Hoppes und errettet dreizehn alte Esel vor der Salamifabrik – eben alles das, was ihn zum Publikumsliebling machte. Und wie anderen Menschen die Haare ausfallen, sondert er Lebensweisheiten ab (»Haben Sie schon mal was von Menschlichkeit gehört oder von Nächstenliebe?« sagt er zum Lehrer, der die Heimkinder ausgrenzt) und wirbt sogar – singenderweise – für Völkerverständigung: »Denn ein Indianer, ein Indianer macht so manchen wilden Scherz, doch ein Indianer, ein Indianer hat genau wie ihr ein Herz!« So viel Freizügigkeit ruft natürlich die Hüter der Jugendfürsorge auf den Plan, die der armen Marianne Hoppe, unter so unhaltbaren Zuständen, das Kinderheim wegnehmen wollen, was der späteren Thomas-Bernhard-Muse Gelegenheit zum großen dramatischen Ausbruch gibt. Doch ihre Größe als Schauspielerin und Deklamationskünstlerin beweist die Hoppe eher durch kleine Nuancen, winzige sprachliche Feinheiten: »Wir sind doch schließlich hier kein Tierasyl!« – wobei sie »Tierasiel« und nicht »Tierasül« spricht. Das ist wahre Sprechkultur, und wenn auch nur, um sich vom blondgrauen Hans abzusetzen, der alle i-Laute konsequent als »ü« spricht. Darüber hinaus hat Marianne Hoppe leider auch so gar keine Gelegenheit, ihre Qualitäten vorzuführen, und man fragt sich, was sie wohl dazu getrieben haben mag, ihre Filmkarriere in Karl-May- und Edgar-Wallace-Filmen und schlimmeren, wie diesem, zu beenden. Abenteuerlust oder Lernbegierde können es nicht gewesen sein, beides hat sie laut »Süddeutscher Zeitung« erst in hohem Alter erreicht. Allerdings: 1958 war sie immerhin schon siebenundvierzig, aber manch einer braucht eben länger: »Das Tollste an Marianne Hoppe ist ihre Jugend. Sie ist mit achtzig Jahren jünger, neugieriger, frecher (ja zuweilen unverschämt), sie ist lernbegieriger und abenteuerlustiger als die heutigen Zwanzigjährigen.« (»Süddeutsche Zeitung« vom 26. 4. 1991) In diesem hohen Alter mußte sie allerdings auch keine Texte mehr von Janne Furch, der Drehbuchautorin des Films, sprechen, sondern durfte Thomas Bernhard rezitieren:

Warum fürchte ich mein Altern
meinen Tod der mich befällt
den Schrei?
O Gott
ich fürchte mich
vor Dir
und vor der Traurigkeit
die mir den Mund zerschlägt
ich fürchte Herr

mein Grab
und mein Geschick in Düsternis
o Herr den Tod.

Das Schreckliche, die Wegnahme des Kinderheims, wird noch
einmal verhindert, und zwar eingeleitet durch einen Dialog,
der von Loriot sein könnte: »Das Beste wäre wohl, Frau Krapp
zu entlassen oder die Kinder in eine städtische Fürsorgeanstalt
zu bringen.« – »Moment mal bitte, da habe ich als Vorsitzen-
der des Stiftungsausschusses auch noch ein Wörtchen mitzu-
reden.«

Erst kommt der erste Kuß, dann kommt der zweite Kuß.
Bevor es jedoch zum Kuß kommt, gibt es noch die große
Schlußapotheose zu bewundern, ein Gartenfest mit Versöh-
nung, Streuselkuchen (von Marianne Hoppe gebacken) und
Blasmusik. Und ganz zum Schluß legt eine zutiefst und zu Tränen gerührte Marianne Hoppe das ihr von Hans Albers geschenkte indianische Batiktuch um, und Hans Albers darf
noch einmal singen und singenderweise die Botschaft des
Films verkünden. Wahrscheinlich hat Marianne Hoppe Thomas Bernhard nie von diesem Film und ihrer Mitwirkung
darin erzählt. Denn hätte er dieses Lied von Hans Albers ge-
kannt, hätte er dann noch so traurige Verse wie oben schreiben
können?

»Es ist egal, ob du 'n kleiner oder großer Esel bist, wenn
man bedenkt, daß auch der Mensch sehr oft 'n dummer Esel
ist. Es ist egal, ob du 'n kleiner oder großer Esel bist, wenn man
bedenkt, daß jeder doch nur ein Geschöpf des Himmels ist.
Und hast du Pech, dann fasse immer neuen Mut, es kommt der
Tag, da wird ja alles wieder gut.«

Dann ist Schluß.

Eheinstitut Aurora (BRD 1961)

Der deutsche Nachkriegsfilm meinte es nicht gut mit den wenigen wirklichen Könnern und Könnerinnen. Dabei gab es gar nicht so viele davon. Den Remigranten gegenüber war man abweisend, so ist es eins der großen Versäumnisse, Blandine Ebinger und Peter Lorre keine großen Aufgaben gegeben zu haben, und andere große Darstellerinnen verheizte man gnadenlos in billigen Produktionen. Man stelle sich vor: Elisabeth Flickenschildt, laut Georgette Dee die letzte große Hysterikerin auf deutschen Bühnen, in einer »Was geschah wirklich mit Baby Jane?«-Rolle. Wäre das großartig gewesen! Statt dessen bot man ihr Rollen in einigen Edgar-Wallace-Filmen und in schlechteren Produktionen an. »Eheinstitut Aurora« ist ein solches Produkt, ganz offensichtlich orientiert an Edgar-Wallace-Verfilmungen, ohne jedoch auch nur ansatzweise deren Qualität zu erreichen, sieht man einmal von Elisabeth Flickenschildt und ein oder zwei überraschenden Gastauftritten ab. Wenn sie in der ersten Szene des Films als Leiterin des titelgebenden Instituts ins Telefon flötet: »Hier Hortensia von Padula«, weiß man, was große Deklamationskunst ist, und weiß gleichzeitig, um was uns deutsche Produzenten betrogen haben, indem sie die Flickenschildt in den immer gleichen kleinen Rollen in den immer gleichen billigen Filmen besetzten.

Wie eine Spinne in ihrem Netz sitzt Elisabeth Flickenschildt als Leiterin in ihrem Betrugsunternehmen, und wie die Spinne Fäden aus ihrem Unterleib fallen läßt, umgarnt sie ihre Opfer mit ihrer betörenden Sprechkultur. Wer außer ihr könnte schon »Stangenspargel mit Schweinshaxe – na, das wird ja großartig schmecken« mit so viel delikater Delikatesse prononcieren.

Um sie herum hat Drehbuchautor Walter Forster eine Kriminalhandlung gelegt. Verlegt, sollte man besser sagen, um den Vergleich mit schadhaft verlegten Wasserleitungen zu evozieren. Mit schadhaften Schauspielern nach einer schadhaften Vorlage, »dem gleichnamigen ›Hörzu‹-Roman von Hans-Ullrich Horster«, wie der Vorspann vermeldet. (Hans-Ullrich Horster beglückte die ›Hörzu‹-Leser in den fünfziger Jahren bereits mit »Suchkind 312«, 1955 verfilmt von Gustav Machaty. Ein Film, der einem Sielbruch gleichkommt und zwecks Geruchsvermeidung keine Aufnahme in dieses Buch fand.) Die Kriminalhandlung schleppt sich mühsam dahin, und die beiden Hauptdarsteller Eva Bartok und Carlos Thompson können nicht ein einziges Fünkchen Spannung schlagen, will sagen, ob Eva Bartok ihren Mann nun umgebracht hat oder nicht – es läßt den Zuschauer uninteressiert und gelangweilt weiterschlafen.

Wahrscheinlich um die nicht vorhandene Spannung zu erhöhen, wird noch eine Nebenhandlung eingeführt: Der verbrecherische Filmsohn der Flickenschildt erpreßt erst die Mutter, dann die Mordverdächtige. Auch das entlockt nur ein müdes Gähnen, zusätzlich zum Wasserschaden im Eheinstitut hat es nun auch noch einen Kurzschluß in den elektrischen Leitungen gegeben – die Lichter sind ausgegangen. Und sie gehen auch beim Schlußverhör und der Mörderüberführung nach Hercule-Poirot-Manier nicht wieder an.

So bleibt dem Zuschauer nur, sich an Elisabeth Flickenschildt zu halten. Als sie zu ihrem Filmsohn mit finsterer Miene sagt: »Schämst du dich nicht, deine eigene Mutter zu bestehlen? Damals hätte ich dich totprügeln sollen!«, ist das von einer Spannung, die der gesamte sonstige Film nicht zustande bringt. Und man fragt sich, ob sie Drehbuchautor und Regisseur, die ihr diesen marginalen Film zumuteten, auch gern erschlagen hätte. Ob nun Regisseur oder Produzent, einem der beiden ist dann aber eben auch die Besetzung der Kleinstrollen zu danken. Walter Gross, die Synchronstimme von »Schweinchen Dick«, als heiratswilliger Weltkriegsheimkehrer (»Ich bin Kriegsversehrter. Ich habe ein Bein in Stalingrad gelassen.«) setzt ein komödiantisches Glanzlicht. »Man hat eben so seine Träume«, sagt die von Elisabeth Flickenschildt für Walter Gross ausgewählte Wirtschafterin, nachdem dieser ihr über die heiratswilligen Kandidatinnen erzählt hat: »Die denken nur an Autos, Fernsehen, Kleider, aber mal im Hause arbeiten, alles sauberhalten, flicken und kochen, nein, das will keine!« Daraufhin sagt die Wirtschafterin: »Er hat sich als Förster ausgegeben, und ich hatte mir das so vorgestellt, wie schön das wäre, so in einem Forsthaus.« – »Ja, die Frauen sind dann dabei immer die Dummen. Ich kenne das.« – »Sie, wieso?« Hätte der Regisseur doch nur die Kriminalhandlung fallenlassen, dies hätte ein sehr komischer Film werden können. Oder ein sehr musikalischer. Für die Rolle der heiratswütigen amerikanischen Mrs. Pearl wurde nämlich Ljuba Welitsch engagiert, die große bulgarische Sopranistin. Daß sie als Mrs. Pearl mit einem eher ungarisch-bulgarischen als amerikanischen Akzent spricht, scheint niemandem aufgefallen zu sein. Es schmälert ihre Leistung jedoch keineswegs. 1961 war ihre Karriere schon in das letzte Stadium getreten – bedingt durch die bis zur Selbstaufgabe gesteigerte Verausgabung in ihren Bühnenrollen. Emotional war sie ebenso gestrandet, enttäuscht von der Ehe mit dem Verkehrspolizisten Karl Schmalvogel. Und wenn sie regenschirmschwingend den Walkürenruf ausstößt, nachdem sie im »Eheinstitut Aurora« endlich den Mann fürs Leben gefunden hat, begleitet vom verständnislosen Gesichtsausdruck der Flickenschildt, dann ist das eine der schönsten und zugleich traurigsten Szenen des Films. Er erreicht in dieser Szene die Qualitäten des Dokumentarfilms »Der Kuß der Tosca«, des anrührenden Films über die Bewohner der Casa Verdi, dem von Giuseppe Verdi gestifteten

Altenheim für Künstler, über Schein und Sein, gewonnene und verlorene Kämpfe der alten Opernsänger und -sängerinnen. Ljuba Welitsch in dieser Szene zu sehen bricht einem das Herz, ähnlich wie die Szene in »Der Kuß der Tosca« (1984), in der die sehr, sehr alte, sehr müde Sängerin Sara Scuderi ihren eigenen Schellackplatten lauscht. Und wieder wünscht man sich, daß doch der Regisseur den Qualitäten seiner Charakterdarsteller mehr vertraut hätte als dem ganzen schrabbeligen Rest. So bleiben uns Elisabeth Flickenschildt und Werner Gross in Erinnerung. Und Ljuba Welitsch, die dem Herbst ihrer Stimme diese wunderbaren Altweibersommertöne abgerungen hat und die wie alle wirklich großen Diven sehr, sehr einsam war. Was diktiert die Flickenschildt als Hortensia von Padula zum Schluß des Films der Sekretärin?: »Überschrift: Herbst! Mein Herz hat Angst vor dem Herbst des Lebens. Ich habe Angst vor der Einsamkeit. Punkt. Haben Sie Einsamkeit?«

Liebe (BRD 1956)

»Die Ameise hatte zur Erntezeit viel Speise eingetragen und ihre Scheuern damit angefüllt. Die Grille hingegen kauerte in ihrem Loch und litt gar sehr, von Hunger und arger Kälte geplagt. Sie bat darum die Ameise, ihr von ihrer Speise abzugeben, damit sie davon essen könne und nicht zu sterben brauche. Doch die Ameise sprach zu ihr: ›Warum hast du zur Erntezeit nicht Speise eingetragen?‹ Darauf die Grille: ›Ich habe gesungen und mit meinem Gesang die Wanderer erfreut.‹ Da lachte die Ameise laut und rief: ›So magst du im Winter tanzen.‹« (Nach Äsop)

»Da ›Die Ratten‹ so gut gelungen waren, schlug ich Frau

Schell vor, die Hauptrolle in ›Vor Rehen wird gewarnt‹ (der Romanvorlage zu ›Liebe‹ von Vicki Baum, Anm. d. Verf.) zu übernehmen. Für jede Schauspielerin ein Zuckerschlecken, diese Rolle, sie bot alle Möglichkeiten, sich zu verwandeln, sich zu entwickeln, immer neue Ausdrucksmittel anzuwenden. Sie war sofort einverstanden, stellte allerdings eine Bedingung: ›Der Horst muß die Regie kriegen!‹ Ich bekam einen Schreck, Horst Hächler, der Verlobte, hatte noch keine Regieerfahrung. Nun muß natürlich jeder einmal anfangen, aber doch nicht gleich mit einem so teuren Film: zweieinhalb Millionen sollte er kosten. So viel Geld vertraut man einem Anfänger doch nicht gern an. Ich gab das zu bedenken. ›Der Horst macht das schon‹, sagte Frau Schell. Sie schilderte noch eine Weile die Vorzüge des bisher unentdeckt gebliebenen Genies. Das Mariele befand sich in einem Zustand, den der berühmte Psychiater C. G. Jung einmal als ›einen Zustand partieller Umnachtung unter Ausschluß des Werturteils‹ bezeichnet hat. Mit anderen Worten: Sie war verliebt, verknallt bis über beide Ohren. Da half nichts. Ich mußte in den sauren Hächler beißen ...«

Armer Artur Brauner (der Produzent des Films). Nicht nur mit Horst Hächler als Regisseur tat er einen fatalen Mißgriff, sondern auch mit der Hauptdarstellerin. Daß ihm aber auch bei einer Rolle, die die Möglichkeit bot, »sich zu verwandeln, sich zu entwickeln, immer wieder neue Ausdrucksmittel anzuwenden«, ausgerechnet Maria Schell einfiel!

»Wer als Maria Schell auf der Welt ist, hat's gut. Egal, wie gut, Hauptsache: Maria Schell. Man ist dann ja den ganzen Tag Maria Schell und den nächsten Tag auch noch und immer so weiter. Nicht auszudenken, jetzt auch noch wirklich Maria Schell zu sein – im Grunde kann das kein Mensch aushalten bis auf einen: Maria Schell. Maria Schell hat viel gespielt und ist trotzdem immer Maria Schell geblieben, sozusagen die ganze Zeit. Sollte Maria Schell einmal nicht Maria Schell gewesen sein, vielleicht aus Versehen oder einmal ganz kurz aus Trotz, ist sie eigentlich doch Maria Schell gewesen, quasi unerkannt und darum möglicherweise um so mehr« (Claudia Kohlhaase). Damit ist eigentlich alles über den Film gesagt.

Maria Schell als Anna verliebt sich im Schulmädchenalter in einen berühmten Geigenvirtuosen. Raf Vallone (schon ihr Partner in »Die Ratten«, 1955) als Violinist ist lachhaft, besonders, wenn er mit hehrem und ernstem Ausdruck zu seiner Geige greift. Noch lachhafter ist Maria Schell, die ein Schulmädchen spielt (Sie war zur Zeit der Herstellung des Films dreißig) und Raf Vallone mit großen, weit aufgerissenen Augen anschaut. Wie überhaupt das weite Aufreißen der Augen zu ihren liebsten Ausdrucksmitteln gehört. »Ihre Geige, darf ich sie mal anfassen?« – »Nein!« herrscht Vallone sie an, worauf sie die Augen niederschlägt, das zweite beliebte Ausdrucksmittel. Der Virtuose verliebt sich dann aber in die große Schwester und verlobt sich mit dieser in Venedig, worauf Maria einen Weinkrampf bekommt. (»Niemand weint so schön und schnell wie im Film Maria Schell.«) Damit sind die »immer neuen Ausdrucksmittel« für diesen Film abgedeckt.

Aus Trotz heiratet sie einen Plantagenbesitzer, den sie nicht liebt, und geht mit ihm nach Ceylon. (Nicht einmal eine einzige Außenaufnahme, auch Zeitkolorit wird kaum oder gar nicht vermittelt, die Geschichte ist im filmischen Niemandsland angesiedelt.) Maria, sie liebt den Geiger noch immer, fährt auf Besuch nach Italien, Schwester und Schwager (und mittlerweile auch eine Nichte) leben inzwischen in der Po-ebene. Dort pflegt und tröstet sie die Schwester, vorzugsweise mit leicht gesenkten Augenlidern. Unwillkürlich fühlt man sich an eine Fernsehkritik von Sonja Zerki erinnert, die Maria Schell für ihre Darstellung im Sat-1-Mehrteiler »Der Clan der Anna Voss« erhielt: »Wie ein Senkblei zieht sie jede Szene hinab, in der sie auftritt, unablässig lächelnd, streichelnd, schlichtend, wo es nichts zu lächeln, streicheln, schlichten gibt.« Das Durchtriebene der Rolle will sie offensichtlich gar nicht zur Kenntnis nehmen, aber Durchtriebenheit liegt ihrem Wesen auch gar nicht, wie sie in einem Fernsehinterview kundtat: »Marilyn Monroe hat sechs Monate neben mir gewohnt. Sie war unheimlich schüchtern und scheu. Aber wir haben einmal miteinander gegessen. Sie war sehr, sehr lieb. Ein trauriges Schicksal. Und sie wollte doch so gerne diese Gruschenka (in dem Film ›Die Brüder Karamasoff‹, Anm. d. Verf.) spielen. Und ich hab' dem Produzenten gesagt, sie ist viel besser als ich, weil, sie ist die Rolle. Ich muß sie mir erspielen. Das ist so ein schillerndes, verlogenes, verlorenes Geschöpf und Männer malträtierend und so. Das mußt' ich mir alles erspielen, das kann ich ja gar nicht, Männer malträtieren. Aber sie haben sie ihr nicht gegeben. Leider. Vielleicht wär' sie noch da. Aber die wär' sehr schwer alt geworden, die hätt's nicht geschafft, wie ich das schaffe!«

Ihr Mann, der Plantagenbesitzer, entzweit sich mit ihr, betrinkt sich und würgt sie: »Du bist gar keine Frau. Du siehst nur so aus.« Aber was ist Maria Schell dann? Keine gute Schauspielerin, keine Frau, was bleibt da noch übrig? Und was meint Raf Vallone dazu: »Du hast immer nur an dich gedacht, und ich hätte so sehr einen Menschen gebraucht, der mir hilft.« Beide verlassen Maria, die Schwester kommt zurück, bricht aber gleich wieder auf, um nach ihrem Mann zu suchen. Doch mittlerweile ist der Po über die Ufer getreten. In Vicki Baums Romanvorlage »Vor Rehen wird gewarnt« spielen diese entscheidenden Szenen während des großen Erdbebens in San Francisco, aber diese Kulisse wäre wahrscheinlich zu teuer gewesen. Die Bewohner werden in Sicherheit gebracht und die Zuschauer mit den immer gleichen Bildern von einbrechenden Dämmen und pittoresken Trümmern am Flußufer gelangweilt. Doch schließlich kehrt Raf Vallone zurück: »Erst jetzt weiß ich, daß ich ohne dich nicht leben kann. Wir gehören für immer zusammen.« Maria reißt die Augen auf. Kurze Zeit später finden sie die Leiche seiner Frau und ihrer Schwester. »Laß mich allein, ich will allein sein!« sagt Raf, der aber auch wirklich nicht weiß, was er will. Maria schlägt die Augen nieder. Und dann steht sie wieder, wie zu Beginn des Films, der in einer einzigen großen Rückblende erzählt wurde, auf dem Bahnhof, und ihre Stimme spricht aus dem Off: »Ich mußte dich allein zurücklassen. Du hast es so gewollt. Ich habe nur noch einzusteigen und fortzufahren.« Maria fährt ab und erblickt noch einmal Raf Vallone, der unbeweglich auf dem Perron steht. Und unbeweglich stehen kann er im Gegensatz zu all seinen anderen schauspielerischen Versuchen wirklich gut. Dieser Anblick zaubert noch einmal ein Lächeln auf Marias Antlitz. »Alle Menschen, die ich gespielt habe, haben ihr eigenes Leben und ihre eigene Zeit, die ihnen und nur ihnen gehört. Das heißt aber nicht, daß ich sowohl zu Hause als auch bei der Arbeit im Studio oder auf der Bühne wie in Trance herumlaufe. Die zwei Welten müssen nebeneinander bestehen können. Streng getrennt im Geist und auch in den Tatsächlichkeiten der beiden Leben.« So schreibt Maria Schell in ihrem Erinnerungsbuch »Die Kostbarkeit des Augenblicks«. Gelungen ist es ihr nicht. Diese symbiotische Verbindung zweier Leben sollte ihr erst im Alter und nach einem Selbstmordversuch und kurz vor dem finanziellen Ruin stehend gelingen. Es ist die größte Rolle, nicht im Film, sondern im wirklichen Leben: die der bemitleidenswerten armen, vergreisten, hilflosen, verarmten alten Frau. Und so beglückt uns die Regenbogenpresse regelmäßig mit solchen oder ähnlichen Schlagzeilen: »Maria Schell – Einst im Rampenlicht, jetzt in großer Einsamkeit« – »Maria Schell – Ohne fremde Hilfe kann sie nicht leben« – »Fernsehstar Maria Schell – Pleite!« Und durch diese Rolle hat Maria Schell ihre vielen schlechten Film- und Fernsehrollen wettgemacht und bewiesen, daß das Leben doch immer noch die schönsten Geschichten schreibt. Außerdem erhält sie sich auf diese Weise einen Kreis von mit ihr älter werdenden Fans, die immer wieder die Wahrheit der alten Fabel von der Grille und der Ameise vor Augen geführt bekommen.

So trägt Maria Schell im wirklichen Leben die muffige Moralität ihrer Filme aus den fünfziger Jahren auf natürliche Weise weiter in die Lebenswelt ihrer Zuschauer in der Jetztzeit.

Als Maria Schell erfuhr, daß ihr ehemaliger Kollege Otto Werner Fischer sein gesamtes angesammeltes Vermögen dem Tierschutz für arme Ameisen und andere notleidende Wesen vermachen wolle, sagte sie: »Die Tiere können doch gar nicht so viel fressen. Wenn er mir 500 000 Mark gäbe, wäre ich aus dem Gröbsten heraus.«

»Die Fabel zeigt, daß es nichts Besseres gibt, als für die notwendige Nahrung zu sorgen, und daß man sich nicht bei Lust und Tanz ergehen soll.«

Der Schatz der Azteken / Die Pyramide des Sonnengottes (BRD / Frankreich / Italien 1965)

1933 vertrieben die Deutschen Robert Siodmak aus ihrem Land, wie viele andere auch. 1953 kehrte er in die BRD zurück. Dort inszenierte er dann einige bemerkenswerte Filme: Die Gerhard-Hauptmann- Verfilmung »Die Ratten« (1955) und die Vergangenheitsbewältigung »Nachts, wenn der Teufel kam« (1957). Dann folgte Meterware: »Katia – die ungekrönte Kaiserin« (1959) mit Romy Schneider, ein mißglückter Versuch, den »Sissi«-Erfolg mittels einer anderen historischen Figur zu wiederholen, und zwei Simmel-Verfilmungen (»Der Schulfreund«, 1960, »Affäre Nina B.«, 1961). Dann wurde Robert Siodmak zum zweiten Mal vertrieben – aus dem Olymp der ernst zu nehmenden Filmemacher.

Artur Brauner von der CCC-Filmkunst bot ihm drei Karl-May-Verfilmungen an: »Der Schut« (1964) und 1965 das Fortsetzungsdoppel »Der Schatz der Azteken / Die Pyramide des Sonnengottes«. 1966 kehrte Siodmak nach Amerika zurück, um dort den Western »Ein Tag zum Kämpfen« zu drehen. Es muß Altersschwachsinn gewesen sein, der ihn dazu trieb, nach dem künstlerischen Fiasko des Karl-May-Doppels nochmals für Artur Brauner nach Deutschland zurückzukehren und 1968 (Er war damals achtundsechzig) dem Karl-May-Fiasko einen weiteren desaströsen Zweiteiler an die Seite zu stellen – die Felix-Dahn-Verfilmung »Kampf um Rom«.

Die Motive Artur Brauners sind nachvollziehbar. Er wollte sich schlichtweg an den phänomenalen Erfolg der von Horst Wendland produzierten Karl-May-Serie anhängen. »Der Schatz im Silbersee« war 1962 entstanden, die »Winnetou«-Trilogie entstand in den Jahren 1963 – 1965. Horst Wendland graste also wie ein Büffel die Indianergeschichten ab, Artur Brauner stürzte sich mit dem »Schut« auf den Vorderen Orient und dann auf Mexiko: Die Romane »Schloß Rodiganda« und »Die Pyramide des Sonnengottes« um den deutschen Arzt Dr. Sternau waren die Vorlagen für die Filme.

»Aufwendig inszenierte, thematisch aber flache Verfilmung«, schreibt der katholische »film-dienst«, und man würde gern erfahren, was der Rezensent an der Verfilmung aufwendig fand. Das Bemühen, an die Wendland-Produktionen anzuknüpfen, ist überdeutlich: Lex Barker hat man übernommen, er weckt immerhin Erinnerungen an bessere Zeiten, die Indianer hat man zur Hälfte beibehalten, zum anderen Teil durch Mexikaner ersetzt, grell geschminkt, mit bunten Decken behängt und mit Sombreros behutet, so daß sie aussehen wie eine Gruppe rheinischer Touristen in Karnevalslaune. Die Kulissen sind miserabel, die Agfacolor-Farben sind scheußlich bunt, und die Sonnenaufgänge, die mit einer gewissen Regelmäßigkeit eingeblendet werden, vermitteln eher die Atmosphäre des Titisees als die einer mexikanischen Seelandschaft. Wobei man überhaupt sagen muß, daß die Außenaufnahmen – die seltenen, die man zu sehen bekommt – ohnehin nie wie Mexiko aussehen. Selbst anhand der damals populären schwarzweißen Fotobände ließ sich überprüfen, daß Mexiko anders ausgesehen haben mußte. Es scheint sich hier um ein ähnliches bundesdeutsches Phänomen zu handeln wie jenes, das Heinrich Lübke einmal in einem Interview beschrieb: »Ich wurde auch von der kanadischen Regierung nach Ottawa eingeladen, zur Hauptstadt zu Besprechungen. Wegen meines Interesses habe ich gesagt, ich wäre dort in meiner Jugend schon längst mit meinem Freunde Karl May spazierengegangen. Dafür hatten sie volles Verständnis.« Mit wem ist Robert Siodmak bloß in Mexiko spazierengegangen?

Die Handlung kann man in den beiden Romanen Karl Mays nachlesen, trotz der Hunderten von Seiten allemal spannender als die beiden Filme: Dr. Sternau hat eine Botschaft vom amerikanischen Präsidenten für Juarez, der gegen die Franzosen kämpft. In dieses Grundgerüst sind verschiedene Nebenfiguren eingewoben: eine Aztekenprinzessin, ein abtrünniger Leutnant der mexikanischen Armee, ein mexikanischer Adliger, dessen mit Spielschulden kämpfender Sohn, eine Femme fatale. Erwähnt werden soll auch noch die raison d'être, der Goldschatz: Dieser besteht so eindeutig zur einen Hälfte aus bemalter Pappe, zur anderen Hälfte aus Plastik oder weiß der Himmel aus was für mit Goldfarbe bemaltem Material, daß die Dreistigkeit, mit der Siodmak dies dem Zuschauer als Aztekengoldschatz und ihn somit für dumm verkauft, auch wieder beeindruckend ist. Ich könnte fortfahren in der Aufzählung und viele weitere Scheußlichkeiten beschreiben, zum Beispiel die Rauchzeichen der Indianer, die wie Steppenbrände aussehen, oder die hölzernen Dialoge, in denen man sich nicht einmal bemüht hat, die stilisierte Indianersprache beizubehalten, die uns in den Wendland-Produktionen immer wieder so viel Freude macht. Auch der Soundtrack ist eine Beleidigung für die Ohren – so, wie der restliche Film eine Beleidigung für die Augen und den Verstand ist. Erwin Halletz garniert seinen konturlosen Musikbombast mit allen möglichen verfremdeten Zitaten aus der Musikgeschichte: Unter anderem werden Rimski-Korsakows »Scheherazade«, das Bach/Gounodsche »Ave Maria«, »Schlafe, mein Prinzchen, schlaf ein« und die »Marseillaise« von ihm zu einer orchestralen Soße verquirlt, so daß man sich sehr intensiv nach der Musik Martin Böttchers sehnt – aber der war bei Horst Wendland unter Vertrag.

Doch die Krone für dieses zweiteilige Machwerk gebührt eindeutig Ralf Wolter, der, als André Hasenpfeffer, dem Zuschauer die Galle aus den Poren treibt, und man fragt sich, wie weit der Altersschwachsinn Robert Siodmaks schon fortgeschritten war, daß er dieser Knallcharge keinen Riegel vorschob. Ralf Wolter ist schon in den anderen Karl-May-Filmen schwer zu ertragen, diesmal jedoch schlägt er dem Faß den Boden aus: als Vertreter in Schwarzwalduhren hat er sich einen schwäbischen Dialekt antrainiert, der so echt klingt wie der Goldschatz echt aussieht. Damit traktiert er uns zwei Filme lang. So ist man physisch und psychisch bereits am Ende, als endlich, im zweiten Teil, ein Darsteller als Pater Jacinto auftritt, in einer ganz kurzen Szene, dann wird er auch schon von Ralf Wolter aus der Handlung verbannt. Das Gesicht kommt einem nicht bekannt vor, aber die Stimme. Man überlegt und überlegt und überlegt, und dann weiß man es und ist für einen ganz kurzen Moment glücklich. Es ist Erich Kestin, die Synchronstimme der Schlange Kaa aus Disneys »Dschungelbuch«. Erich Kestin, einer der Vergessenen des deutschen Films, ein Darsteller von Nebenrollen und Synchronsprecher, den kein Nachschlagewerk verzeichnet und auf dessen Namen man nur noch ab und zu in alten, vergilbten Filmprogrammen stößt. Zum Beispiel in der UFA-Produktion »Am Rande der Sahara« von Martin Rikli aus dem Jahr 1930. Ein vergessener Film. In der Besetzungsliste wird Erich Kestin als Letzter aufgeführt, mit dem Appendix »sowie afrikanische Eingeborene«. Und so findet man ihn immer wieder auf Besetzungszetteln, meist als letzt- oder vorletztgenannten Darsteller, bis sich der Name selbst in alten Filmprogrammen verliert. So bleibt Erich Kestins tönendes Vermächtnis tatsächlich die Schlange Kaa in der Synchronfassung des Disneyschen »Dschungelbuchs«. Er leiht dieser armen Kreatur, einer der bedauernswertesten alten Frauen der Film- und Trickfilmwelt, seine anrührende Stimme. Denn schließlich ist sie es, die Mowgli tröstet, als alle seine Freunde ihn zu den Menschen bringen wollen. »Ich weiß genau, daß sie dich alle aus dem Dschungel heraushaben wollen«, lispelt Kaa und: »Ich bin so ganz anders als deine Freunde – die sind falsch.« Und schließlich ist es Kaa, die Mowgli vor Shir Khan rettet. Doch Mowgli dankt es ihr nicht, und Kaa bleibt einsam zurück. Dazu schreiben Karen Duve und Thies Völker in ihrem »Lexikon berühmter Tiere«: »Der Python im Disney-Film verstärkt die hypnotische Macht seiner Augen noch, indem er ein orientalisch angehauchtes Schlaflied singt. Er lispelt stark, und der deutsche Synchronsprecher Erich Kestin verleiht ihm die tuntige Stimme einer einsamen Fummeltrine.«

Doch wenn man die Stimme Erich Kestins in unserem Film erkannt hat, ist die Szene auch schon vorbei, und man kann die Freude darüber, endlich ein Gesicht zur Stimme zuordnen zu können, nicht mehr genießen. Statt dessen muß man das Schwäbeln Ralf Wolters über sich ergehen lassen. Doch der hypnotische Reiz der Stimme Erich Kestins ist so stark, die Erinnerung an Kaa so übermächtig, daß wir uns dieser schönen Erinnerung an die arme, alte und einsame Kaa und ihrer traurigen Weise ganz hingeben. »Hör auf mich und glaube mir, Augen zu, vertraue mir. Schlafe sanft, süß und fein, will dein Schutzengel sein.« Wir vertrauen Kaa und schlafen spätestens an dieser Stelle des Films ein und entledigen uns damit des Elends.

Ännchen von Tharau (BRD 1954)

Liebe Ilse,

wenn man mich fragt, so was ergibt sich:
die Ilse Werner, sie wird siebzig?
Dann sag ich ja, so wie es Pflicht,
doch gleich dazu: Ich glaub es nicht!

Ein jeder kennt Dich weit und breit
und schätzt auch Deine Herzlichkeit.
Du bist und bleibst ein Optimist,
»der singt, wenn er mal traurig ist«.

Der gern auf seine Sorgen pfeift,
und was sehr nützlich ist, begreift,
gibt's Schicksalsschläge noch und noch,
ich pfeif mir ein's: »Schön war es doch!«

Zu irgendeinem runden Geburtstag Ilse Werners wurde auch der Spielfilm »Ännchen von Tharau« vom ZDF mit den Worten angekündigt: »Doch Ilse Werner hatte auch viel musikalisches Talent. Ihr kunstfertiges Pfeifen klingt Ihnen sicher noch wohltuend in den Ohren.«

Ilse Werner, »Eine Frau mit Pfiff«, wie ihre eigene ZDF-Fernsehshow aus dem Jahr 1967 hieß, verkörperte im Film der späten dreißiger und frühen vierziger Jahre den Typ des treudeutschen Mädels – in Filmen wie »Wunschkonzert« (1940), »Wir machen Musik« (1942) und »Große Freiheit Nr. 7« (1944), alles unpolitische Filme, wie sie nicht müde wird, in Interviews zu bekunden. Diese treudeutsche Mädchenhaftigkeit versuchte sie in die Nachkriegszeit hinüberzuretten. Um es deutlich zu sagen, sie mußte versuchen, sie hinüberzuretten – es war der einzige Typ, den sie spielen und pfeifen konnte. Das ging bis in die fünfziger Jahre hinein einigermaßen gut, aber den Wechsel ins Mutterfach wollte oder konnte sie nicht vollziehen, weil sie in ihren eigenen Worten durch Gewichtszunahme aussah »wie ein verkleideter Elefant«. So haben wir sie auch in Erinnerung aus zahlreichen Unterhaltungssendungen, besonders aus dem »Blauen Bock« oder aus »Fröhlich eingeschenkt« – als elefantöse Pfeiferin. Wahrscheinlich das geheime Vorbild für Loriots Sketch vom Kunstpfeifer. Auch ihre Erinnerungen »So wird's nie wieder sein« tragen das Pfeifen im Untertitel: »Ein Leben mit Pfiff«.

»Ein Leben mit Pfiff«, »Eine Frau mit Pfiff« – man soll sich eben auf das konzentrieren, was man wirklich gut beherrscht. Die Schauspielerei war es jedenfalls nicht, wie man sich auch beim »Ännchen von Tharau« aufs Eindrucksvollste überzeugen kann.

Ilse als Anna, aus Ostpreußen nach Mainheim zugereist, hat eine Stellung im dortigen Gasthof angenommen und lebt dort mit ihrem unehelichen Kind Utz. Sie ist arbeitsam und bescheiden, so, wie man sich die Ostflüchtlinge damals gewünscht hat. Die Heimat ist für sie »überall, wo ich Arbeit habe und Platz für meinen Jungen ist«. Mit weißer Schürze und dem ewig gleichen treudeutsch-mädchenhaften Gesichtsausdruck sieht sie aus wie mit Persil gewaschen, und einen Persilschein hatte sie nach 1945 auch problemlos bekommen. Das nimmt nicht wunder, berichtet sie doch in ihrer Autobiographie wie all die anderen Filmstars der späten dreißiger und frühen vierziger Jahre auch vom großen »Krach mit Dr. Goebbels«. Kein Wunder also, daß sie nach dem Krieg ungehindert weitermachen durfte. Wahrscheinlich auch deshalb, weil ihr eine Affäre mit einem Jagdflieger nur nachgesagt wurde, dessen Abschüsse sie aber genauestens gezählt hat: »So hält sich seit über dreißig Jahren auch hartnäckig das Gerücht, ich sei mit dem erfolgreichen Jagdflieger des Zweiten Weltkriegs, Werner Mölders (101 Abschüsse), verlobt, verheiratet oder zumindest liiert gewesen.« Wie dem auch sei, mit diesem einen Gesichtsausdruck penetriert Ilse Werner den Zuschauer neunzig Minuten. Dramatische Steigerung ist nur möglich, indem sie beide Hände an die Schläfen legt. Da kommt es auf die Handlung letztlich nicht mehr an, Ilse hätte auch in einem Prostituiertendrama oder als Squaw in einem »Winnetou«-Film den ewig gleichen Gesichtsausdruck zur Schau gestellt. Nach vielen Verwicklungen lernt Ilse den Vater des Kinds kennen und lieben. Denn natürlich ist es nicht ihr eigenes uneheliches Kind, das wäre für die Ilse-Werner-Gefolgschaft wohl zu starker Tobak gewesen. Es ist das Kind einer auf der Flucht an Entkräftung gestorbenen Frau, das Ilse selbstlos an sich genommen hatte. Zu guter Letzt heiratet sie den liebenden Vater. »Ich liebe dich.« – »Ich möchte bei dir bleiben.« Womit deutlich wird, daß Aussiedler am besten keine Mischehen mit Einheimischen eingehen (Den sie liebenden ortsansässigen Weinbauern verschmäht sie). Beide ziehen nach Würzburg: »Zu Hause ist, wo du bist!« Das alles verquickt mit Rheinromantik, Volksmusik und »Hammeltanz«, musizierenden Jungens, die Ähnlichkeiten mit der Hitler-Jugend nicht verleugnen können, und der ständigen Thematisierung von Flüchtlingsschicksalen. Da gibt es dann immerhin schauspielerische Glanzlichter zu begutachten – denn die beiden männlichen Hauptdarsteller, Helmuth Schneider als abgewiesener Verehrer und Heinz Engelmann als Vater des Kinds, tun es Ilse Werner an Monotonie gleich. Wahrscheinlich waren sie vertraglich dazu verpflichtet, die Leistungen der Hauptdarstellerin nicht zu übertreffen.

Die Nebendarsteller haben dazu überhaupt keine Gelegenheit mehr, so sträflich werden sie von Drehbuch und Regie vernachlässigt. Und doch hinterlassen zwei der sträflich vernachlässigten Damen in kurzen Szenen einen tieferen Eindruck als Ilse Werner im ganzen Film. Zum einen Margarete Haagen, die ewige Großmutter des deutschen Nachkriegsfilms, die Schauspielerin mit der Vorliebe für »alte Weiber«, wie sie im Gespräch mit dem »Tagesspiegel« bekannte, als riesengebirgsvertriebene Frau Gutjahr, die auf Nachricht von ihrem Sohn aus den USA wartet. Arme Margarete Haagen, für ihre grandiosen Fähigkeiten als dramatische Schauspielerin hatte man im Nachkriegsfilm keine Verwendung. Von wenigen Ausnahmen wie »In jenen Tagen« (1947) von Helmut Käutner abgesehen, verheizte man ihr Talent als resolute Großmutter in den »Immenhof«-Filmen (1955–1957) oder als bajuwarisches Abziehbild in den »Lausbubengeschichten« (1964). Dort war sie immerhin in guter Gesellschaft – auch Elisabeth Flickenschildt wurde in der Ludwig-Thoma-Verfilmung als komische Alte mißbraucht. Margarete Haagen als Frau Gutjahr jedenfalls rührt uns in den wenigen Szenen in »Ännchen von Tharau« mehr, als Ilse Werner es im ganzen Film vermag, und vermittelt einen authentischen Eindruck von der Nachkriegszeit, vom Sehnen nach einer besseren Welt. »Und nun, geliebte Mama«, liest sie laut den Brief ihres Sohns, »rüste Dich für den Flug in die neue Welt. Wir fürchten nur, daß Dich die Reise allzusehr anstrengt. Gott schütze Dich und bringe Dich gesund zu den Deinen nach Texas in USA. Tausend Küsse, Dein Peter und Mae und Little Tom.« Dann blickt sie auf. »Little heißt klein. Das ist Thomas, mein kleiner Enkelsohn, den kenn' ich noch gar nicht. Ach, keiner hat's geglaubt. Alle haben sie gelacht über die alte Schachtel mit dem verschollenen Sohn in the United States of America. Schön hat er das formuliert: ›Und bringe Dich gesund zu den Deinen.‹« Dann nimmt sie einen Teddy aus der Kommode, hält ihn gen Himmel und wispert: »Little Tom, little Tom.« Und da erinnern wir uns auf einmal an eine andere große, in sich gefestigte Frau, nicht des Films, sondern der Literatur, mit dem festen Glauben an ein Wiedersehen in der Zukunft – Sesemi Weichbrodt aus Thomas Manns »Buddenbrooks«: »›Es gibt ein Wiedersehen‹, sagt Friederike Buddenbrook. – ›Ja, so sagt man. Das Leben, wißt ihr, zerbricht so manches in uns, es läßt so manchen Glauben zuschanden werden ... Ein Wiedersehen ... Wenn es so wäre ...‹ Da aber kam Sesemi Weichbrodt am Tische in die Höhe, so hoch sie nur irgend konnte. Sie stellte sich auf die Zehenspitzen, reckte den Hals, pochte auf die Platte, und die Haube zitterte ihr auf dem Kopfe. ›Es ist so!‹ sagte sie mit ihrer ganzen Kraft und blickte alle herausfordernd an. Sie stand da, eine Siegerin in dem guten Streite, den sie während der Zeit ihres Lebens gegen die Anfechtungen von seiten ihrer Lehrerinnenvernunft geführt hatte, bucklig, winzig und bebend vor Überzeugung, eine kleine, strafende, begeisterte Prophetin.«

Besonders wenig Gelegenheit, sich zu profilieren, hat – zum zweiten – Blandine Ebinger als Eisverkäuferin von »Selkes prima Eiskrem«, mit immer ein und demselben Kleid ausgestattet und mit Dialogfetzen wie: »Liebling, nun mach doch mal, is' so heiß«, gesprochen beim Eisrühren. Und selbst dieser Satz bringt – um einer etwas schwülstigen und abgegriffenen Metapher Raum zu geben – die Seele zum Schwingen. Als die

Mainheimer sich zum Feiern anschicken, darf sie einen wahren Satz sprechen: »Aber so sind die, die feiern fröhlich ihre Feste. Und wir Zugereisten, na, wir stehen natürlich im Wege.« Das spiegelt die Filmsituation im Nachkriegsdeutschland erschreckend exakt wieder. Das sträfliche Mißachten der zurückgekehrten Exilanten, der »Hitlerfrischler«, und das Überangebot all der vielen, die über die Jahre immer nur »Krach mit Dr. Goebbels« gehabt hatten. Blandine Ebinger fristete im nachkriegsdeutschen Film ein Hungerdasein, mit Kleinstrollen in Filmen wie »Verrat an Deutschland« (1954), »Solang es hübsche Mädchen gibt« (1955) oder »Bekenntnisse eines möblierten Herrn« (1962) – gewissermaßen als armes Mädchen, dessen Schicksal sie in Friedrich Hollaenders Zyklus »Lieder eines armen Mädchens« vor dem Krieg besungen hatte. Ein bißchen erinnert ihre Eisverkäuferin in »Ännchen von Tharau« an eines jener von ihr besungenen armen Currendemädchen – ein armes Waisenkind im Nachkriegsdeutschland.

> Auf den Höfen, Geldes wegen,
> Singen wir Currendemädchen
> Unter Leitung einer Dame,
> Fräulein Mikulewsky ist ihr Name.
>
> Öffnet, öffnet eure Fenster,
> Menschen sind wir, nicht Gespenster.
> Dringt's auch heiser aus den Kehlen,
> Denn wir singen, singen mit den Seelen.
>
> Drum mißachtet nicht die Waisen,
> die das höchste Glück erfahren,
> Die einst Cherubime heißen,
> Und mit Flügeln, langen, weißen
> Als Gottes Lieblingskinder

Um den diamantenen Himmelsthron
sich werden scharen!
Dankeschön …

Das ist immerhin tröstlich, daß man Blandine immer mit den wunderschönen Texten und Liedern Friedrich Hollaenders, die sie so wunderbar interpretiert hat, in Verbindung bringen und in Erinnerung halten wird. Und dann wird es zur Genugtuung, daß Ilse Werner nur Heinz Schenk inspirierte, und man kann nur hoffen, daß man seine Verse und sie selbst ganz schnell vergessen wird.

Der Weg zurück, er ist vergebens,
das sagt die »Sanduhr« Dir, des Lebens.
Wer das nicht glaubt, hat sich geirrt,
»Weil wie es war, es nie mehr wird.«

Drum wünsch ich Dir: von Herzen Glück!
»Mach fröhlich weiterhin Musik.«
Genieß die Stunden und das Morgen,
und pfeif, du kannst es, auf die Sorgen.

Kohlhiesls Töchter (BRD 1962)

Ihr Markenzeichen war in fast allen Rollen stets das anstekkende, aus tiefer Kehle kommende Lachen.
                    J. Schmid, »Stuttgarter Wochenzeitung«, 1989

Wer wüßte nicht, wer da gemeint ist. Richtig, es ist die »Duse des deutschen Nachkriegsfilms« (Monty Arnold) – Liselotte Pulver. Oder einfach die Lilo, wie sie von ihren Freunden genannt wird. Ihrem Ruf als Komikerin machte Lilo Pulver besonders in den 1977 – 1983 produzierten Folgen der deutschen »Sesamstraße« neben Tiffy und Samson alle Ehre. Und natürlich als Liesel Kohlhiesl – eine Rolle, in der sie sich für immer dem deutschen Film- und Fernsehpublikum eingeprägt hat. Offensichtlich sind »Kohlhiesls Töchter« ein sehr deutscher Stoff, denn es gab vor der Kurt-Hoffmann-Liselotte-Pulver-Version schon eine Stummfilmversion (1920) und zwei Tonfilmversionen (1930 und 1943). In der 1920er und 1930er Version ist jeweils der heute zu Unrecht vergessene Star des frühen deutschen Films zu sehen: Henny Porten. In der 1943er Version ist es Heli Finkenzeller, in der 1955er Version unter dem Titel »Ja, ja die Liebe in Tirol« Doris Kirchner. 1978 gab es dann noch eine weitere Version, auch sehr deutsch, als Sexklamotte: »Kohlpiesels Töchter«. Außer der 1978er Version beruhen alle Filme mehr oder weniger auf Hans Krählys Bauernschwank mit der Grundkonstellation: Eine hübsche Wirtstochter darf erst unter die Haube, wenn auch die häßlichere Schwester einen Bräutigam gefunden hat.

Henny Porten, die »weisse Göttin der Masse« (Kasimir Edschmid), war in den beiden Filmen von 1920 und 1930 sehr populär gewesen und hatte Gelegenheit gehabt, ihre differenzierte Kunst vorzuführen: »Sie lieben diese Frau um ihres Auges, ihrer Hand, ihres Lächelns willen. Nichts weiter.« (Kasimir Edschmid). Lilo Pulver liebte man nicht ihres Lächelns wegen – die schauspielerischen Mittel im Nachkriegsdeutschland waren plakativer geworden –, sondern ihres lauten Lachens wegen. Denn der Titel ihrer Autobiographie, »Wenn man trotzdem lacht«, war ja durchaus ein Motto und ein großes Thema des deutschen Films nach 1945. Und so lacht sich Lilo auch erbarmungslos durch diesen Film. Erst in Essen, in einer Hotelfachschule, wo sie den steifleinenen Dietmar Schönherr kennenlernt, dann in der Schweiz, in einem Ort namens Hinterfüh. Dort wird sie von Schweizer Folklore und dem Gesangsverein empfangen: »Kehr heim in das Tal deiner Väter!« Und Lilo lacht. Ihr Verehrer, Mitglied in ebendiesem Gesangsverein, singt einen Falsett-Ton, und Lilo lacht. Dietmar Schönherr, der Student aus Essen, reist ihr hinterher, sucht Arbeit, allerdings keine, die ihn kaputtmacht, wie er betont, wird schließlich auf Kohlhiesls Hof angestellt – und Lilo lacht. Ein anderer Verehrer macht ihr einen Heiratsantrag – und Lilo lacht. Und lacht und lacht und lacht. Von der befreienden Wirkung, die das Lachen haben soll, ist allerdings nichts zu merken. Nur ein einziges Mal lacht der Zuschauer, als Lilo im schicken Kleidchen und mit Stöckelschuhen Äpfel pflückt und man sich fragt, wie sie mit den Schuhen und in dem Kleid wohl auf eine Leiter gekommen ist.

Zum Schluß, die häßliche Schwester ist inzwischen gezähmt und hat sich in einen ebenso »schönen Schwan« wie ihre Schwester verwandelt und deren Verehrer aus dem Gesangsverein geheiratet, bekommt Lilo den Dietmar, ein besonders tristes Liebespaar des Nachkriegsfilms, selbst wenn man durch Maria Schell und O. W. Fischer sowie Sonja Ziemann und Rudolf Prack schon viel Leid gewohnt und nicht besonders verwöhnt war.

Lilo Pulver jedenfalls ist die Ehre zuteil geworden, sich als weibliches Pendant des lachenden Vagabunden Fred Bertelmann und als Antipodin der ständig heulenden Maria Schell auf immer im kulturellen Gedächtnis der Deutschen festgesetzt zu haben. Und als ein Urtypus der deutschen Frau (und das, obwohl sie, wie Heulsuse Maria Schell, gebürtige Schweizerin ist), die alle Schicksalsschläge wegsteckt, den Kopf oben behält, mutig der Welt entgegenlacht, obwohl es eigentlich nichts zu lachen gibt, eine Art lebende Depressionsumwandlungsmaschine. Denn auch das gehört ja zum Mythos des »lachenden Vagabunden«, des Clowns (den sie im Circus Krone bei »Stars in der Manege« verkörperte): daß es im Herzen so unglaublich traurig ist, aber dies eben niemanden etwas angeht. Und so hat sich Lilo durchs Leben gelacht, egal, ob sie ein Angebot nach Hollywood ausschlagen mußte, neben Charlton Heston in »El Cid« zu spielen, nur um in Deutschland ihr Produktionssoll zu erfüllen, sie lachte, als man ihr schließlich in der unsagbar dummen Komödie Hera Linds »Das Superweib« ein trauriges Altenteil verschaffte, sie lachte, als ihre drogensüchtige Tochter Selbstmord beging, sie lachte, immer getreu dem Motto ihrer Langspielplatte: »Ich lach, was soll ich weinen!« Wenn es sie gäbe, die Tapferkeitsmedaille für das Verlachen des Schicksals, Lilo Pulver hätte sie verdient.

Ich lach', was soll ich weinen, die Tränen sind zu dumm,
Ich lach', was soll ich weinen, ich nehm' nicht alles krumm,
Ich lach', das wirkt oft Wunder, ich bin nicht gleich verzagt,
Den ganzen Sorgenplunder mein Lachen schnell verjagt.

4. Kapitel
Doppelrollen

Kora Terry (Deutschland 1940)

Im Leben einer jeden Schauspielerin gibt es *eine* große Herausforderung, *eine* Rolle, für die sie ihr Letztes gibt, *eine* Rolle, in der sie ihr ganzes Können unter Beweis stellt (Falls sie das Können überhaupt hat) und wo sie nicht müde wird, immer wieder auf die Initialwirkung dieser *einen* Rolle hinzuweisen. »Madonnas Kampf um Evita« ist einer der neueren Beiträge zu diesem immer wieder neu erzählten Schauspielerinnenmythos.

Marika Rökk schildert ihn in ihrer Autobiographie »Herz mit Paprika« folgendermaßen: »Ärger gab es mit ›Kora Terry‹: Goebbels mochte keine Doppelrollen. ›Doppelrollen sind Quatsch‹, entschied er. Wir sollten ein Double nehmen. Gerade das aber wollten wir nicht. Wir hatten den Stoff als Illustriertenroman gefunden und waren gleich Feuer und Flamme gewesen. Einmal sollte ich die sanfte Mara und einmal die laszive Kora sein. Direktor Corell von der UFA zögerte: ›Aber Herr Jacoby, das ist sie nicht, diese Kora.‹ Jacoby sagte: ›Ich kenne meine Frau. Sie ist ein naives Kind und eine tolle erotische Frau. Sie hat diese konträren Züge.‹ Sie stimmten zu. Ich war mit dieser schauspielerischen Aufgabe sehr glücklich – und ich nahm sie sehr ernst. Die Kora-Szenen wurden nur am Vormittag, die der Mara stets nachmittags gedreht, damit ich mich jeweils auf den Charakter einstellen konnte.«

Marika Rökk leistete mit diesem Film (ebenso wie Madonna mit »Evita«) einen Offenbarungseid. Denn trotz Aufbietung der besten damals verfügbaren Kräfte – Peter Kreuder für die Musik, Erich Kettelhut für die Bauten, Konstantin Irmen-Tschet für die Kameraführung – muß man dennoch Marika Rökk ertragen, in doppelter Ausführung als die böse und die gute Schwester, Kora und Mara Terry. (Und selbst durch geschickte Kameraeinstellungen und dezenten Weichzeichner werden die feisten Oberschenkel von Marika Rökk nicht schöner.)

Ein in Bedrängnis geratener Revuetheaterdirektor, dem eine Nummer ausgefallen ist, bekommt per Telefon Elefanten und dressierte Gänse angeboten: »Herr, ich habe eine Varietébühne und keinen zoologischen Garten.« Die nächste Einstellung zeigt uns die tanzende, verdoppelte Marika Rökk – womit sich die dressierten Gänse gewissermaßen materialisiert haben. Dann hebt die brave, gute Mara ihr Bein, wieder und wieder, und man fühlt sich unwillkürlich an eine Kritik erinnert, die Maria Callas für eine »Aida« in Mexico City erhielt. Der Kritiker meinte damals, man habe ihre Beine nicht von den Beinen der ebenfalls auf der Bühne befindlichen Elefanten unterscheiden können. Leider, leider gibt es von dieser Aufführung keine fotografischen Erinnerungen – aber auch ohne diese Vergleichsmöglichkeit dürften Marikas elefantöse Oberschenkel zu ähnlichen Bonmots Anlaß geben. Die Filmschriftstellerin Carla Rhode bemerkt hierzu: »Sie hatte damals zwar ein sehr anziehendes und hübsches Gesicht, aber eine ausgesprochen dralle und robuste Figur und für eine Tänzerin etwas kurz und derb geratene Beine. Auch der Kameramann Konstantin Irmen-Tschet, der sich sogar Löcher im Studioboden anlegte, um ihre Beine aus der Froschperspektive aufzunehmen, konnte sie mit seinen Tricks nicht lang genug machen. Ihr wurde damals eine Abmagerungskur verordnet, doch elfenhaft ist sie nie geworden.«

Den Inhalt des Films würde man heute als Genremix bezeichnen. Die beiden Terry-Schwestern treten als Revuestars

auf. Marika Rökk charakterisiert die gute durch einen immer-
während en milden Gesichtsausdruck, die böse durch eine Art
schauspielerische Entäußerung, die, so kann man nur annehmen, Frau Rökks Vorstellungen von Laszivität entsprach. Was
immer sie sich vorgestellt hat, es ist ihr zu unappetitlicher Erotik geronnen. Wie man sich nach einem Toilettenbesuch die
Hände wäscht, hat man nach diesem Film das Bedürfnis, die
Augen auszuspülen. Nach der ersten großen Revuenummer
folgt im Programm des Varietétheaters eine kurze Marionet-
tennummer. Selbst dieser bayrische Marionettentanz ist um
Nuancen eleganter als Marikas Step.

Mara liebt den Dirigenten Varany (Will Quadflieg), der
von Kora verführt und fast gänzlich ruiniert wird. Mara kümmert sich um das ins Heim abgeschobene Kind von Kora, Kora
geht nach Afrika, Mara folgt ihr und verdient ihr Geld als Ein-
tänzerin, da sich Kora inzwischen für eine Solokarriere entschieden hat. Zu allem Überfluß wird dann auch noch eine
Spionagehandlung eingeflochten. Offensichtlich wollte Regisseur Georg Jacoby für seine Frau ein ähnliches Vehikel schaffen
wie George Fitzmaurice für Greta Garbo in »Mata Hari« oder
Josef von Sternberg für Marlene Dietrich in »Entehrt« (beide
1931). Unnötig, dies alles zu erzählen. Mara schießt auf Kora.
Die stirbt nicht durch den Schuß, sondern durch den Sturz
von einer Treppe. Der Diener der Schwestern nimmt die
Schuld auf sich, und Mara nimmt die Identität von Kora an.
Nun müssen wir zwar nur noch eine Marika Rökk ertragen,
dafür aber ihren Versuch erleben, sowohl Mara zu spielen als
auch Mara als Kora und Mara, die an ihrem Versuch, Kora zu
spielen, zerbricht – wenn Sie verstehen, was ich meine. Zum
Schluß wird alles wieder gut. Mara bekommt Varany, der inzwischen, befreit vom Einfluß der bösen Kora, ein berühmter
Violinist geworden ist. Zu guter Letzt beschert uns Georg Jacoby noch eine Pusztarevue mit Marika, die hier das Tempera-

145

ment einer tanzenden Salami entwickelt. So bleibt uns eine verbissene Marika Rökk in Erinnerung, die vorführt, was sie nicht kann: schauspielern, tanzen und singen – nicht einmal ihr ungarischer Akzent ist perfekt. Carla Rhode bemerkt hierzu: »Ihre stark pointierte Gestik ließ die Absicht nur allzu deutlich erkennen, doch nicht nur das. Ihre Mimik war auch stereotyp. Weit aufgerissene Augen mit dem typischen Zwinkern, das jede Liebesszene kaputtmacht, übertriebenes Hochziehen der Brauen und das Augenrollen sind die ständig sich wiederholenden spärlichen Darstellungsmittel.«

Positiv in Erinnerung bleiben eine Reihe von Nebendarstellern: der unverwüstliche Hubert von Meyerink, die Diseuse Ursula Herking, Maria Koppenhöfer als Adele-Sandrock-artige Aufseherin einer Artisten-Boygroup und einer nie vorher oder nachher gesehenen Darstellerin, die aussieht wie ein Transvestit, den schönen Namen Flockina von Platen trägt und im Film Olli heißt. Sicherlich ist das mehr, als manch andere Rökk-Produktion aufzuweisen hat, doch leider wird das Mißvergnügen an »Kora Terry« dadurch nicht aufgewogen.

Der schwarze Spiegel (The Dark Mirror, USA 1946)

Olivia de Havilland wird uns immer in einer Rolle in Erinnerung bleiben: als duldsame, gutmütige, sanfte, immer verzeihende Cousine Melanie in »Vom Winde verweht«. Daß sie im Privatleben durchaus keine duldsame, gutmütige, sanfte, immer verzeihende Frau war, zeigt ihr langandauernder und in aller Öffentlichkeit ausgetragener Streit mit ihrer auf ein ähnliches Rollenklischee festgelegten Schwester Joan Fontaine.

Doch im Film hatte Olivia de Havilland dieses Rollenklischee vor allem in »Vom Winde verweht« mit Bravour ausgefüllt. Das danach etablierte und dezent variierte Rollenfach prädestinierte sie geradezu für den Part der guten Schwester Ruth Collins – aber wer ist bloß auf die Idee gekommen, ihr eine Doppelrolle und damit auch den Part der bösen Schwester Terry Collins in diesem psychoanalytisch verbrämten Gruselstück anzubieten?

Ruth und Terry sind Zwillinge, Ruth, die Freundliche, Gute, Sanfte, wird immer wieder von Männern begehrt, Terry, die Böse, Verschlagene, Kranke, wird immer zurückgewiesen, weshalb sie einen Freund Ruths ersticht. Ihre Schwester hat ein Alibi, und da man beide nicht auseinanderhalten kann, kann keine von beiden verhaftet werden. Zufälligerweise ist Ruth mit einem Arzt befreundet: »Das Zwillingsproblem ist das Hauptgebiet meiner Forschungen!« Dieser Arzt nun versucht, Terry auf die Schliche zu kommen: mit lustiger Konversation (»Ich interviewte einmal ein Paar Zwillinge, die sogar von ihrem eigenen Hund verwechselt wurden.«), mit Wortassoziationen (Der Arzt sagt ein Wort, die Befragte ein dazugehöriges: Zimmer – Haus, weiß – schwarz, Spiegel – Tod) und mit Tintenklecksbildern. Diese versucht er zu analysieren, was ihm schwerfällt. Kein Wunder bei dem bombastisch-lauten Soundtrack von Dimitri Tiomkin, da kann man sich schon als Zuschauer kaum konzentrieren.

Dann versucht Terry, Ruth in den Wahnsinn zu treiben, und zum Schluß wird Terry überführt. Das ist alles von einer etwas zähen Spannung. Freundlicherweise hat der Kostümbildner Terry, die Böse, überwiegend in Schwarz gekleidet, so daß der Zuschauer die doppelte Olivia wenigstens anhand der Kleidung auseinanderhalten kann – was nur aufgrund des schauspielerischen Differenzierungsvermögens der de Havilland nicht möglich wäre. Das einzige, was sie als böse Terry zur

Unterscheidung beiträgt, ist ein wildes Augenrollen – als würde Joan Crawford Bette Davis parodieren. Ihre hilflosen Versuche, die beiden Schwestern auf unterschiedliche Weise darzustellen, machen den Film schon allein ungenießbar, doch die Absurdität der psychoanalytischen Erklärungsversuche treibt dem Zuschauer die Tränen in die Augen: »Sie ist gespalten, innerlich, vermutlich ist in ihrer Babyzeit etwas geschehen, was das bewirkt hat, außerdem gibt es eine starke natürliche Rivalität zwischen Schwestern, und seit jenem Ereignis, gleichgültig, was es war, ist sie größer und größer geworden, und jetzt ist sie unnatürlich.«

Vielleicht hätte man doch besser die beiden wirklichen Schwestern Olivia de Havilland und Joan Fontaine in diesem Film besetzen sollen. »Alle Frauen sind im Grunde Rivalinnen, aber das beunruhigt sie nicht sehr, weil sie die Erfolge der anderen nicht anerkennen und die eigenen Fehlschläge mit wichtigeren Umständen zu entschuldigen wissen. Das ist nicht schlimm, zwischen Schwestern kann es jedoch bitterer Ernst sein«, sagt der befreundete Arzt.

Joan Fontaine: »Es wäre schön, wenn ich eine Schwester hätte. Aber ich war immer nur der Eindringling in ihr Leben. Als mein älteres Geschwister hätte sich Olivia meiner annehmen können. Doch im Gegenteil, mein ganzes Leben hat sie nur nach einem gestrebt: mich aus dem Gleichgewicht zu bringen. Wir haben seit Mutters Tod 1974 nicht mehr miteinander gesprochen, und das war's. Und das soll's auch bleiben.«

Olivia de Havilland: »Joan hat den Oscar verdient, und sie hat ihn ja auch bekommen. Aber Joan ist fünfzehn Monate jünger als ich, und mir war klar, daß es mein Ansehen bei ihr schmälern würde, wenn ich in diesem Wettstreit verlor, denn ich war in ihren Augen immer eine Heldin gewesen. Und so ist es dann auch gekommen. Die Göttin steht auf tönernen Beinen, und das hat sie mich auch spüren lassen!«

Joan Fontaine: »Alle wollen immer etwas über die Fehde zwischen meiner Schwester und mir hören, und warum sollte ich nicht zugeben, daß ich es nicht über mich gebracht habe, ihr zu verzeihen, nachdem sie mich nicht zum Begräbnis unserer Mutter eingeladen hat ... und mir ein paar andere Grausamkeiten angetan hat. Ich habe zuerst geheiratet, ich habe den Oscar vor Olivia gewonnen, und wenn ich zuerst sterben sollte, ist sie sicherlich böse, weil ich wieder einmal vor ihr da war.«

Wie bedauerlich, daß Robert Aldrich nicht auf die Idee gekommen ist, ein »Was geschah wirklich mit Baby Jane?«-Sequel mit Joan Fontaine und Olivia de Havilland zu drehen. Was für eine wundervolle Produktion hätte das werden können, mit dem Thrill des Authentischen: »Sister, sister, oh so fair, why is there blood all over your hair?«

Der schwarze Kreis (Dead Ringer, USA 1964)

»Der schwarze Kreis«, 1964 im Fahrwasser des unerwarteten Erfolgs von »Was geschah wirklich mit Baby Jane?« entstanden, hat eine lange, lange Geschichte. Das erste Mal bot Rian James seine Geschichte, damals noch »Dead Pidgeon« betitelt, 1944 Jack Warner an, doch der hatte sich gerade entschlossen, die Doppelrolle in »Die große Lüge« mit Bette Davis zu besetzen. James verkaufte die spanischsprachigen Rechte schließlich nach Mexico City, wo die Geschichte unter dem Titel »Lo oltra« verfilmt wurde. 1946 wurden die englischsprachigen Rechte Regisseur Michael Curtiz angeboten, und nach ihrer Oscar-gekrönten Darstellung als Mildred Pierce in »Solange ein Herz schlägt« wurde Joan Crawford für die Doppelrolle anvisiert. 1949 hatte diese dann allerdings keine Lust mehr. Bette Davis hatte in diesem Jahr die Warner Studios bereits verlassen, so daß vorübergehend Loretta Young und Susan Hayward im Gespräch waren. 1953 geisterte »Dead Pidgeon« immer noch durch die Studios, immer noch als Plan von Michael Curtiz, nur der Titel war inzwischen geändert, »Masquerade« hieß das Projekt auf einmal. 1955 hatte Jack Warner die glorreiche Idee, den spanischen Film »La oltra« in einer Synchronfassung in die Kinos zu bringen, und endlich wurde das Projekt dann »zu Bett gebracht« – »put to bed«, wie man in Hollywood sagt.

Leider stand es wieder auf, so ziemlich genau zwanzig Jahre nach der ersten Erwähnung. Wie ein Bumerang traf die Rolle Bette Davis, die nach ihrer bereits erwähnten unglaublich erfolgreichen Rolle als Baby Jane Hudson zu Warner zurückgekehrt war. »Was geschah wirklich mit Baby Jane?« war zwar erfolgreich, die Dreharbeiten mit Joan Crawford tatsächlich aber unerfreulich. Neben Miriam Hopkins war Joan Crawford die von Bette Davis am meisten gehaßte Kollegin (»Miriam Hopkins – sie war ein Schwein!«; »John Crawford – Hollywoods erster Syphilisfall!«; »Warum ich Mistweiber so überzeugend darstellen kann? Ich glaube, weil ich kein Mistweib bin. Vielleicht spielt Miss Crawford deshalb immer feine Damen.«) So lag die Idee nahe, die Rollen der verfeindeten Schwestern Edie und Maggie beizubehalten, aber beide mit Bette Davis zu besetzen. Die Dreharbeiten müssen unglaublich angenehm gewesen sein. »Du hast immer nur dich selbst geliebt«, sagt Edie, die bessere Schwester, zu Maggie, der bösen Schwester.

Die böse Maggie hat Edie einst den Geliebten ausgespannt, und zwar unter dem Vorwand, von ihm schwanger zu sein. Auf der Beerdigung dieses Mannes, Mr. DeLorca, treffen die Schwestern nach achtzehn Jahren zum ersten Mal wieder aufeinander. Als Edie erfährt, daß das Kind nur ein schlechter

Scherz war, erschießt sie Maggie. Edie schlüpft in Maggies Rolle, nimmt ihren Platz in der Gesellschaft ein und läßt mittels eines Abschiedsbriefs den Mord wie einen Selbstmord erscheinen. Damit ist die Doppelrolle nach vierzig Filmminuten beendet, und nun kann sich Bette Davis ganz darauf konzentrieren, die gute Schwester in der Rolle der bösen Schwester zu spielen. Doch zu diesem Zeitpunkt ist das Interesse der Zuschauer an der Handlung ohnehin bereits erloschen. Spannung entsteht lediglich dadurch, daß man sich immer fragt, wann der nächste große dramatische Ausbruch bevorsteht. Als Bette Davis als Edie (als Maggie) Dokumente unterschreiben soll und es ihr nicht gelingen will, die Unterschrift zu fälschen, faßt sie kurz entschlossen mit der rechten Hand einen glühenden Feuerhaken an und präludiert das mit wildem Augenrollen und einem markerschütternden Schrei, bei dem man die Bedeutung dieses Worts neu verstehen lernt.

Doch dann taucht ein Liebhaber Maggies auf. Als dieser (Peter Lawford) Bette Davis (als Edie in der Rolle von Maggie) küssen will, sieht sie genauso aus wie in der Szene mit dem Feuerhaken. Man fährt, einen gellenden Schrei erwartend, aus dem Sessel hoch – doch der Schrei bleibt aus. Ein schlichter, aber überzeugender Beweis der Variationskunst von Bette Davis. Dann stellt sich allerdings heraus, daß die böse, böse Maggie mit ihrem bösen Geliebten zusammen den Ehemann vergiftet hat. Der wird auf Initiative von Karl Malden als Sergeant Jim Holland, der übrigens mit der guten Edie befreundet war, exhumiert, worauf das Verbrechen offenbar wird. Als ihm Bette Davis als Edie, die Rolle Maggies spielend, erzählt, daß sie eigentlich Edie in der Rolle Maggies ist, will Jim ihr doch tatsächlich keinen Glauben schenken. »Bist du jemals im Dunkeln aufgewacht und hast dich ganz alleine gefühlt, oh, ich meine schrecklich alleine? Niemand, niemand sonst auf der ganzen Welt ist da, nur die Dunkelheit, die dich umhüllt, und diese schreckliche, Angst machende Leere? Erkennst du mich denn nicht? Ich bin nicht Margret. Ich bin Edie, Jim!« Da allerdings ist die Absurdität der Handlung schon so weit auf die Spitze getrieben worden, daß der Zuschauer froh ist über die Besetzung beider Schwestern mit einer Schauspielerin, letzlich ist es eben doch unverwechselbar Bette Davis, die man auf der Leinwand sieht, egal ob als Edie oder Maggie. Diese Tatsache bietet Halt in einer wirren Story. Inszeniert hat diesen blühenden Unsinn übrigens Paul Henreid, der für die Doppelrollenthematik eine gewisse Vorliebe gehabt zu haben scheint. Schon 1948 produzierte er unter dem Titel »Der Mann mit der Narbe« ein ähnlich unsinniges Sujet. Zwar mit einer männlichen Doppelrolle (die er selbst übernahm), aber mit einem fast identischen Grundkonflikt: Ein Mann begeht einen Mord an seinem Doppelgänger und muß für dessen Verbrechen büßen.

Schlußendlich wird Maggies Liebhaber vom Hund des Vergifteten totgebissen, und Maggie (oder Edie?) wird zum Tod verurteilt und fährt in der letzten Einstellung des Films der Todeszelle entgegen, untermalt von einem wirklich schönen André-Previn-Score.

Bette Davis jedenfalls gibt eine der denkwürdigsten Darstellungen ihrer Karriere und gräbt sich in die Erinnerung als ultimative Doppelrollendarstellerin der Filmgeschichte ein. »Time« schreibt dazu: »Ausgleichende Gerechtigkeit ist vielleicht ein bißchen außer Mode, aber sie macht Spaß. Und den macht auch praktisch alles andere bei diesem banalen kleinen Thriller – besonders die Schauspielerin Davis. Kein Korsett hält ihre Formen zusammen, sie erinnert an einen Jutesack voller Galoschen. Ihr grob geschminktes Gesicht sieht aus wie ein Luftfoto von Utah. Und ihre Schauspielerei ist, wie immer, eigentlich keine richtige Schauspielerei; es ist schamlose Angeberei. Aber versuchen Sie mal, da wegzusehen.« Die Videoverleihfirma hat das erkannt und wirbt auf der Videokassette mit dem Slogan: »Zweimal Bette Davis für den Preis von einer!«

Vier Mädels aus der Wachau (Österreich 1957)

Franz Antel dürfte einer der produktivsten Regisseure des deutschen und österreichischen Films sein. In Österreich allein drehte er nach dem Zweiten Weltkrieg über hundert Filme, Hans-Moser-Filme, Kaiserfilme, Remakes und Softpornos.

Bleibt uns Bette Davis als ultimative Doppelrollendarstellerin in Erinnerung, so bescherte uns Franz Antel 1957 den ultimativen Doppelrollenfilm. Keine lästigen Aufnahmen mit einer Schauspielerin als zwei Schwestern, nein, Franz Antel besetzte das dürftige Filmchen mit echten Zwillingen. Ein Zwillingspaar war ihm nicht genug, es mußten gleich zwei Paare untergebracht werden: Alice und Ellen Kessler und Isa und Jutta Günther als Christl, Gretl, Franzi und Hanni.

Doch zur Geschichte des Films. Deren eigentlicher Knotenpunkt ist die Wachau, und so werden die Donau und die Wachau in ausgiebigen Postkartenansichten präsentiert, wie sich das für einen sogenannten »Touristenfilm« gehört. Hätte man es doch dabei belassen und den Film, statt ihn auf hundert Minuten zu zerdehnen, als nette Touristikwerbung von einer halben Stunde Spieldauer vermarktet. So konstruierte man um die landschaftlichen Reize ein dürres Handlungsgerüst und bereicherte die Ansichten aus der Natur um die Ansichten von den vier Zwillingen.

Wie in vielen Filmen dieser Zeit führt eine Frau allein einen Gasthof, der dem Bankrott entgegenschlittert, Reflex der vaterlosen Nachkriegsgesellschaft. Unterstützt wird die arme Frau nur vom alten Diener mit starkem Familienzugehörigkeitsgefühl, also der Generation, die auf Grund des Alters nicht aktiv am Krieg teilnehmen konnte – auch dies ist ein verbreiteter Topos – und hier, wie so oft, dargestellt wird von Hans Moser, dem ewigen Dienstmann. Die bankrotte Gastwirtin, deren Mann vor Beginn des Films ganz offensichtlich verstorben ist, bekommt Zwillinge, ebenso wie ihr Hausmädchen. Doch die Zwillinge des Hausmädchens sind unangenehmerweise unehelich und werden kurzerhand als Kinder der Wirtin ausgegeben, kommentiert von der frommen Denkungsart des Faktotums (Hans Moser): »Der Mensch denkt, und Gott lenkt.« Gottvertrauen wurde damals eben noch groß geschrieben. Der Bürgermeister erklärt kurzerhand die Gemeinde zum Vormund, und schon hat man die »Wachauer Vierlinge«, die zukünftige Touristenattraktion.

Überblendung. Neunzehn Jahre später. Die Wachauer Vierlinge, in blau-rosa Wachauer Tracht, singen: »Ein Lied aus der Wachau, von der Donau, von der Donau«. Entsprossen ist die dazugehörige einfältige Melodie dem Kunstverstand von Lotar Olias, der sich in seinen Kompositionen nie durch besonderen Einfallsreichtum auszeichnete, weder in seinen Chansons noch in seinen Schlagern für Freddy Quinn. Vollends eine Abscheulichkeit ist sein »Musical« »Prärie-Saloon«. (Darin mußte die arme Hanne Wieder immer wieder das Lied »Ich bin die Mississippi-Lilli, die Mississippi-Lilli, ahoi!« singen.) »Vier Mädels aus der Wachau« zeugt denn auch eher von seinem Einfaltsreichtum. Von insgesamt sieben Gesangsnummern hören wir »Ein Lied von der Wachau« viermal, »Ich habe nur an dich gedacht und hab' dir mein Herz mitgebracht« zweimal und die einzige etwas beschwingtere Nummer, die mit Tanzrhythmik zu operieren versucht, hingegen »nur« einmal: »Fünf Mädchen wollten gerne tanzen gehen, mit einem Di, mit einem Da, mit einem Donaudampferkapitän«.

In der letztgenannten Nummer bekommen die Kessler-Zwillinge denn auch endlich die lange herbeigesehnte Tanzeinlage. »Eins und Eins macht Eins«, wie der Titel ihrer Autobiographie besagt, was gewissermaßen die Inversion der Versuche von Marika Rökk, Olivia de Havilland und Bette Davis darstellt – wie sollte man deren Leistung in eine mathematische Gleichung fassen?

Um die Kessler-Zwillinge herum hat man die Günther-Zwillinge gruppiert, die noch schlechter singen und tanzen als Alice und Ellen. Des weiteren einen Polizisten, einen diplomierten Landwirt, einen Kellner und einen Reiseunternehmer, Herrn Held junior (»Mit Held für wenig Geld um die Welt«), die sich prächtig auf die vier Zwillinge verteilen. Um die Lustspielhandlung anzukurbeln, hat Franz Antel auch noch »Mara, das meistfotografierte Fotomodell von Mitteleuropa« nebst einem eifersüchtigen Argentinier integriert – selbst gemessen an der damaligen Lustspielklaviatur ist das überhaupt nicht komisch. Komisch ist hingegen, daß die vier Zwillinge, die doch immer nur in der Wachau gelebt haben, nicht den Anflug eines Dialekts sprechen. Offensichtlich waren die Verantwortlichen damals froh, die Kessler-Zwillinge vom sächsischen Idiom hin zum Hochdeutschen gebracht zu haben. Auch kleine Dinge können uns entzücken!

Dialekt spricht eigentlich nur Hans Moser, der Ziehgroßvater und Großziehvater, der »traurige Dienstmann«, wie ihn Georg Seeßlen genannt hat: »Moser bleibt, wie gerade die Filme der Nachkriegszeit besonders häufig betonen, ein Vertreter jenes alten Glücks der Zeit, ›als Österreich noch glücklich war‹, unter den Habsburgern, er gehört zur Traumarchitektur jenes virtuellen operettenseligen Kinoösterreichs. In der Nachkriegszeit nahm Moser, verbittert und resigniert, jede

Rolle an. Er erkundigte sich, wie man sagte, immer zuerst nach der Gage, weder das Drehbuch noch der Regisseur interessierten ihn ansonsten allzuviel. Und erst wenn man (die Filme) sozusagen gegen den Strich liest, werden seine Filme zu beängstigenden Zeugnissen des Menschen Hans Moser, dem auch der große späte Triumph nicht dabei helfen konnte, die seelischen Verwundungen und die Flucht in den Zwang zu überwinden.«

Die Heirat der vier Zwillinge mit den vier Bräutigamen will der Bürgermeister des Orts verhindern, »denn die Liebe ist eine seltsame Sache, sie kann die beste Organisation durcheinanderbringen.« Dazu noch einmal Georg Seeßlen: »Er (Hans Moser) hat sich generell, wenn auch nicht im politischen Sinn, nicht auf die Seite der neuen Herrschaft, sondern auf die Seite der Unterdrückten gestellt, der Unterdrückte und kleine Mann hilft immer den noch unterdrückteren und noch Kleineren, den Frauen und Kindern, wie in ›Vier Mädels aus der Wachau‹, wo Alice und Ellen Kessler und Isa und Jutta Günther eine Musikattraktion sind, die der Diener Anton gegen ihren Ausbeuter Oskar Sima verteidigt.«

Als Deus ex machina taucht dann auf einmal die Mutter der unehelichen Zwillinge auf, zurück aus Amerika. Das wirkt wie ein später, verweiblichter Widerschein des Inflationskönigs-Topos der österreichischen Literatur und des österreichischen Film der Zwischenkriegszeit (z. B. in Horváths »Geschichten aus dem Wienerwald« und in den Hugo-Bettauer-Verfilmungen »Stadt ohne Juden« und »Die freudlose Gasse«), allerdings der pekuniären Bezüge entkleidet. Hier geht es nur mehr um die Wiederherstellung funktionierender Familienstrukturen, denn, o Wunder, der Vater der unehelichen Kinder ist der Bürgermeister höchstselbst, der, Wunder über Wunder, die damals sitzengelassene Frau heiratet. Diese Figur ist vom Drehbuchautor und vom Regisseur so stiefmütterlich behandelt, daß nicht einmal die begnadete Komikerin Jane Tilden irgend etwas aus diesem Fragment einer Rolle machen kann.

So haben wir es denn zum Schluß mit fünf Paaren zu tun, kommentiert von Hans Moser, der plötzlich, noch eine kleine wunderliche Überraschung, die Rolle eines Erzählers und Kommentators übernommen hat: »So hat jeder das, was er haben wollte. Und wenn Sie nicht gestorben sind, leben sie heute noch.«

5. Kapitel
Horrorfilme

Zsa Zsa Gabor
versus Elke Sommer

1994 erschütterte eine Nachricht die Filmwelt. Hollywood-Altstar Zsa Zsa Gabor bezeichnete das ehemalige Fräuleinwunder Elke Sommer als »miese Ziege«, die pleite sei und daher selbstgestrickte Pullover verkaufen müsse.

Dieser Divenkampf und die damit einhergehenden Gerichtsverhandlungen hielten die Filmwelt zwei Jahre in Atem. Tatsächlich hatte Zsa Zsa Gabor (inzwischen verehelicht mit Prinz Frederic von Anhalt) Unrecht. Elke Sommer verkauft zwar inzwischen selbstgemalte Bilder, aber mitnichten selbstgestrickte Pullover. Wahrscheinlich hat Zsa Zsa eines dieser Bilder gesehen und Elke den gutgemeinten Rat gegeben, es doch lieber mit selbstgestrickten Pullovern zu versuchen. Nur so läßt sich dieses Mißverständnis erklären. Daß Elke Sommer (geborene Schletz) sich aber auch gleich so angegriffen fühlen würde – war das vorauszusehen? Aus dieser Petitesse wurde dann jedoch ein Horrorszenario, und man bedauert es ernsthaft, daß kein Produzent auf die schöne Idee kam, Elke und Zsa Zsa gemeinsam in einem Horrorfilm spielen zu lassen, denn erstaunlicherweise bevölkerten beide Diven dieses Genre in ihrem Karriereendstadium.

Baron Blood (Italien 1972)

»Ich saß auf dem Wohnzimmerboden und malte, als Joe hereinkam und mir die grauenhafte Geschichte aus der Montagszeitung vorlas. Am Sonntag waren die schrecklich zugerichteten Leichen von Sharon Tate, Jay Sebring, Abigail Folger, Woitek Frykowsky und Steven Parent gefunden worden. In Polanskis Haus, ganz in unserer Nähe. Die ganze Wahrheit über diesen bestialischen Mord erfuhren wir erst Monate später, als Charles Manson und einige seiner ›Familien-Mitglieder‹ verhaftet wurden. Sharon hatte ihren Mörder Watson angefleht, sie mitzunehmen und sie erst ihr Kind gebären zu lassen, bevor man sie umbringen würde. Doch unter dem Einfluß von Mansons ausdrücklichem Befehl, alle Anwesenden zu töten, habe er so lange mit dem Messer auf die blonde Frau eingestochen, bis ihre Schreie: ›Mutter … Mutter‹ verstummt seien, erklärte Charles Manson später.« (Elke Sommer »Unter uns Pfarrerstöchtern – oder? Eine autobiographische Zwischenbilanz«)

Offensichtlich noch ganz unter diesem schrecklichen Eindruck stehend, entschloß sich Elke Sommer, 1972 in einem blutigen Gruselschocker des italienischen Billigregisseurs Mario Bava mitzuspielen: »Baron Blood«.

Der Amerikaner Peter Kleist reist nach Österreich, um dort die Burg seiner Vorfahren zu besuchen: »Ganz besonders faszinierend finde ich diesen spukenden Baron.« Dieser, Baron Otto von Kleist, hatte einst Menschen auf bestialische Weise zu Tode gefoltert, ist dann selbst gefoltert und verbrannt worden und fristet nun als Geist sein Dasein auf der Burg. Die Fahrtrichtung des Grusels ist somit festgelegt. Antonio Cantafora (als Peter Kleist) und Elke Sommer (als Architekturstudentin Eva in frivolen Miniröcken und enganliegenden selbstgestrickten Pullovern) verlieben sich und wollen gemeinsam dem Geist im »Schloß des Teufels«, wie es von den Einheimischen genannt wird, auf die Spur kommen.

Besonders viel Liebe zum Detail verwendet Mario Bava auf die Zeichnung des österreichischen Kolorits: Ein Totengräber singt »Es wird ein Wein sein, und wir wer'n nimmer sein«, es wird die »Kronen-Zeitung« gelesen und Österreich als Hort des Bösen, des Schreckens und des Verderbens charakterisiert. Mario Bava qualifiziert sich somit auf unerwartete, aber doch überzeugende Weise als Thomas Bernhard des Films.

Elke und Antonio beschwören also den Geist des bösen Barons, der Zuschauer sieht ein schattenhaftes Monster die Zinnen der Burg hinaufklettern, Blut fließt unter der Tür hindurch, und Elke schreit ohrenbetäubend (Und versucht sich damit als Fay Wray des modernen Horrorfilms zu etablieren): »Jag es fort. Blut. Da ist Blut, Peter. Da ist Blut unter der Tür!« Dann verlesen die beiden in letzter Sekunde eine »Jag es fort«-Beschwörungsformel (verfaßt von einer als Hexe verbrannten Frau namens Elizabeth Holly, erfahren wir nebenbei), und zum Zirpen der E-Gitarre schleppt sich das Monster fort.

Doch im Gegensatz zum Zuschauer haben Elke und Antonio noch lange nicht genug. Sie beschwören das Monster ein zweites Mal (scheußlich anzusehen, das Gesicht entstellt und verbrannt), doch diesmal verbrennt leider die »Jag es fort«-Formel, und so kann das Monster sein Unwesen treiben und der Zuschauer an den »schauerlichen Blut-Effekten« (John Stanley, »Creature Features Movie Guide«) teilhaben. Als erstes wird dem ansässigen Landarzt Dr. Werner Hesse die Kehle durchgeschnitten (Und nur Dr. Hesses Adamsapfel bewegt sich noch ein Weilchen hinauf und hinunter), dann muß der Totengräber dran glauben (Aber der hatte sich ja schon auf sein Ende eingesungen), dem Schloßverwalter wird (in

Großaufnahme und im wahrsten Sinne des Wortes) der Hals umgedreht (Und wie das knackt!), der Hausmeister wird in einen Sarg gelegt, dessen Deckel mit Nägeln besetzt ist (eine Paraphrasierung des Volkslieds »Guten Abend, gute Nacht«, dort heißt es »Mit Näglein besteckt, schlupf unter die Deck«), und schließlich macht sich das Monster daran, Elke zu verfolgen, die sich inzwischen umgezogen hat und sich uns mit hübschem rotem Strickmützchen präsentiert. Die Verfolgungsjagden durch ein unendliches Gewirr von Gängen, durch surrealistische Kulissen, versehen mit reichlichen Kamerazooms, gehören zu den wenigen (visuellen) Höhepunkten. Inzwischen hat selbst das Monster festgestellt, wie ungepflegt und wenig vertrauenerweckend sein Äußeres ist, und hat sich in die Gestalt von Joseph Cotten verwandelt, der dem Film ein kleines Glanzlicht aufsetzt – als aalglatte, gentlemenhafte Verkörperung des Bösen. In der finalen Szene sind Antonio und die fürchterlich schreiende Elke in der Folterkammer gelandet und sollen gequält werden. Dazu kommt es nicht mehr. Durch einen absurden Geisterspuk und eine ebensolche Geisterbeschwörung, initiiert von der toten Hexe, erwachen all die von Baron Blood gequälten, gemordeten und schauderhaft anzusehenden Kreaturen zu neuem Leben und rächen sich auf fürchterliche Weise an ihrem Peiniger. Somit hat der Film endlich ein Ende. Weder für Joseph Cotten noch für Elke Sommer hatte das Grauen ein Ende. Armer Joseph Cotten, seine letzten Filme lesen sich wie ein Katalog einer Horror- und Splatter-Movie-Videothek: »Lady Frankenstein« (1971), »Syndicate Sadists« (1975), »Insel der neuen Monster« (1979), »Das Haus der Verdammten« (1982).

Und Elke Sommer brauchte offensichtlich noch etwas Zeit, um den schrecklichen Tod ihrer Freundin Sharon zu verarbeiten. Trauerarbeit. Aber was der Hilde die Romy, ist eben der Elke die Sharon. So spielte sie noch 1972, wieder unter der

Regie von Mario Bava, in dem Film »Lisa and the Devil« (mit Telly Savalas als Teufel und der armen alten Alida Valli), der 1975 in einer neu edierten, mit zusätzlichen Blut-Effekten angereicherten Fassung unter dem Titel »House of Exorcism« erneut herauskam, 1978 in »The Transformer«, und 1991 krönte sie ihr Filmwerk mit einem Horrorstreifen, von dem noch die Rede sein wird.

So bleibt uns Elke in gespenstischer Erinnerung, wie jenes Gespenst, das Katja Ebstein in der deutschen Fassung von »If You Could Read My Mind« besingt:

Wenn Du nur sehen könntest, welche Bilder vor mir stehn,
Wie aus einem Stummfilm, durch den Spukgestalten gehn,
Da wohnt ein Geist, tief im Schloßverließ, in Ketten, ohne Licht,
Du weißt es, das bin ich.
Und niemand kann mich je befrein,
niemand außer dir, nur dir allein.

Bedauerlicherweise war es nur Zsa Zsa Gabor, die Elke befreite, aus ihrem Gespensterschlaf zurück ans Licht der Öffentlichkeit brachte und mit der Nachricht vom Verkauf der selbstgestrickten Pullover Elke für das Filmpublikum wieder in die menschlich-allzumenschliche Welt zurückstieß.

Das Kabinett der blutigen Hände
(Picture Mommy Dead, USA 1966)

Zsa Zsa Gabors Karriere spielte sich vornehmlich fern der Leinwand ab. Oscar Levant sagte einmal: »Ihr Gesicht ist unerforschlich. Für den Rest kann ich mich allerdings nicht verbürgen.« Ihre Filmkarriere befand sich schon 1966 im Endstadium, wie an dem Film »Das Kabinett der blutigen Hände« von Bert I. Gordon (der uns so schöne B-Movies wie »Der Koloß«, 1957, »Gigant des Grauens«, 1958, und »Die Rache der schwarzen Spinne«, 1958, hinterließ) unschwer zu erkennen ist. Im Gegensatz zu den genannten Filmen ist »Das Kabinett der blutigen Hände« – ein »Kabinett der blutigen Hände« kommt im ganzen Film nicht vor – ein ambitioniertes Unternehmen, was den Genuß schmälert und die katholische Filmkritik zu der Bemerkung veranlaßte: »Kuriose Horroreffekte, die mehr Heiterkeit als Nervenkitzel verursachen.«

Susan, eine kleine, häßliche Jugendliche, wird von ihrem Vater und seiner zweiten Frau aus einem Konvent abgeholt. Dort war sie nach dem Unfall- und Verbrennungstod ihrer Mutter untergebracht worden. Alle drei kehren ins Haus zurück, die Tür wird von Maxwell Reed, dem Cousin der Verstorbenen, geöffnet. Er ist entstellt durch eine riesige Brandnarbe – hatte er doch damals versucht, seine Cousine aus den Flammen zu bergen. Außerdem ist er auch sehr, sehr weise, denn er sagt zu Susans Vater (Don Ameche): »Die Vergangenheit ist wie ein Tiger. Eines Tages wird sie dich anfallen.« Auch Francene (Martha Hyer), Vaters neue Lebensgefährtin, ist nicht nett: »Ich habe dich einmal geliebt. Aber du bist arm geworden.« Nun will sie an das Geld der geistig verwirrten Tochter. Sie versucht, diese in den Wahnsinn zu treiben. Von der Unmöglichket des Unterfangens müßte sie eigentlich überzeugt sein: Dieses Mädchen ist schon wahnsinnig! Susan Gordons Auftritte gehören zum Schönsten, was dieser Film zu bieten hat. Egal, ob sie hysterisch schreit, weint, Alpträume durchsteht oder Auktionsgäste beschimpft (»Gehen Sie, lassen Sie die Sachen meiner Mutter in Ruhe!«), alles ist sehr unterhaltsam und absolut unglaubwürdig. Auf der Auktion treffen wir übrigens auch eine gute alte Bekannte wieder: Anna Lee, die Nachbarin von Bette Davis und Joan Crawford in »Was geschah wirklich mit Baby Jane?«. Höhepunkt des Wahnsinns: Susan schlägt mit einem Leuchter auf das Porträt ihrer Mutter ein, dabei laut und hysterisch kreischend: »Stirb, stirb, stirb!«, und wir Zuschauer bedauern es aufrichtig, daß Teeniestar Susan Gordon nie die Gelegenheit hatte, mit Bette Davis und Joan Crawford gemeinsam aufzutreten.

Für den großen Showdown ist man durch das bis dahin Gesehene schon bestens eingestimmt, und so freut man sich, wenn Martha Hyer Maxwell Reed einen Anker in die Brust schlägt und dann selbst von Don Ameche erwürgt wird. Die Auflösung – Don Ameche hatte auch seine erste Frau erwürgt, seine Tochter daraufhin, um das Verbrechen zu decken, das Haus angezündet – nimmt man gelassen und nicht sonderlich überrascht zur Kenntnis. Überrascht ist man nur von den versteckten inzestuös-pädophilen Untertönen der Geschichte. Susan und ihr Vater gehen nach dem Mord an Francene und dem (nochmaligen) Anzünden des Hauses Hand in Hand der Polizei entgegen und sprechen folgenden Dialog:

»Jetzt, wo Mami weg ist und auch Francene weg ist, jetzt, wo du sie alle beide los bist, werde ich jetzt immer dein hübsches Mädchen sein, Daddy?«

»Ja, du wirst immer mein hübsches Mädchen sein.«

»Ich werde dich nie verlassen, wie Mama oder Francene.«

Sie werden sich nun zu Recht fragen, was der ganze Film mit Zsa Zsa Gabor zu tun hat. Sie war klüger als Elke Sommer, die mit ihrem Untalent ganze Horrorfilmrollen bestritten hat, und ist nur in einer kleinen Cameorolle als Mutter zu sehen: in einer Rückblende und in den Alpträumen von Susan.

Nightmare III – Freddy Krueger lebt (A Nightmare on Elm Street 3: Dream Warriors, USA 1987)

Um Alpträume geht es in Teil drei des Fortsetzungsgrusels »Nightmare on Elm Street«, einem etwas lustlos inszenierten Sequel, in dem es wiederum um die erfolgreich verlaufende Beseitigung von Teenagern geht. Im ersten Teil werden vier davon in einer amerikanischen Kleinstadt nämlich in ihren Alpträumen von einem seit Jahren als tot geltenden Kindermörder heimgesucht. Schade, schade, schade, es ist nicht Herr Schrott alias Gert Fröbe aus »Es geschah am hellichten Tag«, was uns allerdings auch – den Göttern sei Dank – Heinz Rühmann als Inspektor erspart. Aber der hatte sich zur Zeit der Entstehung des Films als bereits Achtzigjähriger von der Leinwand zurückgezogen und sich ganz auf einen Lebensabend als Rezitator eingestellt. Auch ein Teenageralptraum: Heinz Rühmann liest die Weihnachtsgeschichte. Tatsächlich aber werden die Teenager von dem äußerst sympathischen Freddy Krueger (»Are you ready for Freddy?«) heimgesucht, der in ihren Träumen zu neuem Leben erwacht – »See Freddy before he sees you!«

»Nightmare II – Die Rache« (A Nightmare on Elm Street, Part 2: Freddy's Revenge, 1985) bietet eine Erlösungsgeschichte von Wagnerschen Dimensionen. Freddy nistet sich im Körper eines Siebzehnjährigen ein, der zur mordenden Bestie wird und erst durch die reine Liebe seiner Freundin von den wahr gewordenen Träumen befreit werden kann.

In dieser Fortsetzung, »Dream Warriors«, erkennt ein Psychotherapeut mit Hilfe einer einst Betroffenen, daß er der Bedrohung nur mit außergewöhnlichen Methoden ein Ende setzen kann. Klingt doch gruselig, nicht wahr?

Ein besonders dummes Teeniemädchen versucht sich in einer psychiatrischen Klinik wachzuhalten, ausgerechnet, indem es sich eine Talkshow mit Zsa Zsa Gabor im Fernsehen ansieht, und wählt damit den absolut unbrauchbarsten Zeitvertreib, um sich am Einschlafen zu hindern.

Moderator: Waren Sie eigentlich mal auf 'ner Schauspielschule?

Zsa Zsa: Nicht direkt, ich hab' mal mit Talkshows angefangen.

Moderator: Was würden Sie antworten, wenn Sie eine junge Schauspielerin fragt, wie man in dem Geschäft am schnellsten Erfolg hat?

Zsa Zsa: Also, ich würde sagen, erst mal muß sie lernen, lernen und noch mal lernen, und dann sollte sie gute Beziehungen haben.

Moderator: Kann ich Ihnen mal was sagen?

Zsa Zsa: Natürlich.

Dann verwandelt sich der Moderator in Freddy und spricht aus dem Herzen aller Zuschauer.

Freddy: Es interessiert niemanden einen Scheiß, was du sagst!

Und dann fällt er über die laut schreienden Zuschauer her. Leider gibt es dann eine Bildstörung auf dem Bildschirm, so daß wir Zsa Zsas Ende nicht miterleben dürfen. Dafür aber das Ende von Kristen, so heißt das dumme Mädchen. Freddy steckt erst die Arme, dann den Kopf aus dem Fernseher, greift Kristen an den Schultern, und mit den Worten »Das ist er, dein großer

Fernsehdurchbruch, in der besten Sendezeit, du Flittchen!«
steckt er ihren Kopf in den Fernseher, was sie nicht überlebt.
Trotzdem sind wir Zuschauer dankbar. Zum ersten, weil das
Mädchen eine gerechte Strafe für seine Dummheit erhalten
hat, und zum zweiten für den hübschen Regieeinfall, die Re-
densart »in die Röhre gucken« so augenfällig umgesetzt zu
haben.

The Thing (Severed Ties, USA 1991)

Elke Sommer drückte ihrer Filmarbeit 1991 die Krone auf und
setzte sich selbst ein Denkmal als eine der schrecklichsten
Schauspielerinnen aller Zeiten.

Hatte der Film von Mario Bava noch einen gewissen
Charme, sicher, es war der Charme des Unvollkommenen, Ka-
putten, aber er war doch von einem Rest inszenatorischer Sorg-
falt geprägt, so läßt »The Thing« jedweden inszenatorischen
Impetus vermissen, schwankend zwischen Monster- und
Splatterfilm und Horrorkomödie. Bedauerlicherweise weiß
man als Zuschauer nie, wie sich die gewollte von der unfreiwilligen Komik unterscheidet. Schon der Name des Regisseurs ist
so originell wie eines der Bilder der Hobbymalerin Elke Sommer und läßt nichts Gutes hoffen: Damon Santostefano.

Elke Sommer als Mutter von Harrison, Sohn ihres verstorbenen Mannes, und als Anhängerin einer neofaschistischen
Vereinigung, spielt sich mittels eines Parforceritts aus den Herzen der Zuschauer ins Dunkel der Filmgeschichte (»Da wohnt
ein Geist, tief im Schloßverlies, in Ketten, ohne Licht, du weißt
es, das bin ich.«). Da nützt es nichts, daß der Kameramann Daniel Licht heißt. Der Tod des Vaters von Harrison wird in einer
Rückblende erzählt, offensichtlich ist er bei geheimnisvollen

Genexperimenten ums Leben gekommen, und die Mutter hat Harrison die Schuld daran gegeben: »Ach, mein Engel, was hast du nur mit ihm gemacht?« Nun versucht Harrison offensichtlich, diese Schuld wieder wettzumachen, indem er Experimente des Vaters fortsetzt: Genversuche mit Reptilien und Serienkillern. »Ich habe dich beobachtet, mein Liebling«, sagt Elke Sommer und fährt fort: »Ich habe dich immer geliebt. Gib deiner Mutter ein Küßchen. Oh. Ich verstehe, du bist zu beschäftigt, um ein wenig Zeit mit deiner Mutter zu verbringen.« Das kann ja nur ein schlimmes Ende nehmen. Nimmt es auch. Bei einer Auseinandersetzung mit Mutter (und deren Liebhaber, dargestellt von Oliver Reed) verliert Harrison einen Arm und der Zuschauer danach die Geduld. Denn was nun folgt, spottet jeder Beschreibung, deshalb wollen wir es an dieser Stelle auch bei einer Aufzählung belassen.

Nachdem Harrison durch eine sich schließende vollautomatische Sicherheitstür seinen Arm verloren hat, scheint dem Regisseur eine Paraphrase des sehr alten Kalauers »Besser arm dran als Arm ab« vorgeschwebt zu haben. Harrison läuft nun also einarmig durch die Nacht, spritzt sich das Serum, führt ein Zwiegespräch mit seinem toten Vater und schaut den Sternen zu, während ihm ein reptilienartiger Arm wächst. Währenddessen liegt Mutter mit dem Originalarm des Sohnes im Bett und küßt jeden Finger. Harrison, auf der Flucht vor der Polizei, gerät in nicht näher bezeichnete Gewölbe und trifft dort auf eine Sekte. Der Sektenführer will Harrison töten, daraufhin fällt der künstliche Arm mitsamt der künstlichen Hand von Harrison ab und tötet den Sektenführer, unter anderem dadurch, daß er ihm die Haut vom Gesicht zieht. Dann erhebt sich der Arm gegen seinen Schöpfer – doch, o Wunder, Schöpfer und Arm verlieben sich ineinander und beschließen: »Gemeinsam werden wir die Welt verändern, eine neue Welt schaffen ohne Schmerz und Leid.« Ach, dabei hätte ich fast vergessen, daß es auch noch ein stummes Mädchen gibt, das sich auch in Harrison verliebt. Noch immer nicht genug?

Der Arm wird zur Mutter geschickt, um zu verhindern, daß sie mit ihrem Liebhaber an das Serumrezept gelangt. »Sieh dich mit Mutter vor, sie ist wie immer!« Der Arm beherzigt den Ratschlag, kann aber trotzdem nicht verhindern, daß Mutter ihn entdeckt (»Oh, was ist das?« – »Ein Arm!«). Im unterirdischen Gewölbe wird unterdessen munter weiterexperimentiert, diesmal mit dem Stumpf eines Einbeinigen. Harrison verlobt sich mit der Stummen. Da erscheint Mutter: »Kaum bekomme ich dich einmal zwei Tage nicht zu Gesicht, schon fällst du auf eine billige kleine Straßenhure herein.« Mutter entführt die Stumme, ihr Freund raubt das Serum, und daheim experimentieren sie mit dem armen stummen Mädchen, dem sie unter anderem von zwei reizenden Assistenten – Lorenz und Uta – einen Finger abschneiden lassen. Inzwischen gibt es vier bis fünf herrenlose Arme (»Wir könnten eine ganze Armee aufstellen«, womit bewiesen wäre, daß »Arm ab« gar keine so schlechte Alternative sein muß), Mutter läßt nicht davon ab, ihren Sohn zu lieben (»Bist du Mutters kleiner Liebling? Bist du Mutters kleiner Sonnenschein?«) und dessen Freundin zu hassen (»Du kleines Miststück, er gehört mir!«), gerät jedoch mit ihr in eine Art Kabinenkompressor, in dem beide zu unappetitlichem Blutschlick zerkleinert werden. Helen, so heißt die Freundin, materialisiert sich auf wunderbare Weise wieder, und zum guten Schluß brennt alles ab, und Harrison ist wieder da, wo er hingehört, bei seiner Mutter, die inzwischen auch auf wunderbare Weise zum Leben erweckt worden ist.

Man muß das alles mit eigenen Augen gesehen haben. Elke Sommer hat kurz vor dem Finale auch noch ihre große dramatische Szene: »Warum passiert mir das bloß? Ich hab mir meine Figur ruiniert, als ich dieses Kind gekriegt habe. Und was ist der Lohn dafür? Sieh nur!« Das ist so schlecht, daß man nicht weiß, ob man lachen oder weinen soll, doch vielleicht muß man Elke Sommers Kunstauffassung dazu besser kennen: »Kunst ist individuelle Empfindungssache. Was für mich Kunst ist, braucht für Joe oder für Tom oder für einen meiner Leser nicht unbedingt auch Kunst zu sein. Die Frau Tauber war unsere Nachbarin im Distelweg in Alt-Erlangen. Frau Tauber war für mich das Blumeli, eine Frau in den Achtzigern. Blumeli mag ein Zigeunermädchen, auf schwarzem Samt gemalt. Auch wenn ich das entsetzlich finde, wenn ich die Zigeunerin oder einen röhrenden Hirsch nicht mag, für Blumeli ist das Kunst. Ich lege mich mit allen einschlägigen Experten dieser Welt an: Die Tränen der samtenen Zigeunerin oder der röhrende Hirsch geben Blumeli etwas, geben ihr ein Gefühl von Mitleid oder Bedauern oder Helfenwollen, der Hirsch vermittelt ihr ein Naturerlebnis. Es gefällt Blumeli, also ist es Kunst für sie. Kunst ist für mich, was mir gefällt.« (Elke Sommer, »Unter uns Pfarrerstöchtern – oder?«)

Hoffen wir also, daß Elke ihre eigene Darstellung gefallen hat. Vielleicht sollte man sich auch schlicht an das Bonmot halten, das ein Kritiker in bezug auf die Bilder Elke Sommers formulierte: »We can't call it primitive, we can't call it naive, we just call it ›Elke Style‹«. Netterweise übersetzt Elke es für uns in ihrer autobiographischen Zwischenbilanz: »Wir können es nicht primitiv nennen, wir können es nicht naiv nennen, wir nennen es Elke-Stil.«

Man sollte sich jedenfalls wünschen, daß die Kritiker noch lange Zeit über den »Elke-Stil« diskutieren, denn solange wird Elke Sommer wahrscheinlich nicht auf die Idee verfallen, selbstgestrickte Pullover auf uns kommen zu lassen. Nicht auszumalen, wie die aussehen würden, hätten sie die Qualität ihrer Bilder und ihrer Darstellungen.

Zsa Zsa Gabor wurde 1996 zu einer Geldstrafe von umgerechnet fünf Millionen Mark verurteilt.

Nachtblende (L'important, c'est d'aimer, BRD / Frankreich / Italien 1974)

Es gibt Filme, die sich einer Genreklassifizierung entziehen. »Nachtblende« nach dem Roman von Christopher Frank ist so ein Film. Melodram, Starvehikel, Softporno, Komödie, Antifilm, Gesellschaftskritik, Lebensphilosophie, all das geht in der deutsch-französisch-italienischen Koproduktion eine so mißlungene Melange ein, daß man letzlich doch nur von einem Horrorfilm sprechen kann. Tatsächlich verbreitet der Film mehr Schrecken als manch billiger italienischer Zombieschokker.

»Dieser erste große Publikumsfilm des in Paris arbeitenden Wajda-Schülers Zulawski ist ein Werk der aufgewühlten, schrillen und schwülen Exaltationen. Was an dem Film besonders stört, ist sein elementares Mißverhältnis: Auf der einen Seite sind seine Menschen durch und durch abgebrüht und vom Leben gebeutelt, auf der anderen Seite sind es Naivlinge, für die mit einem echten Beischlaf die Welt einstürzen würde. Ein Bubble-Gum, der so tut, als käme er direkt aus Fausts Laboratorium.« (Dieter E. Zimmer, »Die Zeit«)

Schon die erste Szene führt uns in die Welt des Lasters, des überlebensgroß inszenierten Abstoßenden: Romy Schneider, als Pornodarstellerin, mit dunkelst geschminkten Augenlidern, liegt über einer blutüberströmten Leiche und spricht mit brechender Stimme: »Ich liebe dich.« Dann bricht sie zusammen, nicht ohne darauf hingewiesen zu haben, daß sie eine ernsthafte Schauspielerin sei. So überzogen, wie sie ihre Rolle anlegt, ständig zwischen schrillen hysterischen Ausbrüchen und »Sissi«-artiger Innigkeit schwankend, glaubt man ihr alles, nur nicht, daß sie eine ernsthafte Schauspielerin ist. Arme Romy, noch 1974 muß der »Sissi«-Komplex so tief gesessen haben, daß sie bereit war, jede Scheußlichkeit in Kauf zu nehmen, um sich ihn aus dem Herzen zu reißen. Wenn man »Nachtblende« sieht, faßt einen der unfromme Wunsch an, sie hätte es doch ihrem »Sissi«-Partner gleichtun und in die Sahelzone gehen sollen. Karl-Heinz Böhm brachte das immerhin eine Erwähnung in Thomas Bernhards »Heldenplatz«: »Größenwahnsinnige Schauspieler mißbrauchen die Sahelzone.« Arme, arme Romy, in »Nachtblende« hat sie ihre Begabung mißbraucht.

Für Freunde des Übersteigerten bietet der Film jedoch eine Fundgrube: Pornodarstellerin Romy lebt mit einem Mann zusammen, der impotent ist. Sie lernt einen Fotografen kennen. Der verliebt sich in sie, lebt aber mit der Frau seines Freunds zusammen. Dieser wiederum wohnt mit seiner Terrierhündin in einer Bruchbude, ernährt sich von Katzenfutter und stirbt daran. (»Hat er etwas gesagt, bevor er gestorben ist?« fragt der Fotograf den Arzt. »Ja, ein paar Verse von Rimbaud.«) Der Fotograf fotografiert orgiastische Zusammenkünfte der reichen Gesellschaft für eine mafiose Vereinigung. Vom Obermafioso erhält er Geld und finanziert damit die »Richard III.«-Inszenierung einer freien Theatergruppe, unter der Bedingung, daß Porno-Romy die weibliche Hauptrolle spielen darf. Die Titelrolle wird von Klaus Kinski übernommen, der als deutscher Homosexueller einen horresken Höhepunkt bietet, er lacht und weint noch hysterischer als Romy und sagt zu ihr, nachdem sie hysterisch kreischend über der harten Probenarbeit zusammengebrochen ist: »Wir sind alle Marionetten in einem Scheißladen.« Darauf Romy: »Ich bin kaputt, verstehst du?« Darauf Klaus: »Ich suche mich nicht, ich gehe in keine Richtung. Ich akzeptiere mich.«

Eine der nächsten Szenen macht uns mit dem Rauschmittel schnupfenden Vater des Fotografen bekannt. Richtig, Rauschgift hatte bisher noch gefehlt, geht es einem da durch den Sinn. Und Selbstmord. Aber auch der läßt nicht lange auf sich warten. Der Mann von Romy vergiftet sich mit Tabletten. Selbstverständlich unter scheußlich anzusehenden Krämpfen und in einer öffentlichen Toilette. Und nicht, ohne sich vorher im Gespräch mit dem Fotografen philosophischen Betrachtungen hingegeben zu haben: »Ich werde dir mein Leben in all seinen scheußlichen Einzelheiten erzählen.« – »Hör zu, man soll Mitleid nicht zu einem Denkmal machen«, antwortet der Fotograf. Auch mit Romy spricht sich der Impotente aus: »Weißt du, was das Schlimmste auf der Welt ist, das Abscheulichste, Widerlichste? Mitleid. Weil man ihm ausgeliefert ist.«

Die »Richard III.«-Premiere fällt durch, obwohl Klaus Kinski in den gezeigten Szenen rollengerecht scheußlich anzusehen ist. Dann reist Klaus nach Manaus ab, doch vorher vergnügt er sich noch mit zwei Nutten, was uns leider auch noch den Anblick seines bloßen Körpers nicht erspart. Verabschieden tut er sich vom Fotografen mit den Worten: »Vom philosophischen Standpunkt aus war, abgesehen von Thomas von Aquin, das Mittelalter eine Katastrophe.« Mit solchen Dialogen (die der Buch- und Drehbuchautor Christopher Frank zusammen mit Geza von Radvanyi gebastelt hat), besonders denen zwischen Romy und dem Fotografen, könnte sich der Film mühelos in die Tradition des französischen absurden Theaters einreihen. Leider nimmt er sich zu ernst. Dann kündigt der Fotograf dem Obermafioso die Zusammenarbeit auf. Der läßt ihn aufs Übelste zusammenschlagen: »Du muß dich einfach dazu zwingen, das, was dich am meisten ankotzt, anzusehen, und das ist dann genau, als ob du dich im Spiegel siehst, oder du machst es wie ich und denkst an was anderes.« Zum Schluß liegt der Fotograf zusammengekrümmt und blutüberströmt in seiner Wohnung und wird von Romy, der Mater dolorosa, in Empfang genommen. Damit sind wir zum

Anfang des Films zurückgekehrt. »Ich liebe dich«, sagt Romy wie zu Beginn.

Nach diesem Film ist unsere Liebe zu Romy genauso lädiert wie der Fotograf. Und ganz schnell greifen wir uns die österreichische »Sissi«-Trilogie mit Fräulein Schneider aus dem Videoregal: Glücklich ist, wer vergißt.

Das Haus der blutigen Hände (The Mad Room, USA 1968)

Es gibt Schauspielerinnen, denen es offensichtlich vorbestimmt ist, nur in schlechten Filmen mitzuwirken. Shelley Winters ist ein besonders herausragendes Beispiel dieser Spezies. Die wenigen guten Filme (z. B. »Die Nacht des Jägers«, 1955) liegen scheinbar Lichtjahre hinter uns, und irgendwann scheint sie sich vorgenommen zu haben, die Königin des Katastrophen- und Horrorgenres zu werden. Auch in Sequels (»Was ist denn bloß mit Helen los?«) und Remakes stellte Shelley Winters ihr sich langsam verbrauchendes Talent unter Beweis. Geradezu absurd ist ihr Versuch, Marlene Dietrichs Part aus »Der große Bluff« (1939) in »Revolverlady« (1950) zu wiederholen beziehungsweise zu kopieren. Auch das nach einer Bühnenvorlage von Reginald Denham und Edward Percy gedrehte »Haus der blutigen Hände« ist ein Remake, und zwar des 1941 unter der Regie von Charles Vidor gedrehten Films »Das Geheimnis der drei Schwestern« mit Ida Lupino und Elsa Lanchester. Bei »Das Haus der blutigen Hände« führte Bernard Girard Regie – haben Sie den Namen Bernard Girard jemals wieder gehört? Damit ist eigentlich das Wesentliche über den Film gesagt. Wenn man sich allerdings erst einmal mit dem Gedanken angefreundet hat, daß es sich hier um einen gar nicht gruseligen Gruselfilm handelt, und sich auf eine Lesart als Komödie einstellt, kann man einigen Spaß haben.

Shelley Winters mimt eine exzentrische Millionärin, schleppt ihre beträchtliche Körperfülle durch ein schickes Apartmenthaus und macht viel Lärm um nichts. Aber wir hatten uns ja für die Komödienlesart entschieden, und wenn man Shelley Winters' Verkörperung als Minimal-Art-Jerry-Lewis betrachtet, hat das durchaus Sinn. Zugegeben, auch dann bleibt ihre Darstellung noch lachhaft. Aber wir wollten ja auch lachen und wollen lieber nicht versuchen, den Teufel mit dem Beelzebub auszutreiben – in diesem Fall mit der Erinnerung an Jerry Lewis, der jede Komödie zu einem Horrortrip werden läßt. Shelley hat eine Sekretärin eingestellt, und die hat zwei Geschwister. Diese, ein Bruder und eine Schwester, leben in einem »Hospital for Mental Illness«, denn sie haben im zarten Kindesalter angeblich beide Elternteile, den Vater und die Mutter, gemeuchelt. Im Hof der schmuddeligen Anstalt laufen eine Reihe von debil dreinblickenden Kindern im Kreis, sehr komisch, besonders, wenn man diese Szene als Metapher für den Gemütszustand Shelley Winters' nimmt. Die beiden Geschwister werden ins schicke Apartmenthaus mitgenommen und bitten dort inständig um einen »Konzentrationsraum« (Ob das in der Synchronfassung eine etwas ungeschickte Übersetzung des Originaltitels »Mad Room« sein soll?). Sie bekommen schließlich den Dachboden zugewiesen. Zwischendurch sehen wir eine lustige schwarze Hausangestellte, sozusagen eine direkte Nachfahrin von Prissie aus »Vom Winde verweht«, die Hunde füttern, und man weiß sogleich, daß die Hunde noch für einen komischen Höhepunkt sorgen werden. Shelley, die Kluge, findet schließlich ein Buch über Psychiatrie im Haus und schwingt sich zu einem geistigen Höhenflug auf: »Ich verstehe etwas von Psychiatrie. Wenn irgend etwas mit dir nicht stimmt, ich kann dir helfen. Man verschweigt so etwas doch heutzutage nicht mehr.« Dieses freundliche Angebot hätte sie besser nicht ausgesprochen – sie wird erstochen, blutig, blutig, blutig. Bruder und Schwester beschuldigen sich gegenseitig, und nun kommt endlich auch der Hund der mittlerweile toten Shelley Winters zum Einsatz: Er schleckt das tote Frauchen ab und begleitet ihre Seele auf diese Weise in den Hundehimmel.

> Ich möchte in den Hundehimmel kommen,
> Wenn hier einmal mein Weg zu Ende geht.
> Ich weiß, da werd' ich freundlich aufgenommen,
> Ich weiß auch, daß mich jeder dort versteht.
> Ich möchte in den Hundehimmel kommen,
> Doch das ist nur ein Märchen, leider nur ein Märchen,
> Und Märchen können niemals Wahrheit sein.
> (Ernst Bader)

Helen, die Sekretärin und große Schwester, beschließt, den Mord zu vertuschen, und befindet: »Hört mir gut zu: Hier ist nichts passiert, hier ist absolut nichts passiert. Es ist ein Tag wie jeder andere. Es ist ein wunderschöner Tag!« Das finden wir auch, denn nun ist Shelley ja tot und kann nur noch für einen komischen Höhepunkt sorgen: als Leiche in einer Unterwasseraufnahme in einem Gewässer, in welches sie entsorgt wurde. Erstaunlich, daß sie sich überhaupt versenken ließ – Fett schwimmt ja bekanntlich eine Weile an der Oberfläche. Nun gibt es eine Abendgesellschaft im Apartmenthaus, ohne Shelley Winters, aber mit einem Haufen plappernder mittelalter Damen. Beverly Garland, eine Königin der Nebenrollen, als Mrs. Racin, bietet als besoffene Hysterikerin ein komisches Kabinettstück, als sie lauthals darüber sinniert, welche der anwesenden Frauen ihr Gemahl, ein Masseur, bereits »massiert« hat: »Glauben Sie, ich weiß nicht, daß ich mit einer männlichen Hure verheiratet bin?« In einer fulminanten, von Synthesizerklängen und rasanten Schnitten begleiteten Szene schneidet sich Mrs. Racin die Pulsadern auf. Einige Zeit später sitzt Helen inmitten der Blutlache, malt mit dem Blut dieser Lache Blumen an die Wand und singt dazu: »Wasser, Wasser, wilde Blumen, es müssen alle sterben, doch niemals Helen Hardy.« Nun erfahren alle die Wahrheit, die der Zuschauer schon lange vorher kannte: Helen ist die Elternmörderin. Aber in einer Komödie sollte der Zuschauer ja immer einen Wissensvorsprung haben, um sich so besser auf die komische Handlungsentfaltung konzentrieren zu können. Woher allerdings die Hand im Maul des Hundes stammt, der am Ende des Films auf Ellen zugelaufen kommt, erfahren wir nicht. Dafür aber wird mit darstellerisch-irrwitzigem Furor seitens Stella Stevens (in der Rolle der Helen) der Hund mit einem Säbel erschlagen, und die arme Shelley Winters läuft Gefahr, daß ihr der Rang als Horrorkomödienfrau abgelaufen wird. Doch das Hundili ist nun hoffentlich endlich mit Frauchen Shelley im Hundehimmel vereint.

»Vergib ihnen«, sind die letzten Worte von Helen. Aber was ist zu vergeben angesichts einer der besten Komödien Hollywoods?

Was ist denn bloß mit Helen los? (What's the Matter with Helen, USA 1971)

Kaum zu glauben, daß ein Film wie »Was geschah wirklich mit Baby Jane?«, dem kaum jemand in der Branche Chancen an der Kasse und beim Publikum ausgerechnet hatte, zu einer derartigen Reihe von Sequals führen konnte. Einmal abgesehen davon, daß das Original eines der schönsten Geschenke

Hollywoods, Bette Davis' und Joan Crawfords an die gesamte Filmwelt war.

Im Fernsehen begegnete man 1968 »How Awful About Allan«, einer ähnlich gestrickten Geschichte desselben Autors (Henry Farrell), in der Anthony Perkins eine Melange seiner Porträts des Joseph K. in »Der Prozeß« und seiner Psychopathen in »Psycho« und »Der Engel mit der Mörderhand« bot; im Kino unter anderem 1969 »Eine Witwe mordet leise« (mit Geraldine Page und Ruth Gordon), 1972 »Wer hat Tante Ruth angezündet« (mit einer Königin des Horrorfilms – Shelley Winters) und eben auch 1971 »Was ist denn bloß mit Helen los?«. Ja, was ist denn bloß mit Helen los? Also mit Shelley Winters? Glaubt man Debbie Reynolds, dem Ko- und Hauptstar des sinkenden Schiffs (Arme Debbie, hatte sie doch noch 1964 die Titelrolle in »Goldgräber-Molly« gespielt. Die Prophetie des Originaltitels in »The Unsinkable Molly Brown« sollte sich leider nicht erfüllen, denn schon 1971 war sie ein ziemlich rostzerfressenes Schiffswrack), glaubt man also Debbie Reynolds, hatte Shelley Winters während der Dreharbeiten Probleme mit ihrem Psychiater und ihrem Übergewicht:

»Shelley Winters ist absolut irre. Ich wiederhole das jederzeit auf der ganzen Welt, denn so ist es einfach. Wenn Shelley an einem Film arbeitet, ist sie unberechenbar, um es einmal schmeichelhaft zu formulieren. Als wir uns zur ersten Lesung des Scripts trafen, sagte sie: ›Mein Psychiater hat mir geraten, diesen Film nicht zu machen, weil er mich wahrscheinlich endgültig in den Wahnsinn treibt.‹ Ich blickte sie an. Da ich noch nie mit ihr gearbeitet hatte, war mir nicht klar, daß für Shelley alles, was sie sagt, im jeweiligen Moment auch die Wahrheit ist; da ist nichts gespielt. Shelley ist so. Shelley hat in einem fort übers Abnehmen geredet. ›Bei diesem Film verliere ich bestimmt zwanzig Pfund. Gleich morgen fange ich damit an.‹ Und eine halbe Stunde später fragte sie dann, was es zum

Nachtisch gebe. Schon zum Lunch aß sie Pasta und trank Wein dazu. Brownies, Kekse und andere Süßigkeiten gab's dann den ganzen Tag lang. So schwer wie damals war sie sonst fast nie. Für die Rolle war das perfekt.

Shelley platzt immer gleich damit raus, daß sie Method Acting macht. Was ich nicht tue. Sie hatte es sich zur Gewohnheit gemacht, ihren Text während der Aufnahme ständig zu ändern. Und das ging immer so, Tag für Tag. Ein Querschläger nach dem anderen. Bis ich es schließlich nicht mehr ausgehalten habe. Ich habe die Szene abgebrochen, bin zur Wand hinübergelaufen, habe den Feuerwehrschlauch aus dem Kasten gerissen und ihn auf sie gerichtet. ›Halt die Klappe, Shelley!‹ habe ich geschrien. Es folgte dann eine der heftigsten Streitereien, die ich je im Leben hatte. Den Film fand ich toll, die Arbeit daran war aber schrecklich.«

Anderen Quellen zufolge hatte Shelley während der Dreharbeiten massive Alkoholprobleme. Glaubt man dem fertigen Film, war Shelley Winters trotz Alkoholeinflusses, trotz Psychiater und trotz Übergewicht einfach eine erbärmliche Schauspielerin. Regisseur des Unternehmens ist Curtis Harrington (übrigens auch für die TV-Produktion »How Awful About Allan« verantwortlich), und er bemüht sich redlich, dem Zuschauer das Werk wenigstens durch Remineszenzen an »Baby Jane« erträglich zu machen.

Debbie und Shelley spielen die Mütter von zwei Mördern in der Roosevelt-Ära, was Gelegenheit zu Dreißiger-Jahre-Kostümen gibt und Erinnerungen an Debbies einzigen Erfolg »Du sollst mein Glücksstern sein« weckt. (Für Freunde der Serie »Das Haus am Eaton Place«: Debbie wird in der deutschen Fassung von der gleichen Stimme synchronisiert wie das Hausmädchen Rose.) Die beiden bekommen anonyme Anrufe und beschließen daraufhin das einzig Naheliegende – eine Tanzschule für kleine Mädchen in Hollywood zu gründen: »Weißt du, in Hollywood sind Kinder wie weiße Kühe in Indien, denk an Shirley Temple zum Beispiel.« Gesagt, getan, und so sehen wir bald lauter kleine »Baby Janes«. Debbie kann ihr Talent mittels einer Stepeinlage unter Beweis stellen – aber was hat Shelley bloß für Talente? Gar keine, außer daß sie die Tanzdarbietungen der lieben Kleinen auf dem Klavier begleitet, schlecht, wie man leider feststellen muß. Kein Wunder also, daß sie über diesen völligen Mangel an Talent dem Wahnsinn anheimfällt und als Ersatzbefriedigung (Debbie hat inzwischen einen schicken reichen Verehrer) religiöse Erbauungsprogramme im Radio hört. Die werden in der Originalfassung gepredigt von der Priesterin der »Kirche zur offenen Hand«, gespielt von Agnes Moorehead, und deren religiös-fanatische Inbrunst teilt sich in der Synchronfassung leider nicht mit. Immerhin werden auch die Zuschauer der Synchronfassung mit einem sichtbaren Auftritt der wunderbaren Agnes belohnt, während eines Gottesdienstes singt sie auf ihre unvergleichliche Weise einen Choral und bedeutet der Trost suchenden Shelley, die Kirche zu verlassen: »Nun geh weiter, mach Platz für die anderen.«

Ob Agnes Moorehead Debbie in ihren Kirchenclub, in dem man erstaunlicherweise nur Frauen sieht, aufgenommen hätte, wie Boze Hadleigh in seinem Interview mit der großen Darstellerin herauszubekommen versuchte?

Boze Hadleigh: 1961 spielte Barbara Stanwyck eine deutlich lesbische Puffmutter. Wie fanden Sie ihre Vorstellung in »Auf glühendem Pflaster«?

Agnes Moorehead: Ich habe den Film nie gesehen.

BH: Sind Ihnen denn je irgendwelche Gerüchte über Ms. Stanwyck zu Ohren gekommen?

AM: Wir haben uns noch nicht getroffen, um über … andere Stars zu sprechen.

BH: Sie haben in einem Film mitgespielt, der zu einem lesbischen Kultklassiker wurde: »Frauengefängnis«.

AM: Ein wichtiger Film, denn er hat dazu beigetragen, daß sich die Bedingungen im Strafvollzug verbessert haben, wie man mir versichert hat. Aber ich habe ja schon gesagt, Hollywood hält sich gern in beide Richtungen offen. Ich habe in dem Film das Gewissen gespielt – meine Figur hatte mit Sex nichts zu tun, weder in der einen Richtung noch in der anderen.

BH: Haben Sie in »Das war der wilde Westen« (1961) Debbie Reynolds' Mutter gespielt? (Keine Antwort) Ich erinnere mich, daß Sie bei der Synchronfassung von »Zuckermanns Farm« mitgearbeitet haben. Genau wie Debbie Reynolds. (Keine Reaktion) … Ms. Reynolds und Susan Hayward sind doch wohl die Hauptdarstellerinnen, mit denen Sie am häufigsten gearbeitet haben, oder?

AM: Ich habe keine Lust, mich über Schauspielerinnen zu unterhalten.

Wenn Shelley und die sie begleitende Debbie die Kirche verlassen haben, haben wir den Höhepunkt des Films hinter uns, denn was uns nun erwartet, ist nicht mehr der Rede wert. Shelley wird vollends unzurechnungsfähig, bietet ein völlig outriertes Spiel, so daß man wirklich den Eindruck bekommen kann, daß Alkohol im Spiel war. Sie mordet ihre im Hinterhof gehaltenen Kaninchen, deren Kadaver pittoresk ausgestellt werden, wirft einen Mann, den sie für einen sie verfolgenden Psychopathen hält (Was für ein Plot!) die Treppe hinunter. Der, stellt sich später heraus, war ein Angestellter, der ihr eine Versicherungssumme auszahlen wollte. Und zum Schluß ersticht sie Debbie, stellt die Leiche wie eine Schaufensterpuppe auf und greift mit glasig-irrem Blick immer dieselben Akkorde auf dem Klavier.

Arme Debbie, wie ein einsamer Pappkamerad steht ihre Leiche zum Schluß in den Kulissen, ausgeträumt ist der Traum von der Karriere (Die lag 1971 schon in den letzten Zügen) und vom Glück (1959 wurde ihre erste Ehe geschieden, 1960 heiratete sie zum zweiten Mal, auch diese Ehe ging vor den Scheidungsrichter, seit 1984 ist sie zum dritten Mal verheiratet), und Debbie erinnert fern an die kleine Dame aus Papier im Märchen vom Zinnsoldaten Hanns Christian Andersens, die zusammen mit dem Zinnsoldaten im Ofen verbrennt: »Da ging eine Tür auf, der Wind ergriff die Tänzerin, und sie flog wie eine Sylphide gerade in den Ofen zum Zinnsoldaten, loderte in Flammen auf, und fort war sie. Da schmolz der Zinnsoldat zu einem Klumpen. Von der Tänzerin dagegen war nur eine Flitterrose da, und die war kohlschwarz gebrannt.«

China Blue – Bei Tag und Nacht (Crimes of Passion, USA 1984)

Adam und Eva haben sich gerade geliebt. Plötzlich sagt Gott zu Adam: »Wo ist Eva?« Darauf antwortet Adam: »Sie ist unten am Bach und wäscht sich.« Und Gott sagt: »Verdammt, jetzt krieg ich den Geruch nie wieder aus den Fischen raus.«

Ein gelungener, lustiger Einstieg für einen Film, der dann allerdings den Sinn für deftigen Humor sofort aufgibt und dafür eine andere Art von Heiterkeit aufbereitet: unfreiwillige Komik.

Der Witz führt uns nämlich keineswegs in die Welt von Jerry Lewis, sondern in eine Therapierunde, in der Bobby Grady darüber spricht, daß seine Frau schon lange nicht mehr mit ihm geschlafen hat. In Verbindung mit dem Herrenwitz eine wahrhaft grandiose Eröffnungssequenz.

Szenenwechsel zur zweiten komischen Sequenz: Kathleen Turner als Edelnutte China Blue bei der Arbeit, im Lamékleidchen und mit blonder Perücke, eine Parodie ihrer selbst. Doch dann sehen wir den Dreh- und Angelpunkt des Films – auch eine Parodie, ein schamloses Selbstplagiat: Anthony Perkins als fanatischer Prediger, Reverend Peter Shayne, der hier einen Querschnitt all seiner Rollen von »Psycho« über »Mord im Orient-Express« und »Der Prozeß« bis zu »Psycho II« als Medley vorführt. Das mag man als bedauerliche Talentvergeudung empfinden, tatsächlich aber ist es umwerfend, umwerfend schrecklich und umwerfend komisch zugleich. Als Anthony Perkins vor dem Puff auf Kathleen Turner trifft und sie fragt: »Erkennst du mich nicht?«, hätte man von einem Regisseur wie Ken Russell eigentlich erwartet, Kathleen Turner sagen zu lassen: »Doch, du bist Norman Bates!« Doch Ken Russell nimmt sich und seinen Film viel zu ernst, und so sagt Kathleen Turner: »Ich vergesse nie ein Gesicht, besonders, wenn ich drauf gesessen habe.« Was nicht halb so komisch ist. Sehr komisch ist hingegen Amy, die frigide Frau von Bobby, gerade auf Diät, die zwar keinen Sex (»Bobby, hör jetzt auf. Sieh mal, wir sind verkabelt worden!«), aber dafür eine Sauna will. Um seiner Frau diesen Wunsch zu erfüllen und wohl in der irrigen Hoffnung, seine Frau würde vielleicht in der Sauna Sex mit ihm haben wollen, nimmt Bobby einen Überwachungsjob an. Überwachen soll er, was für eine Überraschung, China Blue, die tagsüber eine adrette, langweilige Designerin ist – diesmal also keine Selbstparodie Kathleen Turners. Damit ist die Bahn frei für eine langweilige Sexszene zwischen China Blue (Kathleen Turner oben ohne) und Bobby (John Laughlin, das beste Stück leider immer verdeckt). Spaß daran hat der Zuschauer nicht, nur Anthony Perkins, der sitzt im kerzenlichtdurchfluteten Zimmer nebenan, mit Madonnen- und Pornobildchen an der Wand (eine Vorwegnahme der Räumlichkeiten des psychopathischen Killers John Doe aus »Sieben«), und hätte bestimmt auch gern Sex – mit John Laughlin. Denn an seine Ehe hat doch außer seiner Frau Berry niemand geglaubt. Trotzdem war die Welt schockiert, als Anthony Perkins 1992 an Aids starb – sein Leben im »Celluloid Closet« hatte er geschickt geheimzuhalten verstanden. »Ich habe mich entschieden, dies nicht bekannt zu geben, weil, um ›Casablanca‹ falsch zu zitieren, ich nicht etwa edelmütig bin, sondern weil nicht viel dazugehört, um zu erkennen, daß die Probleme eines alten Schauspielers in dieser verrückten Welt völlig unbedeutend sind.«

Was den Zuschauer jetzt erwartet, ist verhältnismäßig kurz zu beschreiben: ein bißchen Sex, ein bißchen Vulgärsprache, ein bißchen Provokation, aber alles nicht wirklich aufregend. Ken Russell, Enfant terrible des britischen Films, scheint etwas müde geworden zu sein. Dafür läßt er Kathleen Turner genug Raum für ihre Verwandlungskunst. Je nach Ansprüchen und Wünschen der Freier verkleidet sie sich mal als Miss Liberty, mal als Stewardeß und für Reverend Shayne sogar als singende Nonne: »Onwards, Christian Soldiers«. Anthony Perkins als Reverend Shayne amüsiert sich in Peepshows, und Ken Russell läßt uns an seinen Gewaltphantasien teilhaben, in denen ein metallischer Dildo eine wichtige Rolle spielt.

Und Bobby? Der greift die Witzebene der Eröffnungssequenz wieder auf und verkleidet sich bei einer Grillparty als »lebender Penis«. Zur Strafe muß er im Anschluß daran ein Problemgespräch mit seiner Frau führen. Leider wird der Zuschauer in einem Aufwasch auch gleich bestraft. Wahrscheinlich dafür, daß er den hanebüchenen Blödsinn zu lange ertragen hat. Man kann im Interesse von Ken Russell und Drehbuchautor Barry Sander nur hoffen, daß beide eine Parodie auf Ingmar Bergmans »Szenen einer Ehe« im Sinn hatten, als sie an Bobbys und Amys »Liebesnacht« arbeiteten.

Bobby: Fühlst du dich besser, wenn du es vortäuschst?

Amy: Du warst doch zufrieden!

Bobby: Wofür hältst du mich eigentlich? Für eine Maschine, die nur 'n Loch braucht, in das sie kommen kann? Weshalb komm ich deiner Meinung nach?

Amy: Es ist mir egal.

Bobby: Weißt du, wenn wir beide zusammen waren, das war für mich der Moment, wo ich mich als Zauberer fühlte, so sehr, daß ich mich beschissen habe. Vielleicht ist es an der Zeit, daß wir beide aufhören, uns zu belügen, daß wir anfangen zu lernen, jeder auf seine Art.

Nun hat Bobby endlich die Nase voll, zieht aus und beginnt eine Affäre mit Kathleen Turner, wobei er der adretten Designerin den Vorzug vor der Nuttenparodistin gibt.

Besonders komisch die Szene, in der China Blue als Engel der Barmherzigkeit zu einem Sterbenden gerufen wird. »Ich will, daß es gut für Sie ist«, haucht sie dem Sterbenden entgegen und ist von ihrem eigenen Mitleid so gerührt, daß sie ihre Perücke abnimmt und ihren wirklichen Namen sagt: Joana. Man erwartet geradezu, sie jetzt »I Did It My Way« singen zu hören, denn in der Tat ist die Szene genauso peinlich wie Marys & Gordys finale Demaskierungen beim Absingen der deutschen Coverversion »So leb dein Leben«. Es ist ohnehin die Zeit der großen Selbstoffenbarungen angebrochen, auch Anthony Perkins ist an der Reihe, als er Kathleen Turner, auf zugegebenerweise etwas sonderbare Art, seine Zuneigung zum Ausdruck bringt: »Hör mir zu. Hilf mir! Ich bin es leid, an Straßenecken zu stehen. Ich will lieben, sorgen und gebraucht werden, genauso wie du. Wir können einander helfen, wir müssen nicht allein sein. Das Spiel ist noch nicht zu Ende. Der Bote Gottes wird zurückkehren. Diesmal wird er das endgültige Wort bringen.« Auf unschickliche Weise erinnert diese Selbstentblößung an Perkins' eigenes Statement zu seiner Krankheit: »Es gibt viele, die glauben, daß diese Krankheit Gottes Rache ist. Ich aber glaube, daß sie geschickt wurde, damit die Menschen lernen, einander zu lieben und zu verstehen und Respekt voreinander zu haben.

188

Ich habe von den Menschen, die ich bei diesem großen Abenteuer in der Welt von Aids getroffen haben, mehr über Liebe, Selbstlosigkeit und menschliches Verständnis gelernt als in der mörderischen Ellbogengesellschaft, in der ich mein Leben verbracht habe.«

Und nun ist es auch endlich Zeit geworden für den Showdown. Das Präludium desselben: Kathleen Turner und John Laughlin im Bett, in einer Szene, die man mühelos in einem Softporno auf dem Kinderkanal einfügen könnte, ohne daß es auffiele. Die Exposition: Anthony Perkins sitzt vor dem Schlafzimmer Kathleen Turners im Garten, mit dem Metallvibrator in der Hand und mit einer Dornenkrone auf dem Kopf. Die Durchführung: Amy kommt zurück zu Grady (»Ich will keine Alarmanlage haben, ich will auch diese verdammte Sauna nicht. Das einzige, was ich will, ist mein Mann.«) Und während Bobby bei Amy zu Abend ißt, begibt sich Anthony Perkins zu Kathleen Turner und in die Reprise: »Auf zur letzten Ölung!« Mit den Worten: »Der Reverend wird dich heute nacht erretten« sind wir dann schon in der Koda des Showdowns: Anthony Perkins fesselt Kathleen (»Ich schaute dich an und sah mich selbst.«), bedroht sie mit dem Metallvibrator (»Einer von uns muß sterben, damit der andere leben kann.«) und singt mit entstellten Gesichtszügen, der Schweiß rinnt ihm vom Antlitz, ein Porträt des Wahnsinns, die Summe seines Schaffens: »Come on get happy, you're ready for the promised land!« Dann zwingt er Kathleen, sich auszuziehen. Schnitt. Bobby steht vor der Tür, hört Schreie, bricht die Tür auf und geht auf China Blue zu. Der Reverend springt aus dem Dunkeln auf China Blue zu, sticht ihr den Dildo in den Rücken, China Blue fällt in sich zusammen und, welche Überraschung, es ist Anthony Perkins, im Kleid und mit blonder Perücke – »Der beste Freund eines Mannes ist seine Mutter!« – »Leb wohl, China Blue«, sagt er zu der als Reverend verkleideten Kathleen Turner.

Zum Schluß des Films finden wir uns wieder in der Therapierunde, und Bobby sagt: »Meine Frau und ich haben uns endgültig getrennt.« Das hätten wir Zuschauer ihm schon zu Beginn des Films anempfehlen können, und so bleibt eines der großen Rätsel der Filmgeschichte, warum für diesen Plot eine derart an den Haaren herbeigezogene Story bemüht werden mußte. Vielleicht nur, um Anthony Perkins noch einmal als Mutter zu sehen, als Chiffre dafür, daß kein Weglaufen vor der eigenen Bestimmung möglich ist. Wie sagt doch Norman Bates: »Sind Sie vor irgend etwas auf der Flucht? Man kann seinem Schicksal nicht entrinnen!« Oder, um mit Rosa von Praunheim zu sprechen: »Virus, Virus, weiche, weiche, denn die Mutter ist die Leiche.«

Kohlhiesls Töchter (BRD 1962)

»Der weibliche Körper schien von Anfang an, neben der Faszination, die sein Anblick auslöste, auch Bedrohliches zu enthalten.«   Annette Brauerhoch, »Die gute und die böse Mutter. Kino zwischen Melodrama und Horror«

Die feministische Filmwissenschaft, in den letzten Jahren sehr aktiv, gerade in bezug auf den Horrorfilm, ist doch erstaunlicherweise an einigen Schlüsselwerken des Genres vorbeigegangen. Wo sind die umfassenden Analysen von Filmen wie »For the Boys – Tage des Ruhms, Tage der Liebe« mit Bette Midler, wo sind die Aufsätze über den alltäglichen Horror solcher Muttertiere wie Mia Farrow und ihren sinistren Darstellungsstil in den Woody-Allen-Filmen?

Eine Schlüsselrolle des Horrorfilmgenres ist bislang ebenso sträflich vernachlässigt worden: Susi Kohlhiesl, eines der Ur- und Abbilder der weiblichen Monster im deutschen Nachkriegsfilm, dargestellt von Liselotte Pulver. In Anbetracht der Knappheit des vorhandenen Raums muß hier natürlich auf eine ausführliche psychoanalytische Darstellung verzichtet werden: die zwei Schwestern, die in Wirklichkeit natürlich Yin und Yang einer schizophrenen Persönlichkeit sind – gut und böse, schön und häßlich.

Die Grundkonstellation: Eine hübsche Wirtstochter darf erst unter die Haube, wenn auch die häßlichere Schwester einen Bräutigam hat. Liselotte Pulver als häßliche Tochter Susi Kohlhiesl vollbringt wahre Kunststücke der Darstellungskunst. In ihrer ersten Szene ist sie aus dem Off zu hören, die ansonsten liebliche Stimme zu einem fast baritonalen Raunzen verstellt. Dann wird man ihrer ansichtig, das schöne Äußere ist nicht wiederzuerkennen, mit unglaublichem Mut zur Häßlichkeit versteckt Liselotte Pulver all ihre Vorzüge unter dicken Strümpfen, häßlichen Röcken, die Augen zum Schielen gebracht, das Gesicht ungeschminkt und von einer unattraktiven Knotenfrisur umrahmt. Sie verkörpert das Schreckbild der Frau im deutschen Nachkriegsfilm, das Monster, die Selbständige, die des Mannes nicht bedarf. »Ich brauch überhaupt kein Mannsbild. Ich brauch keinen, der mir hilft.« Sie trinkt eine Maß Bier in einem Zug, und auf den Seitenhieb: »Es könnt ja auch mal einer kommen, der dir den Hof macht« antwortet sie: »Den würd ich die Stiegen hinunterhauen, daß er sich den Grind einrennt.« Als Dietmar Schönherr um einen Job auf Kohlhiesls Hof anfragt, bekommt er zu hören: »Das ist die schlimmste Männerfeindin im ganzen Land.« Bringt man dieses Zitat mit dem Äußeren von Liselotte Pulver zur Deckung, erschließt sich ein weiterer Subtext des Films, an dem die feministische Filmwissenschaft bisher mit verschlossenen Augen vorübergegangen ist. Wir haben es hier mit einem weiteren Schreckbild zu tun: der Lesbierin. Dafür hatte der deutsche Horror- und Nachkriegsfilm natürlich keinen Platz, und so mußte die kraftvolle Darstellung der Pulver ins Lächerliche gezogen werden. Das Fremde, das Alien, konnte nicht in die biedermeierliche Welt integriert, sondern mußte ausgegrenzt werden. Dies bewerkstelligte Regisseur Kurt Hoffmann durch perfide Desavouierung. Susi Kohlhiesl versucht, sich mit ihrem Äußeren anzufreunden, ihre Andersartigkeit anzunehmen, indem sie ein rotes Kleid über sich wirft. Sie vollzieht damit einen deutlichen Wandel von den graubraunen, sackartigen Gewändern zur Farbe des Lebens, der Leidenschaft und der Liebe. Sie ist eins mit sich selbst und ist bereit, ihre Abweichung vom Normalen als Teil ihrer selbst kennen und schätzen zu lernen. Regisseur Hoffmann hetzt jedoch einen Stier auf sie, und sie muß sich im Plumpsklo verbarrikadieren. Das Plumpsklo als Symbol des Ausscheidens und Ausstoßens. Dazu noch mal Annette Brauerhoch: »Die archaische Mutter ist im Horrorfilm aber auch als ›Schwärze des Todes‹ präsent: Die Mutter droht das zu verschlingen, auszulöschen, was sie einst ausgestoßen, ins Leben gesetzt hat. Hinter dieser Vorstellung steht aber auch die Todessehnsucht: der Wunsch nach Wiederherstellung eines nichtdifferenten Zustands, also nach ursprünglicher Einheit mit der Mutter, taucht erst nach einer schon vollzogenen Ausdifferenzierung des Ichs auf und wird darum gleichzeitig als bedrohlich, als psychischer Tod erfahren. So kommt es, daß die Konfrontation mit dem Tod, wie er im Horrorfilm präsentiert wird, Schrecken auslöst: die Angst vor dem Ich-Verlust.«

Schließlich muß Susi Kohlhiesl, durch eine Intrige eigefädelt, den Mann heiraten, den sie nicht »vor die Tür geschissen« haben möchte – auch hier wieder die Metaphorik des Ausscheidens. Der Mann wird seiner Angst vor der starken Frau, der Mutter, der Gebärenden und der Lesbierin, also der Verweigerin des Gebärens als dem Endpunkt der patriarchalischen Lebenswelt, nur durch Erniedrigung dieser kraftvollen Frau Herr. Er zwingt sie, Twist zu tanzen, einen modernen Tanz, der Susi, der urtümlichen, Mutter Erde verbundenen Frau gänzlich fremd ist, und lacht sie dann aus, grölt Schimpf-lieder (»Die Susi, die Susi, die ist mir einerlei, nimm du sie, nimm du sie, ich geb sie gerne frei«) und zwingt sie schließlich mit unglaublicher Perfidie, ihr Äußeres und ihr Inneres zu än-dern. Aus Angst vor der Frau, der Mutter, dem Monster. Die Filmwissenschaftlerin Linda Williams stellt diesen Sachverhalt folgendermaßen dar: »Die Macht des Monsters resultiert ein-deutig aus der sexuellen Differenz zur Männlichkeit. Auf-grund der Differenz ähnelt es in den Augen des traumatisier-ten Mannes bemerkenswert der Frau: eine biologische Mißge-burt mit unwahrscheinlichen und bedrohlichen Begierden, die genau dort eine erschreckende Potenz erahnen lassen, wo der normale Mann einen Mangel feststellen würde.« Schluß-endlich hat sich Susi in das Ebenbild ihrer Schwester verwan-delt: schön, aber langweilig, gut, aber uninteressant, ohne Ecken und ohne Kanten, sauber, ordentlich, anständig. Das Archaische, das Fremde ist ausgerottet. Das latent homosexu-elle Weib ist zum Idealbild der deutschen Hausfrau mutiert, eine Form der Gleichmacherei, die einen traurig und nach-denklich stimmt. Unter diesem Aspekt gerinnt der im Film enthaltene Schlager zu einer Ode der Traurigkeit:

> Jedes Töpfchen find't sein Deckelchen,
> Jeder Kater seine Katz,
> Jedes Töpfchen find't sein Deckelchen,
> Jedes Mädel seinen Schatz.
> Drum schließ dein Herz nicht zu,
> Oft kommt das Glück im Nu,
> Wenn es sich blicken läßt,
> Dann halt es fest.

Dazu nochmals Linda Williams: »Wir sind derart daran ge-
wöhnt, auf die anerzogene geduckte Art mit dem Opfer des
Grauens zu sympathisieren, daß wir wiederum die Verände-
rung nicht wahrnehmen, sondern annehmen, daß Filme wie
diese jene Sympathie beibehalten haben und lediglich die
Dosis von Gewalt und Sex erhöhen. Der Horrorfilm mag das
seltene Beispiel eines Genres sein, das den Ausdruck sexueller
Potenz und sexuellen Verlangens der Frauen erlaubt und das
dieses Verlangen mit dem autonomen Akt des Hinschauens
verknüpft; aber er tut das nur, um die Frau für diesen Akt zu
bestrafen, um zu demonstrieren, wie monströs das weibliche
Begehren sein kann.«

Dem ist nichts hinzuzufügen.

DNA – Die Insel des Dr. Moreau
(The Island of Dr. Moreau, USA 1996)

»Ich frage mich, ob man die Dicken zu einer Diät nicht einfach
dadurch animieren könnte, daß man jede Mahlzeit und jeden
Imbiß, den sie so im Lauf eines Tages zu sich nehmen, filmt.
Der Betroffene könnte sich dann den Film anschauen und mit
eigenen Augen sehen, was er so alles in sich hineinstopft.«

Elizabeth Taylor, »Vom Dicksein, vom Dünnsein,
vom Glücklichsein«

Ein guter Ratschlag, den Liz Taylor an ihren Kollegen Marlon
Brando hätte weitergeben sollen. Vielleicht hat sie ihm diesen
Ratschlag auch nur nicht gegeben, weil sie ihm insgeheim
dankbar ist, denn Marlon Brando schaffte es als einziger, in
den Schlagzeilen der Regenbogenpresse ab und zu von ihren
eigenen Gewichtsproblemen abzulenken, ja sie sogar zu über-

bieten– ein Kampf der Giganten. »Elizabeth Taylor, die ich mochte«, schreibt Brando in seiner Autobiographie. Die Taylor-Biographen Andrea Thain und Michael O. Huebner sind da ganz anderer Ansicht: »Auch Brando gestand einem Freund, daß er von ihren riesigen Brüsten, ihrer vulgären Art und ihrem fetten Arsch angewidert gewesen sei. ›Wenn ich so eine Frau hätte, würde ich schwul werden.‹«

Wie dem auch sei, die Taylor schaffte durch Diäten, Medikamente oder was auch immer den Rückweg aus dem »Schweineparadies«. Das ist Marlon Brando bis heute nicht geglückt, wie man sich in seinem bislang letzten Film überzeugen kann. Es ist die bereits dritte Verfilmung des Romans von H. G. Wells (und die mit Abstand schlechteste), nach »Island of the Lost Souls« (USA 1933, R.: Erle C. Kenton) und »Die Insel des Dr. Moreau« (USA 1977, Regie: Don Taylor). Seine Vorgänger in der Rolle des Dr. Moreau: Charles Laughton und Burt Lancaster.

Der einzig Überlebende eines Flugzeugabsturzes gelangt auf eine geheimnisvolle Insel und trifft dort den seit langem aus den Augen der zivilisierten Welt verschwundenen Nobelpreisträger Dr. Moreau. Der arbeitet an seinem Lebenswerk – aus Tieren menschenähnliche Wesen zu schaffen. Die Monstren lehnen sich schließlich gegen ihn auf, vernichten ihren Schöpfer und dessen Laboratorium, und der Schiffbrüchige verläßt als einzig menschlicher Überlebender die Insel mit den Worten: »Und ich gehe in Angst!« Dazu ist Regisseur Frankenheimer nichts Besseres eingefallen, als Bilder von Kriegen und Aufständen und Kämpfen einzublenden, als Warnung vor der Bestie Mensch.

»In den zehn Jahren zwischen ›Die Formel‹ (1980) und ›Freshman‹ (1989) drehte ich, abgesehen von meiner Rolle in ›Weiße Zeit der Dürre‹, keinen einzigen Film, weil ich kein Geld brauchte. Ich begnügte mich mit anderen Dingen: mit

Reisen, Suchen, Entdecken«, schreibt Marlon Brando in seiner Autobiographie. Offensichtlich auch mit Essen, und so ist man ehrlich erschreckt, wenn man Marlon Brando das erste Mal auf der Leinwand sieht. In einer weißen Toga, weiß gepudert, mit Fliegenschutzschleier behängt, schiebt sich eine ungeheure Masse Fleisch ins Bild und spricht zu den Kreaturen. Die sind angeblich aus Stan Winton's Creature Workshop (der für »Jurassic Park« verantwortlich zeichnete), sehen aber, um der Wahrheit den Vorzug zu geben, aus, als hätte 20th Century Fox die Restposten von »Planet der Affen« verkauft. Zu diesen ausgesprochen billigen und häßlichen, aber durch die billige Armut irgendwie possierlich anzusehenden Monstren paßt es dann wieder, daß Marlon Brando aussieht wie die sprechende Müllhalde aus der Serie »Die Fraggles«. In der nächsten Szene können wir ein besonders häßliches, kleines und bedauernswertes Filmmonster dabei beobachten, wie es Marlon Brando mit einem Schwämmchen den Kopf säubert. Und da sitzt Marlon Brando fett und bräsig im Kreis seiner mißgestalteten Kinder (insgesamt vier der am besten gelungenen Experimente), die er liebt, gerade weil sie so mißgestaltet sind wie er selbst (»Ihr seid meine Kinder. Ihr seid alle meine Kinder!«). Aber schließlich setzt sich Marlon Brando auch im wirklichen Leben für benachteiligte Wesen ein, wie z. B. für die amerikanischen Ureinwohner, die sogenannten Indianer. Diesen hilft er, mit ihren Alkoholproblemen besser umgehen zu lernen, denn: »Ohne Zweifel ist der Alkohol der Fluch, mit dem die Indianer geschlagen sind.«

Mit dem Zwerg hingegen spielt Marlon Brando vierhändig Klavier – Chopin. Überhaupt spielt Musik eine wichtige Rolle. Als zum Schluß des Films die Monster, die sich inzwischen gegen ihren Schöpfer erhoben haben, in Moreaus Heim eindringen, klimpern sie, häßliche Töne erzeugend, auf dem Klavier. Marlon Brando kommt herein, setzt sich ans Klavier und sagt: »Es gibt eine andere Art Musik.« Die Monster grunzen: »Und es gibt einen Mann namens Gershwin, der spielt das hier.« Und siehe da, zu den Klängen von Gershwins »Rhapsody in Blue« wiegen sich die Monster im Takt, ja – und weinen sogar. Das erinnert an ein kleines Gedicht von Georg Kreisler:

Und ein alter Perser tief in Teheran
Sah sich eines Tags die Zauberflöte näher an.
Und trotz Hungerödemen, Rachitis und Ruhr
Studierte er die Partitur
Und sprach noch sterbend, mit brechendem Blick:
Wie wunder-, wunder-, wunder-, wunderbar ist doch Musik.

Doch auch Gershwin kann Dr. Moreau nicht vor seinem schrecklichen Ende bewahren, gleichzeitig eine seiner schrecklichsten und schlechtesten schauspielerischen Darbietungen: ein altes greinendes Weib, das versucht, dem tödlichen Schicksal durch Grimassieren zu entkommen. Und Grimassen sind das einzige, was seine schlaffen, traurigen, aufgedunsenen Gesichtszüge noch zu erzeugen in der Lage sind. »Die Leute sagen oft, ein Darsteller spiele seine Rolle ›gut‹, aber das ist eine ziemlich laienhafte Aussage. Eine Figur zu entwickeln bedeutet nicht nur, Make-up aufzulegen, ein Kostüm anzuziehen oder sich die Backen mit Kleenex vollzustopfen.« Leider sieht es genauso aus. Moreaus Monstertochter (Fairuza Balk), das eindeutig gelungenste Experiment, nimmt das aber offensichtlich nicht wahr, sagt sie doch: »Ich möchte sein wie du. Ich bin nie wie du!« Worauf Marlon Brando geradezu selbstironisch antwortet: »Ich hoffe nicht.«

Moreaus Assistent (Val Kilmer) nimmt nach dem Tod des Schöpfers dessen Platz ein. Val Kilmer sieht als Brando-Imitat aus wie ein trauriger Transvestit, wird aber leider kurz darauf erschossen, so daß man keine Gelegenheit bekommt, sich an seiner Darbietung zu erfreuen. Auch die latent homosexuellen Spannungen zwischen Val Kilmer und den männlichen Monstern, die er auffallend häufig küßt, hätten uns viel Freude gemacht. Aber Regisseur Frankenheimer interessierte sich offensichtlich gar nicht dafür. Statt dessen bekommen wir Exkurse über Religion, Gott und den Teufel geboten, die uns die Haare zu Berge stehen lassen: »Der Teufel ist jenes Element in der menschlichen Natur, das uns zu Zerstörung und Verderbtheit treibt. Ich habe diesen Teufel unter meinem Mikroskop gesehen, und ich habe ihn in Ketten gelegt. Der Teufel, habe ich herausgefunden, ist nichts mehr als eine Widerspiegelung des Genies. Und ich kann euch mit großer Gewißheit sagen, daß auch Luzifer nichts anderes ist.« Und das alles durch DNA. Die DNA-Struktur hat Marlon Brando schon früher so beeindruckt, daß man annehmen kann, er habe nur deshalb die Rolle des Dr. Moreau übernommen. »Niemand von uns kann die psychologischen Kräfte völlig verstehen, die unser Handeln motivieren, noch können wir – zumindest bisher nicht – all die biochemischen Reaktionen im Gehirn nachvollziehen, aufgrund derer wir eine Entscheidung oder Wahl treffen, lieber dem einen Weg statt dem anderen folgen. Aber ich glaube, eines steht fest: Alles, was wir tun, ist das Produkt dieser biochemischen Reaktionen.«

Drei Jahre zuvor hatte übrigens Liz Taylor einen ihrer letzten Kinofilmauftritte in einem ähnlichen Sujet, in dem man offensichtlich die DNA von Steinzeitmenschen kopierte: »Flintstones – Die Familie Feuerstein« (USA 1993). Sie spielt darin Pearl Slaghoople, und eine gewissen Ählichkeit mit den »Planet der Affen«-Restposten aus »DNA – Die Insel des Dr. Moreau« kann man ihr nicht absprechen. Aber ist das ein Wunder angesichts der vielen Operationen?

1944   Beginn des Rückenleidens
1953   Augenoperation

1956	Operation der Wirbelsäule
1961	Luftröhrenschnitt
1962	Selbstmordversuch mit Schlaftabletten
1964	Fans rennen Liz über den Haufen: Arm- und Rükkenverletzungen
1968	Entfernung der Gebärmutter
1970	Hämorrhoiden
1971	Zyste neben dem Auge
1972	Zyste in den Eierstöcken
1978	Bei einem Abendessen erstickt Liz fast an einem Hühnerknochen
1980	Entfernung eines Hautkrebsgeschwürs
1983	Kehlkopfentzündung
1985	Lebensmittelvergiftung
1990	Lungenentzündung, Hefepilzvergiftung
1992	Neuerlich Hautkrebsgeschwüre und Entfernung derselben
1993	Künstliche Gelenke in beiden Hüften
1994	Neue linke Hüfte
1995	Neue rechte Hüfte
1996	Neue Operation: Nach den Hüftoperationen sind die Beine verschieden lang
1997	Entfernung eines tennisballgroßen Tumors

Und plötzlich beschleicht einen ein ganz schrecklicher Verdacht. Vielleicht, so kommt einem in den Sinn, hat ja einer der zahlreichen Ärzte bei einer der zahlreichen Operationen in die Genstruktur von Elizabeth Taylor eingegriffen, und in Wirklichkeit ist es Liz Taylor, die wir in »DNA – Die Insel des Dr. Moreau« als häßliches, aber schlankes und gesundes Filmmonster Marlon Brando die Stirn mit einem Schwämmchen abtupfen sehen? »Als meine neuen Gewohnheiten dann erst einmal gefestigt waren, war ich auch in der Lage, anderen zu helfen. Ich wurde ein Helfer. Das ist eine Rolle, die mir aus mehreren Gründen entspricht und die ich auch gern übernehme. Man kann doch nicht zufrieden sein, wenn man so dick ist, daß man nicht in einen normalen Stuhl paßt.« Und tatsächlich, Marlon Brando sitzt nicht in einem Stuhl, eher auf einem schemelartigen Gebilde, und ihm wird vom kleinen Monster ja auch wirklich geholfen. Zu ihrem neuen Aussehen bemerkt Liz Taylor: »Die erste Bedingung dafür ist, daß Sie an das, was Sie erreicht haben, auch glauben. Verbannen Sie all die Selbstbilder aus ihrem Gedächtnis, nach denen Sie plump und übergewichtig sind. Auch wenn Sie vor einigen Monaten noch ein Zwei-Zentner-Wesen waren – blicken Sie nicht zurück.« Aber wer wäre dann die alte Liz Taylor? Eine Art Dolly? Die erste geklonte Frau der Filmgeschichte? Und da fällt uns auf, wie unverändert Gewicht und Aussehen der Taylor in der letzten Zeit sind. Nur die Haare sind silberblond geworden. Aber vielleicht konnte man ausgerechnet den tiefschwarzen Farbstoff nicht klonen? Sondern mußte auf die DNA des Farbstoffs von Dolly Parton zurückgreifen? Doch in welchem Körper auch immer Liz jetzt lebt, ihre Botschaft möchte ich Ihnen nicht vorenthalten: »Was ich eigentlich damit sagen will, ist, daß ich nach Jahrzehnten, in denen ich ein Filmstar, ein Name in den Schlagzeilen war, ein aktiver und produktiver Mensch geworden bin. Ich glaube, ich habe bewiesen, daß jeder sein Leben verändern und wirklich lebenswert machen kann. Man muß es nur versuchen.«

Filmographie

1.1. Witchcraft – Das Böse lebt
OT: Witchcraft
USA / Italien 1988; Filmirage; 95 Min; ab 18
P+R: Martin Newlin B: Daniel Davis K: Gianlorenzo Battaglia M: Carlo Maria Cordio
CAST

Linda Blair	*Jane Brooks*
David Hasselhoff	*Gary*
Catherine Hickland	*Linda Sullivan*
Annie Ross	*Rose Brooks*
Hildegard Knef	*Lady in Black*

1.2. Der Todesschrei der Hexen
OT: Cry of the Banshee
Großbritannien 1970; American International Pictures; 86 Min; ab 16
P+R: Gordon Hessler B: Tim Kelly, Christopher Wicking K: John Coquillon
M: Les Baxter S: Oswald Hafenrichter
CAST

Vincent Price	*Lord Edward Whitman*
Elisabeth Bergner	*Oona*
Essy Persson	*Lady Patricia*
Patrick Mower	*Roderick*
Hugh Griffith	*Mickey*
Hilary Dwyer	*Maureen*

1.3. Schöner Gigolo, armer Gigolo
Englischer Titel: Just a Gigolo
BRD 1978; Leguan; 106 Min; ab 12
P: Rolf Thiele R: David Hemmings B: Ennio de Concini, Joshua Sinclair
K: Charly Steinberger M: Günther Fischer S: Alfred Srp, Siegrun Jäger

CAST

David Bowie	*Leutnant Paul von Przygodski*
Sydne Rome	*Cilly*
David Hemmings	*Hauptmann Hermann Krafft*
Kim Novak	*Helga*
Maria Schell	*Mutti*
Marlene Dietrich	*Baroness von Semering*
Curd Jürgens	*Prinz*
Erika Pluhar	*Eva*
Evelyn Künneke	*Frau Aeckerle*
Hilde Weissner	*Tante Hilda*

1.4. Das Ungeheuer

OT: Trog
Großbritannien 1970; Akkiney Company; 91 Min; ab 12
P: Herman Cohen, Harry Woolveridge R: Freddie Francis B: Aben Kandel nach einer Story von Peter Bryan und John Gilling K: Desmond Dickinson M: John Scott S: Oswald Hafenrichter, Michael Redbourn
CAST

Joan Crawford	*Dr. Brockton*
Michael Gough	*Sam Murdoch*
David Griffin	*Malcolm*
Bernard Kay	*Inspector Greenham*
Thorley Walters	*Friedensrichter*
Joe Cornelius	*Troglodyt*

1.5. Unternehmen Feuergürtel

OT: Voyage to the Bottom of the Sea
USA 1961; Windsor; 105 Min; ab 12; Scope
R: Irwin Allen B: Irwin Allen, Charles Bennett K: Winton C. Hoch M: Max Reese
CAST

Walter Pidgeon	*Admiral Nelson*
Robert Sterling	*Captain Craine*
Joan Fontaine	*Dr. Hiller*
Peter Lorre	*Emery*
Frankie Avalon	*Chip*
Barbara Eden	*Cathy*

1.6. Schloß Königswald

a.k.a. Die letzte Geschichte von Schloß Königswald (TV-Titel)
BRD 1987; Peter Schamoni Produktion / Allianz / ZDF; 89 Min; ab 6
P+R: Peter Schamoni B: Horst Bienek, Peter Schamoni nach einem Roman von
Horst Bienek K: Gérard Vandenberg M: Ralph M. Siegel S: Angelika Siegmeier
CAST

Camilla Horn	*Fürstingroßmutter*
Carola Höhn	*Gräfin Dohna*
Marianne Hoppe	*Gräfin Hohenlohe*
Fee von Reichlin	*Baronin Schweinitz*
Marika Rökk	*Freifrau von Böhme*
Ortrud v. d. Recke	*Gräfin Woronzoff*
Rose Renée Roth	*Gräfin Posadowsky*

1.7. Der silberne Kelch

a.k.a. Basilius – Held von Rom
OT: The Silver Chalice
USA 1954; Warner Bros.; 115 Min; ab 12; Scope
P+R: Victor Saville B: Lesser Samuels nach einem Roman von Thomas B. Co-
stain K: William V. Skall M: Franz Waxman
CAST

Virginia Mayo	*Helena*
Pier Angeli	*Deborra*
(= Anna Maria Pierangeli)	
Jack Palance	*Simon*
Paul Newman	*Basilius*
Walter Hampden	*Joseph von Arimathea*

sowie Norma Varden und Lorne Greene

1.8. Nur eine Frage der Zeit

a.k.a. Nina
OT: A Matter of Time / Nina
USA / Italien 1976; AIP; 97 Min (ursprünglich 165 Min)
P: Jack H. Skirball, J. Edmund Grainger R: Vincente Minnelli B: John Gay
nach dem Roman »The Film of Memory« von Maurice Druon K: Geoffrey
Unsworth M: Nino Oliviero
CAST

Liza Minnelli	*Nina*
Ingrid Bergman	*Contessa Sanziani*
Charles Boyer	*Sanziani*

sowie Tina Aumont, Gabriele Ferzetti, Spiros Andros und Isabella Rossellini

1.9. Dosierter Mord

OT: The Big Cube
USA / Mexiko 1968; Motion Pictures / Anco; 97 Min; ab 6
P: Lindsley Parsons R: Tito Davison B: William Douglas Lansford K: Gabriel
Figueroa M: Val Johns S: Carlos Savage jr.
CAST

Lana Turner	*Adriana Roman*
Richard Egan	*Frederick Lansdale*
Karin Mossberg	*Lisa Winthrop*
George Chakiris	*Johnny Allen*
Dan O'Herlihy	*Charles Winthrop*
Regina Torne	*Bienenkönigin*

1.10. Delta Force

OT: Delta Force
USA 1985; Golan Globus; 129 Min; ab 18
P+R: Menahem Golan, Yoram Globus K: David Gurfinkel M: Alan Silvestri
CAST

Chuck Norris	*Scott McCoy*
Lee Marvin	*Nick Alexander*
Hanna Schygulla	*Ingrid Harding*
Martin Balsam	*Ben Kaplan*
Shelley Winters	*Mrs. Kaplan*

2.1. Das Lächeln einer Sommernacht

OT: A Little Night Music
Australien / USA / BRD 1977; New World; 125 Min
R: Harold Prince B: Hugh Wheeler K: Arthur Ibbetson M: Stephen Sondheim,
Paul Gemignani
CAST

Elizabeth Taylor	*Desirée Armfeldt*
Diana Rigg	*Charlotte Mittelheim*
Len Cariou	*Frederick Egerman*
Lesley-Anne Down	*Anne Egerman*
Hermione Gingold	*Madame Armfeldt*

sowie Christopher Guardy, Laurence Guittard

2.2. Hello, Dolly!

OT: Hello, Dolly!
USA 1968; Chenault; 148 Min; ab 12; Scope
P: Ernest Lehman R: Gene Kelly B: Ernest Lehman nach dem Bühnenmusical

von Michael Stewart und in Anlehnung an »Die Heiratsvermittlerin« von Thornton Wilder K: Harry Stradling M: Jerry Hermann S: William Reynolds
CAST

Barbra Streisand	*Dolly Levi*
Walter Matthau	*Horace Vandergelder*
Michael Crawford	*Cornelius Hackl*
Joyce Ames	*Ermengarde*
Tommy Tune	*Ambrose Kemper*
Marianne McAndrew	*Irene Molloy*
Louis Armstrong	*Dirigent*

2.3. Mame

OT: Mame
USA 1974; Warner Bros.; 125 Min
P: Robert Fryer, James Cresson R: Gene Saks B: Paul Zindel nach dem Musical von Jerome Lawrence, Robert E. Lee und Jerry Herman und dem Roman »Auntie Mame« von Patrick Dennis K: Philip Lathrop M: Jerry Herman S: Maury Winetrobe
CAST

Lucille Ball	*Mame*
Robert Preston	*Beauregard*
Beatrice Arthur	*Vera*
Kirby Furlong	*der junge Patrick*
Bruce Davison	*der ältere Patrick*
Joyce Van Patten	*Sally Cato*

2.4. Annie

OT: Annie
USA 1982; Rastar; 127 Min; ab 6; Scope
P: Ray Stark R: John Huston B: Carol Sobieski nach einem Musical von Thomas Meehan und einer Comicserie von Harold Grays K: Richard Moore M: Charles Strouse, Martin Chamin S: Michael A. Stevenson
CAST

Albert Finney	*Daddy Warbucks*
Carol Burnett	*Miss Hannigan*
Bernadette Peters	*Lily St. Regis*
Aileen Quinn	*Annie*
Ann Reinking	*Grace*
Tim Curry	*»Gockel« Hannigan*
Geoffrey Holder	*Punjab*
Edward Hermann	*Franklin D. Roosevelt*

2.5. Dominique – die singende Nonne

OT: The Singing Nun
USA 1965; G. & B.; 96 Min; ab 6; Scope
P: John Beck R: Henry Koster B: Sally Benson, John Furia K: Milton Krasner
M: Harry Sukman S: Rita Roland
CAST

Debbie Reynolds	*Schwester Anne*
Greer Garson	*Priorin*
Ricardo Montalban	*Pater Clementi*
Agnes Moorehead	*Schwester Cluny*
Chad Everett	*Robert Gerarde*
Katharine Ross	*Nicole Arlien*
Ed Sullivan	*Ed Sullivan*

2.6. Der verlorene Horizont

OT: Lost Horizon
USA 1972; Columbia; 134 Min; ab 12; Scope
R: Charles Jarrott B: Larry Kramer nach einem Roman von James Hilton
K: Robert Surtees M: Burt Bacharach
CAST

Peter Finch	*Richard Conway*
Liv Ullmann	*Catherine*
George Kennedy	*Sam Cornelius*
Charles Boyer	*High Lama*
Sally Kellerman	*Sally Hughes*
Olivia Hussey	*Maria*
Michael York	*George Conway*
John Gielgud	*Chang*

2.7. Der blaue Vogel

OT: The Blue Bird
USA / UdSSR 1975; Edward Lewis / Lenfilm; 99 Min; ab 6
P: Paul Maslansky R: George Cukor B: Hugh Whitemore, Alfred Hayes, Alexej Kapler nach einem Roman von Maurice Maeterlinck K: Freddie Young, Ionas Grizjus M: Irwin Kostal, Lionel Newman S: Ernest Walter, Tatyana Shapiro, Stanford C. Allen
CAST

Elizabeth Taylor	*Mutter, Hexe*
Jane Fonda	*Nacht*
Cicely Tyson	*Katze*
Ava Gardner	*Luxus*

| Oleg Popow | *Clown* |
| Margareta Terechowa | *Milch* |

2.8. Tiefland

Deutschland 1940–1944 / BRD 1954; Leni-Riefenstahl-Produktion; 98 Min; ab 12; s/w
P: Leni Riefenstahl R: Leni Riefenstahl, Georg Wilhelm Pabst B: Leni Riefenstahl, Harald Reinl nach Motiven der gleichnamigen Oper von Eugen d'Albert K: Albert Benitz M: Herbert Windt, Eugen d'Albert (diverse Opernmelodien)
CAST

Leni Riefenstahl	*Martha*
Bernhard Minetti	*Don Sebastian*
Franz Eichberger	*Pedro*
Luise Rainer	*Nando*
Maria Koppenhöfer	*Amelia*
Aribert Wäscher	*Camillo*

2.9. Das Kind der Donau

Österreich 1950 (gedreht 1944); Nova; 95 Min; ab 12
R: Georg Jacoby K: Walter Riml, Hanns König M: Nico Dostal
CAST

Marika Rökk	*Marika*
Fred Liewehr	*Georg*
Fritz Muliar	*Oskar*
Josef Egger	*Christoph*
Annie Rosar	*Frau Kovacz*
Harry Fuss	*Heinrich*

sowie Nadja Tiller, Ernst Waldbrunn

3.1. Hanna Amon

BRD 1951; Willy-Zeyn-Produktion; 104 Min; ab 16
P: Hans Lehmann R+B: Veit Harlan nach einer Idee von Richard Billinger K: Werner Krien, Georg Bruckbauer M: Hans Otto Borgmann S: Walter Boos
CAST

Kristina Söderbaum	*Hanna Amon*
Hans Moik	*Thomas Amon*
Ilse Steppat	*Vera Colombani*
Hermann Schomberg	*Alois Brunner*
Elise Aulinger	*Frau Brunner*
Ferdinand Anton	*Hans Zorneder*
Hedwig Wangel	*Frau Zorneder*

3.2. Ich werde Dich auf Händen tragen

BRD 1958; Arca; 89 Min; ab 12

P: Alfred Bittins R: Veit Harlan B: Guido Fürst, Veit Harlan nach der Novelle »Viola Tricolor« von Theodor Storm K: Gerhard Krüger M: Werner Eisbrenner S: Klaus M. Eckstein

CAST

Kristina Söderbaum	*Ines Thormälen*
Hans Holt	*Rudolf Asmus*
Hans Nielsen	*Dr. Compagnuolo*
Barbara Haller	*Nesi*
Hilde Körber	*Anne*
Monika Dahlberg	*Pia*
Frank von der Bottlenberg	*Giacomo*

3.3. Wenn abends die Heide träumt

BRD 1952; 98 Min; ab 12; s/w

P: Berolina R: Paul Martin B: Tibor Yost, Juliane Kay, Paul Martin K: Willy Winterstein M: Herbert Windt

CAST

Rudolf Prack	*Peter Gelius*
Viktor Staal	*Karl Odewig*
Margot Trooger	*Helga*
Fita Benkhoff	*Hermine Knauer*
Siegfried Breuer	*Konsul Berghaus*
Margarete Haagen	*Frau Odewig*
Beppo Brem	*Xaver Franz*
Albert Florath	*Bürgermeister Knauer*

3.4. Dreizehn kleine Esel und der Sonnenhof

a.k.a. Dreizehn alte Esel (Kinotitel)

BRD 1958; Real; 97 Min; ab 6; s/w

R: Hans Deppe B: Janne Furch nach einem Roman von Ursula Bruns K: Ekkehard Kyrath M: Martin Böttcher S: Alice Ludwig-Rasch

CAST

Hans Albers	*Joseph Krapp*
Marianne Hoppe	*Martha Krapp*
Karin Dor	*Monika*

sowie Erna Sellmer, Joseph Offenbach, Gunnar Möller, Werner Peters

3.5. Eheinstitut Aurora

BRD 1961; 104 Min; ab 12; s/w
P: Kurt Ulrich R: Wolfgang Schleif B: Walter Forster K: Friedl Behn-Grund
M: Peter Sandloff S: Igor Oberberg
CAST

Elisabeth Flickenschildt	*Hortensia von Padula*
Ljuba Welitsch	*Mrs. Pearl*

sowie Eva Bartok, Claus Holm, Carsta Löck, Walter Gross, Rudolf Vogel, Carlos Thompson

3.6. Liebe

BRD 1956; CCC Filmkunst; 96 Min; ab 16; s/w
P: Artur Brauner R: Horst Hächler B: Philipp Schwarzer (= Jochen Huth)
nach dem Roman »Vor Rehen wird gewarnt« von Vicki Baum K: Göran
Strindberg M: Hans-Martin Majewski S: Ira Oberberg
CAST

Maria Schell	*Anna Ballard*
Raf Vallone	*Andrea Ambaros*
Eva Kotthaus	*Monika Ballard*
Camilla Spira	*Frau Ballard*
Fritz Tillmann	*Herr Ballard*

3.7. Der Schatz der Azteken / Die Pyramide des Sonnengottes

a.k.a. Les mercénaires du Rio Grande / I violenti di Rio Grande
BRD / Frankreich / Italien 1965; CCC Filmkunst / Franco-London-Film / Serena / Avala; 101 Min; ab 12; Scope
P: Artur Brauner R: Robert Siodmak B: Georg Marischka, Ladislas Fodor, Robert A. Stemmle nach den Romanen »Schloß Rodriganda« und »Das Waldröschen« von Karl May K: Siegfried Holm M: Erwin Halletz
CAST

Lex Barker	*Dr. Karl Sternau*
Gérard Barray	*Comte Alfonso*
Michèle Girardon	*Josefa*
Ralf Wolter	*André Hasenpfeffer*
Alessandra Panaro	*Rosita Arbellez*
Theresa Lorca	*Karja*
Hans Nielsen	*Don Pedro Arbellez*
Erich Kestin	*Pater Jacinto*

3.8. Ännchen von Tharau

BRD 1954; Apollo; 96 Min; ab 6; s/w
P: Fritz Hoppe R: Wolfgang Schleif B: Otto Heinz Jahn, Wolfgang Schleif, Hermann Wenniger K: Igor Oberberg M: Wolfgang Zeller S: Hermann Ludwig
CAST

Ilse Werner	*Ännchen*
Margarete Haagen	*Frau Gutjahr*
Blandine Ebinger	*Eisverkäuferin*

sowie Klaus-Ulrich Krause, Heinz Engelmann, Helmuth Schneider, Albert Florath, Elsa Wagner

3.9. Kohlhiesls Töchter

BRD 1962; 96 Min; ab 6
P: Kurt Ulrich R: Axel von Ambesser B: Ekhart Hachfeld nach einem Bühnenstück von Hanns Kräly K: Willy Winterstein M: Heino Gaze S: Herbert Taschner
CAST

Liselotte Pulver	*Susi / Liesel Kohlhiesl*
Heinrich Gretler	*Vater Kohlhiesl*
Helmut Schmid	*Toni*
Dietmar Schönherr	*Günter*

sowie Rudolf Vogel, Adeline Wagner

4.1. Kora Terry

Deutschland 1940; UFA; 109 Min; ab 16; s/w
P: Max Pfeiffer R: Georg Jacoby B: Walter Wassermann, C. H. Diller nach dem gleichnamigen Roman von H. C. von Zobeltitz K: Konstantin Irmen-Tschet M: Peter Kreuder, Frank Fux S: Erich Kobler
CAST

Marika Rökk	*Kora / Mara Terry*
Will Quadflieg	*Kapellmeister Varany*
Josef Sieber	*Karel »Tobs« Tobias*
Will Dohm	*Agent Möller*
Ursula Herking	*Sekretärin Frl. Haase*

4.2. Der schwarze Spiegel

OT: The Dark Mirror
USA 1946; Universal; 85 Min; ab 16; s/w
P: Nunnally Johnson R: Robert Siodmak B: Nunnally Johnson nach einem Roman von Wladimir Posner K: Milton Krasner M: Dimitri Tiomkin S: Ernest Nims

CAST

Olivia de Havilland	*Terry Collins / Ruth Collins*
Lew Ayres	*Dr. Scott Elliott*
Thomas Mitchell	*Detective Stevenson*
Garry Owen	*Franklin*
Richard Long	*Rusty*

4.3. Der schwarze Kreis

OT: Dead Ringer
USA 1964; Warner Bros.; 116 Min; ab 16; s / w
P: William H. Wright R: Paul Henreid B: Albert Beich, Oscar Millard nach der Erzählung »La otra« von Ryan James K: Ernest Haller M: André Previn
CAST

Bette Davis	*Edith Philips / Margaret DeLorca*
Karl Malden	*Jim Hobbson*
Peter Lawford	*Tony Collins*
Philip Carey	*Sergeant Ben Hoag*
Jean Hagen	*Dede*

4.4. Vier Mädels aus der Wachau

Österreich 1957; Cosmos; 100 Min; ab 12
P: Heinz Pollak R: Franz Antel B: Rolf Ohlsen, Kurt Nachmann K: Hans H. Theyer M: Lotar Olias S: Arnfrid Heyne
CAST

Isa Günther	*Christl*
Jutta Günther	*Gretl*
Alice Kessler	*Franzi*
Ellen Kessler	*Hanni*
Hans Moser	*Großvater*
Oskar Sima	*Scherzinger*

5.1. Baron Blood

a.k.a. The Torture Chamber of Baron Blood
Italien 1972
P: Alfred Leone R: Mario Bava B: Vincent Fotre, William A. Bairn M: Stelvio Cipriani K: Emilio Varriano
CAST

Elke Sommer	*Eva*
Massimo Girotti	*Onkel Karl*
Joseph Cotten	*Baron Otto von Kleist*
Antonio Cantafora	*Peter Kleist*

sowie Humi Raho, Alan Collins, Rada Rassimov, Dieter Tressler

5.2. Das Kabinett der blutigen Hände

OT: Picture Mommy Dead
USA 1966; Berkeley; 83 Min; ab 16
P+R: Bert I. Gordon B: Robert Sherman K: Ellsworth Fredricks M: Robert Drasnin S: John Bushelman
CAST

Don Ameche	*Edward Shelley*
Martha Hyer	*Francene Shelley*
Susan Gordon	*Susan Shelley*
Zsa Zsa Gabor	*Jessica*
Maxwell Reed	*Anthony, Hausmeister*

5.3. Nightmare III – Freddy Krueger lebt

OT: A Nightmare on Elm Street 3: Dream Warriors
USA 1987; New Line Cinema / Heron Communications / Smart Egg; 95 Min; ab 16
P: Robert Shayne R: Chuck Russell B: Wes Craven, Bruce Wagner K: Roy H. Wagner M: Angelo Badalamenti, Don Dokken S: Terry Stokes, Chuck Weiss, Clint Hutchinson
CAST

Robert Englund	*Freddy Krueger*
Heather Langenkamp	*Nancy Thomson*
Patricia Arquette	*Kristen Parker*
Craig Wasson	*Dr. Neil Goldman*
Zsa Zsa Gabor	*Zsa Zsa Gabor*

sowie Laurence Fishburne, Priscilla Pointer

5.4. The Thing

OT: Severed Ties
USA 1991; Fangoria; 89 Min; ab 18
P: Christopher Webster R: Damon Santostefano K: Geza Sinkovics M: Daniel Licht
CAST

Oliver Reed	*Hans Vaughan*
Elke Sommer	*Helena Harrison*
Billy Morrisette	*Harrison*
Garrett Morris	*Stripes*

5.5. Nachtblende

a.k.a. L'important, c'est d'aimer
BRD / Frankreich / Italien 1974; T.I.T. / Albina / Rizzoli; 113 Min; ab 18

R: Andrzej Zulawski B: Christopher Frank, Andrzej Zulawski nach einem
Roman von Christopher Frank K: Ricardo Aronovich M: Georges Delerue
CAST

Romy Schneider	*Nadine Chevalier*
Fabio Testi	*Servais Mont*
Jacques Dutronc	*Jacques Chevalier*
Klaus Kinski	*Karl Zimmer*
Guy Mairesse	*Messala*

5.6. Das Kabinett der blutigen Hände

OT: The Mad Room
USA 1968; Maurer Prod. / Columbia; 91 Min; ab 18
P: Norman Maurer R: Bernard Girard, A. Martin Zweiback nach dem Büh-
nenstück »Ladies in Retirement« von Reginald Denham und Edward Percy
K: Harry Stradling M: David Grusin S: Pat Somerset
CAST

Stella Stevens	*Ellen Hardy*
Shelley Winters	*Mrs. Armstrong*
Skip Ward	*Sam Aller*
Carol Cole	*Chris*
Severn Darden	*Nate*
Beverly Garland	*Mrs. Racine*
Michael Burns	*George Hardy*

5.7. Was ist denn bloß mit Helen los?

OT: What's the Matter with Helen?
USA 1971; Filmways / Raymax; 101 Min
P: George Edwards R: Curtis Harrington B: Henry Farrell K: Lucien Ballard
M: David Raksin S: William H. Reynolds
CAST

Debbie Reynolds	*Adelle Bruckner*
Shelley Winters	*Helen Hill*
Dennis Weaver	*Lincoln Palmer*
Agnes Moorehead	*Schwester Alma*
Michael MacLiammoir	*Hamilton Starr*

5.8. China Blue – Bei Tag und Nacht

OT: Crimes Of Passion
USA 1984; China Blue / New World; 106 Min; ab 18
P: Donald P. Borchers R: Ken Russell B: Barry Sandler K: Richard Bush
M: Rick Wakeman S: Brian Tagg

CAST

Kathleen Turner	*China Blue*
Anthony Perkins	*Reverend Peter Shayne*
John Laughlin	*Bobby Grady*
Annie Potts	*Amy Grady*
John G. Scanlon	*Carl*
Bruce Davison	*Donny Hopper*
Pat McNamara	*Frank*

5.9. Kohlhiesls Töchter
Siehe 3.9.

5.10. DNA – Die Insel des Dr. Moreau
OT: The Island of Dr. Moreau
USA 1996; New Line Cinema; 97 Min; ab 16
P: Edward R. Pressman R: John Frankenheimer B: Richard Stanley, Ron Hutchinson nach einem Roman von H. G. Wells M: Gary Chang
CAST

Dr. Moreau	*Marlon Brando*
Montgomery	*Val Kilmer*
Douglas	*David Thewlis*
Aissa	*Fairuza Balk*

Bibliographie

Allgemeine Nachschlagewerke und Filmliteratur

Anger, Kenneth; Hollywood Babylon; München: Rogner & Bernhard, 1984

Belach, Helga; Wir tanzen um die Welt: Deutsche Revuefilme 1933–1945; München: Hanser, 1979

Benshoff, Harry M.; Monster in the Closet; Homosexuality and the Horror Film; Manchester/New York: Manchester University Press, 1997 (Inside Popular Film)

Bernard, Jami; First Films: Illustrious, Obscure and Embarassing Movie Debuts; New York: Carol Publishing Group, 1993 (A Citadel Press Book)

Beyer, Friedemann; Die UFA-Stars im Dritten Reich: Frauen für Deutschland; München: Heyne, 1995, 3. Auflage

Beyer, Friedemann; Die Gesichter der UFA: Starportraits einer Epoche; München: Heyne, 1992

Bliersbach, Gerhard; So grün war die Heide: Der deutsche Nachkriegsfilm in neuer Sicht; Weinheim/Basel: Beltz, 1985

Bock, Hans-Michael/Töteberg, Michael (Hg.); Das Ufa-Buch: Kunst und Krisen, Stars und Regisseure, Wirtschaft und Politik; Frankfurt am Main: Zweitausendeins, 1992

Brauerhoch, Annette; Die gute und die böse Mutter: Kino zwischen Melodrama und Horror; Marburg: Schüren, 1996

Brennicke, Ilona/Hembus, Joe; Klassiker des Deutschen Stummfilms: 1910–1930; München: Goldman, 1983 (Citadel Filmbücher)

Brode, Douglas; Once Was Enough: Celebreties (and Others) who Appeared a Single Time on the Screen; New York: Carol Publishing Group, 1997 (A Citadel Press Book)

Brooks, Tim/Marsh, Earle; The Complete Directory to Prime Time Network and Cable TV Shows: 1946–present; New York: Ballantine Books, 1995, 6th edition

Cinegraph: Lexikon zum deutschsprachigen Film; Hg. von Hans-Michael Bock; München: edition text + kritik, 1984 ff

Duve, Karen/Völker, Thies; Lexikon berühmter Tiere; Frankfurt am Main: Eichborn, 1997

Everson, William K.; Klassiker des Horrorfilms; Hg. von Joe Hembus; Übersetzt und bearbeitet von Robert Fischer; Originaltitel: Classics of the Horror Film; München: Goldmann, 1982 (Citadel Filmbücher), 2. Auflage

Fischer, Robert / Hembus, Joe; Der Neue Deutsche Film: 1960 – 1980; Vorwort von Douglas Sirk; München: Goldmann, 1981 (Citadel Filmbücher)

Frank, Arnold / Berg, Ulrich von (Hg.); The Late Show; 25 andere Gesichter aus Hollywood: Beschreibungen, Analysen, Liebeserklärungen; Berlin: a-Verbal Verlagsgesellschaft, 1985

Frauen und Film; Heft 49: Horror; Hg. von Gertrud Koch unter Mitarbeit und Beratung von Annette Brauerhoch; Basel: Stroemfeld / Roter Stern, 1990

Giesen, Rolf; Kino – wie es keiner mag: Die schlechtesten Filme der Welt; Frankfurt am Main, Ullstein, 1984, 3., zensierte Auflage

Hadleigh, Boze; Hollywood Babble On: Stars Gossip about other Stars; New York: A Perigree Book, 1994

Hadleigh, Boze; Hollywood Gays: Conversations with: Cary Grant, Liberace, Tony Perkins, Paul Lynde, Cesar Romero, Brad Davis, Randolph Scott, James Coco, William Haines, David Lewis; New York: Barricade Books, 1996

Hadleigh, Boze; Hollywood Lesbians: Conversations with: Sandy Dennis, Barbara Stanwyck, Marjorie Main, Nancy Kulp, Patsy Kelly, Agnes Moorehead, Edith Head, Dorothy Arzner, Capucine, Judith Anderson; New York: Barricade Books, 1994

Hadleigh, Boze; Conversations With My Elders; New York: St. Martin's Press, 1986

Hadleigh, Boze; Leading Ladies: Conversations with: Dame Peggy Ashcroft, Dame Edith Evans, Hermione Gingold, Joan Greenwood, Dame Celia Johnson, Elsa Lanchester, Beatrice Lillie, Rachel Roberts, Dame Flora Robson, Dame Margaret Rutherford, Dame Sybil Thorndike, Estelle Winwood; London: Robson Books, 1992

Hahn, Ronald M. / Jansen, Volker; Lexikon des Horror-Films; Bergisch Gladbach: Bastei Lübbe, 1989

Halliwell, Leslie; Halliwell's Film-Guide; Edited by John Walker; London: Harper Collins, 1995, 11th edition

Heinzlmeier, Adolf / Schulz, Berndt / Witte, Karsten; Die Unsterblichen des Kinos; Frankfurt am Main: Fischer Taschenbuch Verlag, 1982; Bd. 1. Stummfilmzeit und die goldenen 30er Jahre. 1982; Bd. 2. Glanz und Mythos der Stars der 40er und 50er Jahre. 1985; Bd. 3. Die Stars seit 1960

Hembus, Joe / Brandmann, Christa; Klassiker des Deutschen Tonfilms: 1930 – 1960; München: Goldmann, 1980 (Citadel Filmbücher)

Jarvis, Everett Grant; Final Curtain: Deaths of Noted Movie and TV Personalities 1915 – 1992; New York: Carol Publishing Group, 1993

Katz, Ephraim; The Film-Encyclopedia; New York: Harper Collins, 1994, 2nd edition

Koebner, Thomas (Hg.); Idole des deutschen Films: Eine Galerie von Schlüsselfiguren; München: edition text + kritik, 1997

Kreimeier, Klaus; Die UFA Story: Geschichte eines Filmkonzerns; München: Heyne, 1995

Lexikon des Internationalen Films; Hg. vom Katholischen Institut für Medieninformation und der Katholischen Filmkommission für Deutschland; Völlig überarbeitete und erweiterte Neuausgabe; Reinbek bei Hamburg: Rowohlt Taschenbuch Verlag, 1995

Madsen, Axel; Der Nähkreis: Hollywoods größtes Geheimnis: Die Diven und ihre Liebe zu Frauen; Aus dem Amerikanischen von Anni Pott; Originaltitel: The Sewing Circle; Hamburg: Kabel, 1996

Maltin, Leonard (Hg.); Leonard Maltin's Movie & Video Guide; New York: Penguin Books, 1997

Margulies, Edard / Rebello, Stephen; Bad Movies We Love; With a Foreword by Sharon Stone; New York: Penguin Books, 1993

Möhrmann, Renate (Hg.); Die Schauspielerin: Zur Kulturgeschichte der weiblichen Bühnenkunst; Frankfurt am Main: Insel Verlag, 1989, 1. Auflage

Patalas, Enno; Stars: Geschichte der Filmidole; Vom Autor für die Fischer Bücherei bearbeitete Ausgabe; Frankfurt am Main: Fischer Bücherei, 1967

Quinlan, David; Quinlan's Illustrated Directory of Film Character Actors; London: Batsford, 1995, new edition

Roen, Paul; High Camp: A Gay Guide to Camp and Cult Films; San Francisco: Leyland Publications, 1994, Volume 1

Romani, Cinzia; Die Filmdivas des Dritten Reiches; Mit einem Vorwort von Paolo Chiarini; Originaltitel: Le dive del Terzo Reich; München: Bahia Verlag, 1981

Sauter, Michael; The Worst Movies of All Time or What Were They Thinking; New York: Carol Publishing Group, 1995 (A Citadel Press Book)

Steiner, Gertraud; Die Heimat-Macher: Kino in Österreich 1946 – 1966; Wien: Verlag für Gesellschaftskritik, 1987; Österreichische Texte zur Gesellschaftskritik, Band 26

Stewart, Steve; Gay Hollywood Film & Video Guide: 75 years of Gay & Lesbian Images in the Movies; Laguna Hills, California: Companion Publications, 1994, 2nd edition

Stresau, Norbert; Der Oscar: Alle preisgekrönten Filme, Regisseure und Schauspieler seit 1929; Originalausgabe, 2., aktualisierte Ausgabe; München: Heyne, 1994 (Heyne Filmbibliothek 198)

Walker, John (Hg.): Halliwell's Filmgoer's Companion; London: Harper Collins, 1993, 10th edition

Zu einzelnen Personen

Lucille Ball: Brady, Kathleen; Lucille: The Life of Lucille Ball, New York: Hyperion, 1994

Ingrid Bergman: Bergman, Ingrid; Mein Leben; Von Ingrid Bergman und Alan Burgess; Originaltitel: Ingrid Bergman – My Story, Frankfurt am Main / Berlin: Ullstein, 1984

Brown, Curtis F.; Ingrid Bergman: Ihre Filme, ihr Leben, München, Heyne, 1980

Elisabeth Bergner: Bergner, Elisabeth; Bewundert viel und viel gescholten …: Unordentliche Erinnerungen; München: Goldmann, 1984

Völker, Klaus; Elisabeth Bergner; Das Leben einer Schauspielerin: ganz und doch immer unvollendet, Berlin: Hentrich, 1990

Marlon Brando: Brando, Marlon; Mein Leben; Aufgezeichnet von Robert Lindsey; Originaltitel: Brando. Songs My Mother Taught Me, München: Bertelsmann, 1994

Thomas, Tony; Marlon Brando und seine Filme; Hg. von Joe Hembus, München: Goldmann, 1981

Joan Crawford: Considine, Shaun; Bette and Joan. The Divine Feud, New York: Dutton Press, 1989

Crawford, Christina; Meine liebe Rabenmutter; Originaltitel: Mommie Dearest, München: Goldmann, 1986

Newquist, Roy; Conversations with Joan Crawford; Introduction by John Springer; Secaucus, N. J.: The Citadel Press, 1980

Quirk, Lawrence J.; The Films of Joan Crawford; Secaucus, N. J.: The Citadel Press, 1968

Walker, Alexander; Joan Crawford – The Ultimate Star; Authorized by Metro-Goldwyn-Mayer, New York: Harper & Row, 1983

Bette Davis: Considine, Shaun; Bette and Joan. The Divine Feud, New York: Dutton Press, 1989

Davis, Bette; This'n That: A Memoir; With Michael Herskowitz, New York: Pan Books, 1987

Hadleigh, Boze; Bette Davis Speaks; New York: Barricade Books, 1996

Riese, Randall; All About Bette: Her Life from A to Z; Chicago: Contemporary Books, 1993

Ringgold, Gene; The Complete Films of Bette Davis; Revised and updated by Lawrence J. Quirk; Foreword by Henry Hart, New York: Carol Publishing Group, 1990

Walker, Alexander; Bette Davis: A Celebration, London: Pavilion Books, 1986

Olivia de Havilland: Higham, Charles; Sisters. The Story of Olivia de Havilland and Joan Fontaine, New York: Dell, 1986

Thomas, Tony: The Films of Olivia de Havilland; Foreword by Bette Davis, Secaucus, N. J.: Citadel Press, 1983

Marlene Dietrich: Bach, Steven; Marlene Dietrich: Die Legende, das Leben; Originaltitel: Marlene Dietrich – Life and Legend, Düsseldorf: Econ, 1993

Dietrich, Marlene; ABC meines Lebens; Berlin: Blanvalet 1963

Dietrich, Marlene; Ich bin, Gott sei Dank, Berlinerin; Originaltitel: Marlène D. par Marlène Dietrich, Frankfurt am Main / Berlin: Ullstein, 1987

Dietrich, Marlene; Nehmt nur mein Leben …: Reflexionen, München: Goldmann, 1981

Petru, Constantin; Marlene Dietrich Realität – Die letzten Jahre in Paris, Hamburg: Betzel Verlag, 1993

Riva, Maria; Meine Mutter Marlene; Originaltitel: Marlene Dietrich by her Daughter, München: Bertelsmann, 1992

Sudendorf, Werner (Hg.); Marlene Dietrich: Dokumente, Essays, Filme, Frankfurt am Main (u. a.): Ullstein, 1980

Blandine Ebinger: Ebinger, Blandine; »Blandine …«: Erinnerungen der Schauspielerin und Diseuse Blandine Ebinger, Hamburg: Luchterhand, 1992

Hollaender, Friedrich; Von Kopf bis Fuß: Mein Leben mit Text und Musik; Hg. und kommentiert von Volker Kühn, Bonn: Weidle, 1996

Elisabeth Flickenschildt: Flickenschildt, Elisabeth; Kind mit roten Haaren: Ein Leben wie ein Traum, München: Droemer Knaur, 1978

Flickenschildt, Elisabeth; Pflaumen am Hut. Roman; Hamburg: Hoffmann und Campe, 1974

Flickenschildt, Elisabeth; Pony und der liebe Gott: Geschichten aus dem Nachlaß; Hg. von Rolf Badenhausen; Zeichnungen von Wilhelm M. Busch, Reinbek bei Hamburg: Rowohlt, 1982

Neumann, Nicolaus; Elisabeth Flickenschildt: »Theater ist Leidenschaft«; Eine Bilddokumentation von Nicolaus Neumann und Jörn Voss; Vorwort von Boy Gobert; Hamburg: Hoffmann und Campe, 1978

Joan Fontaine: Beeman, Marsha Lynn; Joan Fontaine. A Bio-Bibliography; Westport: Greenwood, 1994, Bio-Bibliographies in the Performing Arts, 50

Fontaine, Joan; No Bed of Roses; Fairfield: Morro, 1978

Higham, Charles; Sisters. The Story of Olivia de Havilland and Joan Fontaine, New York: Dell, 1986

Zsa Zsa Gabor: Brown, Peter Harry; Such Devoted Sisters: Those Fabulous Gabors; New York: St. Martin's Press, 1985

Gabor, Zsa Zsa / Leigh, Wendy; One Lifetime Is Not Enough; New York: Delacorte Press, 1991

Ava Gardner: Daniell, John; Ava Gardner: Ihre Filme, ihr Leben; München: Heyne, 1987

Gardner, Ava; Ava – My Story; New York (u. a.): Bantam Books, 1992

Hermione Gingold: Gingold, Hermione; How To Grow Old Disgracefully. An Autobiography; (s. l.): Isis Larg, 1990

Alice und Ellen Kessler: Kessler, Alice & Ellen; Eins und Eins ist Eins: Die Autobiographie; München: edition ferenczy bei Bruckmann, 1996

Hildegard Knef: Andree, Axel; Hildegard Knef O-Töne: Für mich soll's rote Rosen regnen...; Berlin: A-Verbal-Verlag, 1995

Hildegard Knef – Tournee, Tournee...: Die Schauspielerin, der Filmstar, die Autorin, der Showstar; Mit den Chansontexten von Hildegard Knef und Originalbeiträgen; München: Goldmann, 1980

Knef, Hildegard; Der geschenkte Gaul: Bericht aus einem Leben; Hamburg: Knaus, 1982

Peter Lorre: Beyer, Friedemann; Peter Lorre: Seine Filme, sein Leben; München: Heyne 1988

Lorre, Peter: Der Verlorene: Roman; Hg. von Michael Farin; Mit einem einleitenden Essay von Hellmuth Karasek und Beiträgen von Friedemann Beyer; München: belleville Verlag, 1996

Agnes Moorehead: Kear, Lynn; Agnes Moorehead: A Bio-Bibliography; Westport / Connecticut / London: Greenwood Press, 1992

Anthony Perkins: Bergan, Ronald; Anthony Perkins – A Haunted Life; London: Warner Books, 1995

Winecoff, Charles; Split Image: The Life of Anthony Perkins; New York: Dutton, 1996

Liselotte Pulver: Pulver, Liselotte;... wenn man trotzdem lacht: Tagebuch meines Lebens; Frankfurt am Main / Berlin: Ullstein, 1995

Debbie Reynolds: Reynolds, Debbie / Columbia, David Patrick; My Life; London: Sidgwick & Jackson, 1988

Leni Riefenstahl: Riefenstahl, Leni; Memoiren: 1902–1945; Für das Taschenbuch neu eingerichtete Ausgabe; Frankfurt am Main / Berlin: Ullstein, 1990

Riefenstahl, Leni; Memoiren: 1945–1987; Für das Taschenbuch neu eingerichtete Ausgabe; Frankfurt am Main / Berlin: Ullstein, 1992

Marika Rökk: Rökk, Marika; Herz mit Paprika; Berlin: Universitas, 1974

Maria Schell: Brauner, Artur; Mich gibt's nur einmal: Rückblende eines Lebens; München / Berlin: Herbig, 1976

Schell, Maria; Die Kostbarkeit des Augenblicks: Gedanken, Erinnerungen; München / Wien: Langen Müller, 1985

Schell, Maria; »... und wenn's a Katz is!«: Mein Weg durchs Leben; Bergisch Gladbach: Lübbe, 1995

Spaich, Herbert; Maria Schell: Ihre Filme, ihr Leben; München: Heyne, 1986

Romy Schneider: Albach-Retty, Rosa; So kurz sind hundert Jahre: Lebenserinnerungen; Aufgez. von Gertrud Svoboda-Srncik; München: Heyne, 1980

220

Hanck, Frauke / Pit Schröder; Romy Schneider und ihre Filme; München: Goldmann, 1980

Schneider, Magda; Wenn ich zurückschau ...: Erinnerungen; Hg. von Renate Seydel; Frankfurt am Main / Berlin: Ullstein, 1992

Schneider, Romy; Ich, Romy. Tagebuch eines Lebens; Hg. von Renate Seydel; München: Langen Müller, 1992

Seydel, Renate: Romy Schneider: Ein Leben in Bildern; Entworfen von Renate Seydel und gestaltet von Bernd Meier; Berlin: Henschel, 1996

Robert Siodmak: Dumont, Hervé; Robert Siodmak: Le maitre du film noir; Lausanne: Editions l'age d'homme, 1981

Elke Sommer: Sommer, Elke; Unter uns Pfarrerstöchtern – oder? Eine autobiographische Zwischenbilanz; Wien: Neff, 1989

Barbra Streisand: Edwards, Anne; Streisand: It Only Happens Once; London: Weidenfeld & Nicolsen, 1996

Riese, Randall: Barbra Streisand: Eine intime Biographie; Originaltitel: Her Name Is Barbra; Frankfurt am Main: Ullstein, 1996

Elisabeth Taylor: Hirsch, Foster; Elizabeth Taylor: Ihre Filme, ihr Leben; München: Heyne, 1979

Taylor, Elizabeth; Vom Dicksein, vom Dünnsein, vom Glücklichsein; Originaltitel: Elizabeth Takes Off; München: Droemer Knaur, 1992

Thain, Andrea / Hueubner, Michael O.; Elizabeth Taylor: Hollywoods letzte Diva; Eine Biographie; Reinbek bei Hamburg: Rowohlt, 1992

Margot Trooger: Trooger, Margot; Sommerwiesen, Winterwälder: Gedichte vom Dasein; Starnberg: Schulz, 1993

Lana Turner: Crane, Cheryl; Detour – A Hollywood Tragedy: My Life With Lana Turner, My Mother; By Cheryl Crane with Cliff Jahr; London: Michael Joseph, 1988

Sirk, Douglas; Sirk on Sirk: Conversations With Jon Halliday; London: Faber and Faber, 1997, new and revised edition

Turner, Lana; Lana: The Lady, The Legend, The Truth; London: New English Library, 1984

Wayne, Jane Ellen; Lana: The Life and Loves of Lana Turner; New York: St. Martin's Press, 1995

Liv Ullmann: Outerbridge, David E.; Liv Ullmann: Ihre Filme, ihr Leben; Originaltitel: Without Makeup, Liv Ullmann; München: Heyne, 1979

Ljuba Welitsch: Benke, Norbert Ernst; Ljuba Welitsch; Wien: Jugend und Volk, Edition Wien, Dachs Verlag, 1994

Ilse Werner: Werner, Ilse; Fotos aus meinem Privatarchiv; Erlebnisse mit Prominenten; Kiel: Jung, 1994

Werner, Ilse; So wird's nie wieder sein ...: Ein Leben mit Pfiff; Unter Mitarbeit von Erich Schaake; Kiel: Jung, 1991

Shelley Winters: Winters, Shelley; Shelley Also Known As Shirley; Avenel, N. J.:
Outlet, 1985
Winters, Shelley: Shelley II. The Middle Of My Century; Old Tappan, N. J.:
Simon and Schuster, 1989

Limitierte Sonderausgaben der berühmtesten Leinwandgöttinnen

Italo Moscati
Sophia Loren
272 S., 34 Fotos
Ullstein TB 35882

Gregory/Speriglio
Der Fall Marilyn Monroe
416 S., 59 Abb.
Ullstein TB 35879

Margaret Crosland
Piaf
Biographie
240 S., zahlr. s/w-Abb.
Ullstein TB 35883

Randall Riese
Barbra Streisand
Eine intime Biographie
672 S., 58 s/w-Abb.
Ullstein TB 35884

Ingrid Bergman
Alan Burgess
Mein Leben
512 S., 58 s/w-Abb.
Ullstein TB 35878

Sheridan Morley
Audrey Hepburn
Die Biographie in
Selbstzeugnissen
264 S., 89 s/w-Abb.
Ullstein TB 35881

James Spada
Grace Kelly
Das geheime Vorleben
einer Fürstin
400 S., 67 s/w-Abb.
Ullstein TB 35886

Hildegard Knef
Der geschenkte Gaul
Bericht aus einem Leben
448 Seiten
Ullstein TB 35880